內閣第一夫人 一

墨湯湯 著

溫柔腹黑內閣首輔 × 端莊沉靜第一夫人

★ 隨書附贈 內閣第一夫人 典藏明信片一張

「我只是想告訴妳，我不後悔。」
他說得這樣直白坦然，阮慕陽臉慢慢紅了起來，再也不敢去瞧他的眼睛了。
她透過算計才嫁給了他，卻在他的嬌寵之中慢慢淪陷，像是把心也丟了。

目錄

第一章　婚嫁

阮慕陽在喜娘的攙扶下，一步一步地走向喜堂。

明明來觀禮的客人不少，可是道喜的聲音卻不多。

賓客們臉上或帶著看熱鬧、或帶著尷尬的神情，就連堂上坐著的張家兩位長輩臉上亦無真心的笑容。

阮慕陽雖看不到，卻也能猜到是什麼情景。紅蓋頭下，她抿了抿唇，脊背挺得筆直，彷彿旁人越是想看她笑話，她腳下的步伐就越穩。

算上上一世，這是她第二次成親了。

驀地，耳邊此起彼伏的呼喊聲讓她渾身僵直。

「參見王爺。王爺親臨真是折煞張家了。」

「老尚書不必惶恐。阮四小姐是本王的遠房表妹，這禮本王還是觀得的。不要因為本王耽誤了吉時，都起來了吧。」

這聲音阮慕陽永遠不會聽錯。

永安王謝昭，當今聖上三子。

上一世，他是她的夫君，這一世，她差點與他成了親。

謝昭入座後，在喜娘的提醒下，阮慕陽繼續走向喜堂。這一次，她如履薄冰、每走一步都更加煎熬，因為她可以確定謝昭正看著她。

謝昭的確在看阮慕陽。

他是阮慕陽的表哥，按理說觀禮應當是在阮家觀，可是他就是這樣不顧旁人眼光、堂而皇之地來了張家。他要看看這個他印象裡古板無趣、卻敢在與他婚事有眉目的時候讓他丟盡顏面嫁給旁人的四表妹到底有多大的膽子。

看到阮慕陽腳下的步子微不可見地亂了，他勾起了唇，眼中閃過興味。

原來他這個表妹還是知道怕的。

感覺謝昭的目光遲遲不移開，阮慕陽緊張得手心沁出了冷汗。

這時，謝昭忽然站了起來。「表妹成親，本王這個做哥哥的沒有送嫁。為了彌補，便由本王牽著表妹走到喜堂吧。」說著，他不顧別人驚訝的目光，走向了阮慕陽。

哪有在臨近拜堂的時候新娘子被別的男子牽著的道理？明擺著是給新郎戴綠帽子啊。

這是欺老尚書致仕後，張家無人？

喜娘想攔卻礙著謝昭的身分不敢攔。

阮慕陽雖然看不見卻聽得清楚。她又是緊張又是恨，渾身發抖。若是這時候讓謝昭碰了，她以後在張家還怎麼抬得起頭？

就在謝昭的手即將碰上阮慕陽的嫁衣的時候，一隻手攔在了他前面，直接抓住了阮慕陽的手腕：「不勞王爺費心了，學生妻學生自己牽便可。」

溫和的聲音彷彿就在耳邊，阮慕陽的心頓時又提了起來。這便是她這一世的夫婿，老尚書的孫子、張家二公子張安夷。

謝昭沒有動怒，收回了手似笑非笑地說：「張解元以後就是本王的妹夫了。」他尤其著重了「解元」二字。

世人都知張老尚書的孫子張安夷從小就是個神童，十五歲便奪了鄉試頭名，成了解元。大家都盼著他成為本朝第一個不到二十歲便三元及第的人，卻不想三年後的會試，他直接落了榜，一度成了笑柄。

如今叫一聲「張解元」就成了嘲笑。

張家人臉色都變了。

只有張安夷不為所動，溫潤無害的樣子彷彿一團棉花，軟綿綿的，什麼力道都能化去，竟還真叫了謝昭一聲「兄長」。

謝昭猝不及防，一時沒接上話。

這種情況下，阮慕陽竟然想笑。

不知是不是巧合，張安夷所站的位置剛剛好替她擋住了謝昭的視線。感受著手腕處傳來的熱度，她的心漸漸安定了下來。

與張安夷的這一門親事是她處心積慮設計來的。這不是因為她喜歡他，而是因為她不想再次嫁給謝昭。

上一世，阮慕陽高嫁入永安王府成了永安王妃，人人都羨慕她。可是她卻並不得永安王歡喜。他嫌她古板無趣，從不來她房中，卻與她房中的陪嫁丫鬟好了起來，還封了側妃，讓她被上京的夫人們恥笑。後來有人誣陷阮家與五皇子同流合污、意圖不軌，她低聲下氣地去求他在聖上面前說兩句好話，卻被他一腳踢開。最後，阮家滿門受到了牽連，她被幽禁，家破人亡。

阮慕陽直到被謝昭的人勒死的那一刻才想明白，原來那個誣陷阮家的人就是他。

她恨謝昭。
這一世，她是來報仇的。
她要謝昭死。

第二章　鬧新房

「一拜天地。」

「二拜高堂。」

「夫妻對拜，送入洞房。」

一波三折，終於到了揭開蓋頭這一刻。

眼前乍然出現的光亮讓阮慕陽不適應地瞇了瞇眼睛，待完全適應、睜開眼睛的時候，入眼的是一張俊美的臉。

這張臉的五官很立體，硬朗高挺得不像是一個書生，偏偏又長了一雙彎彎的眉毛中和了這股凌厲之氣，看起來有幾分和善，尤其是那雙幽深的眼睛裡出現笑意的時候，使得他整個人看起來如同一塊被磨去了稜角、圓潤、泛著光澤的美玉。

忽然聽到一聲輕笑，對上張安夷的眼睛，阮慕陽忽然意識到自己盯著他看太久了。

紅著臉移開目光，她後知後覺地發現這新房裡的氣氛透著一絲尷尬。明明來鬧新房的人不少，卻沒有一個人說話。

就在這時，雜亂的腳步聲打破了安靜。

「本王特意來鬧洞房，走到門口卻聽不見動靜，不知可是發生了什麼事委屈了本王的四表妹。」

竟是謝昭帶著幾個上京子弟出現在了門口。

眾人紛紛朝謝昭見禮。一個反應還算快的婦人陪著笑說：「王爺說得哪裡的話，我們喜歡二弟妹還來不及呢。」

「那就好。」謝昭在眾人的目光下走到了新人面前，先是看了看張安夷，最後目光落在了阮慕陽身上。她雖是低著頭看不清神色，卻也因為這樣完全露出了側臉。喜燭照得她臉上的肌膚白皙細膩，不知是不是因為穿著大紅的嫁衣，她低眉順眼的樣子完全沒了他印象裡的古板，反而看起來嬌羞極了。

謝昭的眼中閃過一絲異樣，意味難明。

這時，張安夷站了起來，客套地朝謝昭笑了笑說：「王爺多慮了，慕陽既然嫁進了張家，成了我的妻，自然是會被我捧在心尖兒上疼的。還請王爺放心把慕陽交給我。」

這一番直白的話換來旁人一陣乾咳，幾個已婚的婦人都聽得紅了臉，跟著謝昭來的幾個年輕人哄笑了起來。

阮慕陽意外地抬起了頭去看張安夷，入眼的卻是他坦然的背影和大紅喜服。

一個人舉著酒壺和酒杯走到了張安夷面前，笑著說：「張二，咱們是來鬧洞房的。廢話不多說，是爺們兒先跟我們喝一杯。」

阮慕陽認得此人，謝昭的走狗，成日喝酒胡混。張安夷他一個書生，怎麼可能喝得過他們？擺明了就是來為難他，讓他出洋相的。

「我來喝。」

輕柔的聲音響起，眾人驚訝地看向阮慕陽。只見她站起身從那人手中拿過酒杯一飲而盡。

謝昭瞇起了眼睛。他今日是來找張二難堪的，準備了烈酒，卻不想讓她搶過去喝了。這酒男子喝了都覺得辣，她竟然只是微微皺了皺眉。哪裡像侍郎府養在深閨的小姐？

「還有誰要喝？」就在阮慕陽端起第二杯的時候，一隻手攔住了她。

隨後，張安夷溫和的聲音響起：「各位來喝喜酒自然是要盡興的，前廳準備了酒席，還請移步，張二奉陪到底。」

他這番話主要是對謝昭說的，也只有謝昭看到他看似帶著笑意的眼睛裡有些冷。

眼看著氣氛越來越僵，謝昭和張安夷像是在暗中較勁，張家派去請救兵的人終於回來了。

「二少爺，老太爺和老爺叫你出去敬酒了。」

謝昭他們始終不好鬧得太厲害。

看著所有人都出去後，阮慕陽鬆了一口氣。

「小姐，好濃的酒氣，我們服侍妳沐浴更衣吧。」進來的兩個是阮慕陽從阮府帶了的陪嫁丫鬟點翠和琺瑯。

阮慕陽點了點頭。從天沒亮就穿上了這身極重的喜服，是累了。

沐浴完之後，點翠和琺瑯服侍她換上了一件粉紅的肚兜，外面是一條淺紅色裙子。

抹上香粉後，阮慕陽坐在鏡子前讓點翠幫她擦頭髮。

「小姐，先前我沒看見，這回終於看見姑爺了。」

阮慕陽昏昏欲睡，支著腦袋也不搭話，只聽點翠想要說什麼。

點翠不知其中的門道，一直極其惋惜自家小姐沒有嫁給永安王。她繼續說道：「咱們姑爺長得是真英俊，就像是話本裡的俊俏書生一樣，一點也不比永安王差。方才永安王那樣鬧，我們都心驚肉跳、敢怒不敢言的，姑爺卻跟個笑面佛一樣沒脾氣，奇的是到頭來也沒吃虧，永安王也沒討到好處。說起來姑爺以前也是上京皆知的神童呢，可惜落榜之後便沒了聲音。」

她越說越感嘆：「能娶到小姐這麼好的夫人，姑爺也是個有福的。」

點翠嘰嘰喳喳的聲音終於讓阮慕陽清醒了一些。她低著頭把玩著簪子上的珍珠笑著說：「妳懂什麼。」有福的明明是她。

「小姐倒是說說我不懂什麼？」點翠不服氣地說。

阮慕陽垂了垂眼睛，唇上始終勾著彎如新月的弧說：「他八歲時候寫的詩就被人收集在了送給聖上的詩集裡，得了讚賞，要學個應付科考的八股有什麼難的？他是個心中真正有抱負的人，志向遠比我們想像的高遠。」

上一世張安夷就是極出名的人。阮慕陽記得在自己嫁給謝昭一年後，張安夷便中了狀元，入了翰林。後來她隱約聽見過謝昭提起張安夷，皆是一副咬牙切齒的樣子，像是恨極了又拿他沒辦法。

想到這裡，阮慕陽手指撥動著珍珠，語氣裡帶著經年的感慨和極大的自信預言說：「他啊，一定會成功的。」

她話音剛落便有腳步聲由遠及近。阮慕陽以為是替她去找東西的琺瑯回來了，也未在意。

「竟不知我在夫人心裡是這樣的。」

溫和中帶著笑意的聲音響起，驚得阮慕陽一緊張，手中的力氣變大，竟把髮簪上的珍珠生生撥了下來。

珍珠從梳妝臺滾落在地，發出了一連串清脆的聲響。一下下都像彈在了她心尖上，讓她慌得無以復加、無法言語，想再活一世的心都有了。

張安夷彎腰將珍珠撿起，徐徐走到了梳妝臺前將珍珠放下，透過銅鏡瞧著垂下眼睛不敢看他的阮慕陽，薄唇彎起說：「明日我派人將夫人的簪子修好。」溫柔的聲音裡帶著一絲嬌慣和揶揄。

第三章　定力不好

背地裡說不熟的人好話被發現比背地裡說熟人的壞話被發現還要尷尬。

阮慕陽好不容易才鼓足勇氣回頭。

她先是瞪了瞪一旁低著頭像做錯事了一樣的點翠，再抬頭看向站在自己身旁的張安夷。

他已然去沐過浴了，洗去了身上的酒氣，穿上了一件像是平時在家常穿的青灰色長衫，整個人看起來自有一種風骨，清爽極了。

對上他那雙含著笑意的眼睛，阮慕陽的心狠狠地跳了跳，假裝鎮定地移開了眼問：「怎麼不叫我去服侍你更衣？」

幸虧張安夷是個君子，不愛為難人。

「身上有酒氣，怕熏著妳。」說話時，他看著阮慕陽的目光有些恍惚，像是真的喝得有些多了，「妳可還好？」

意會到他是擔心她喝了那杯烈酒，阮慕陽笑了笑說：「起初有些頭暈，現在好了。」上一世被冷落後，她借酒消愁，竟然把酒量練起來了。這一世也變得能喝了。

「倒是你怎麼樣？」她問。

張安夷勾了勾唇：「有些暈。不過今日找我喝酒的太多，沒輪得上他們。」這個「他們」說的是謝昭他們。

這樣溫和的男人，即使喝多酒了也是安安靜靜的。

想到他說謝昭沒輪得上的情景，阮慕陽有些想笑，心情也放鬆了下來。

「時候不早了，休息吧。」張安夷走向床榻。

點翠會意，帶著丫鬟們靜悄悄地退了出去。

隨著房門關上，通明的燈火和喧鬧聲彷彿都被隔絕在外，屋子一下子靜了下來，靜得阮慕陽似乎能聽到自己呼吸的聲音。

看到張安夷坐在床榻邊像是在等她，她攏了攏頭髮，暗自吸了口氣站起身走向床榻。

「妳睡裡側。」

阮慕陽剛走到床榻邊，張安夷忽然出聲，嚇得她險些腳下一軟倒下去。

上一世與謝昭洞房花燭是什麼情景，阮慕陽早就因為後來的被冷落而忘了，如今倒像是第一次成親一樣。

「小心。」上床榻的時候，張安夷伸手扶了她一下。

阮慕陽原本腳下穩得很，就因為這一扶，隔著衣服都能感覺到他手的熱度，驚得她險些直接摔倒在他身上。也不知道他是不是故意的。

迅速地到了裡側坐下後，阮慕陽紅著臉說了聲：「謝謝。」

像是看出了她的慌張和抗拒，張安夷溫和地笑了笑說：「夫人之前說得對。我是要參加來年春闈入仕的，不想在這個時候分心，所以暫時不會圓房。」

聽到他這麼說，阮慕陽終於鬆了口氣，但隨後一直泛著淡淡紅暈的臉一下子更紅了。

他說，碰了她會讓他讀書分心。

的確，她不知道有一個詞叫食髓知味。

「二爺說得有理，還是科考重要。」

注視著阮慕陽躺下後，張安夷脫了長衫熄了燈，落下了帳子。

一片漆黑，張安夷就躺在她身旁，將她隔在了他與牆面之間。他身上淡淡的檀香味縈繞在她鼻尖，被他的氣息不動聲色地包裹著，阮慕陽覺得他們近得彷彿只要她一動就會碰到他一樣。

阮慕陽閉上眼睛，努力平息著氣息想讓自己睡著，可是卻覺得有一道燙人的視線一直落在自己身上。

張安夷他……

到底是血氣方剛的男人。

怕是也忍得難受。說不定先前說怕分心是騙她讓她安心的。

他這麼君子的作風讓阮慕陽愧疚了起來。這樁婚事是她設計來的，本就有愧於他。她已經是第二次成親了，到底有什麼好扭捏的呢？

像是忽然想通了一樣，阮慕陽漲紅臉翻身貼向身旁的男人。

可就在這時，身旁的男人發出了更大的動靜，嚇得她僵住了身體。

借著帳外朦朧的光亮，阮慕陽見他坐了起來，像是要下床。

「怎麼了？去哪？」一開口，她發現自己的聲音竟然異常的嬌軟。

只聽得張安夷吸了一口氣，聲音在夜色裡透著幾分低啞：「床太軟，我平日裡習慣睡硬床。妳睡吧，我去書房睡，明早再回來。」

阮慕陽聽說許多讀書人會為了磨練自己平日裡睡硬床，冬天也不生炭，沒想到真有這回事。

原來他是真的怕分心，要好好準備春闈才不圓房的。她居然險些當了主動勾他讓他分心的——妖精。

就差這麼一點點。

她心裡更加自責了：「明日我讓琺瑯她們把墊子去掉兩層。」她習慣睡軟床，總是要把床榻墊得軟軟的。

「不用。」張安夷已然穿上了衣服下了床，又回身看向她，目光落在她不小心露出在被子外的雙足上，燙得讓人心慌。帳外的光亮將他的五官輪廓照得更加清晰，他勾起了唇，像是逗她又像是在說真話，「夫人別是總留我，我的定力一向是不太好的。」

第四章 元帕

清晨，身邊塌陷的感覺讓阮慕陽慢慢轉醒。隨著她翻身的動作，露在被子外面的那隻手臂的袖子被掀到了靠近肩膀的地方，露出了纖細的手臂和細膩的肌膚，微微有些涼。

感覺到有一道燙人的視線在自己的身上，她睜開了眼。

「二爺回來了。」剛剛睡醒，她的聲音裡還帶著一絲軟膩，語調悠悠的。

「吵醒妳了？」張安夷的聲音不大，帶這幾分嬌慣說，「再睡一會兒？」語氣柔和極了。

阮慕陽不打算再睡了。她撐起身子坐了起來，錦被從她肩頭滑落，露出了她淺紅色薄衫包裹下姣好的身段，最引人注目的那有些歪了的領口，邊緣處一小點被蚊蟲咬出的紅痕引人遐想。

但是阮慕陽顧不上這些了。她看著張安夷手中的東西，臉紅得能滴出血。

察覺到她的變化，張安夷溫溫地笑了笑，舉了舉手中的元帕問：「夫人準備的？」只見那雪白的元帕上落著暗紅的血色，格外顯眼。

這的確是阮慕陽準備的。她原本就不受張家待見，若是再讓他們知道新婚之夜張安夷沒有與她圓房，她以後在張家的日子就更不好過了。

夜裡的時候，她讓琺瑯弄來了足以以假亂真的染料弄在了元帕上。

許是心中帶著算計，做這件事的時候，她並未覺得有什麼不好意思，可是今晨醒來，看見張安夷坦然地把元帕拿在了手上仔細瞧著，她竟覺得害羞了起來。迅速穩住了心神，她試探地說：「女子在後宅不好過，我這樣做，二爺會怪我自作主張嗎？」

張安夷勾了勾唇，抬眼看向她說：「自然不會。說起來還是我委屈了夫人。」說得好像她如何渴求一樣。

阮慕陽的臉更紅了：「二爺說得哪裡的話。」他不在意她的小心思就好。

慢慢地，房裡陷入了沉寂，暗藏氤氳。

可阮慕陽臉上的紅暈始終消不下去。她雖還是一副剛起床的樣子，但好在穿得還算保守，只是她覺得這衣裳有些薄了，竟擋不住他燙人的目光。

明明說要靜心讀書準備春闈的，卻又總是這樣看著她，阮慕陽有些摸不清張安夷的心思了。難不成真的是定力太差？

「二爺洗漱了沒？我喊人進來伺候二爺洗漱更衣。」說著，她就要喊點翠和琺瑯他們進來。

可是剛剛探出身子，就被張安夷攔住了。

「夫人且慢。」像是為了防止她從床上掉下去，張安夷一隻手扶上了她的腰。

隔著薄薄的衣衫感覺到他掌心的溫度，阮慕陽的身體立即僵住了。「怎麼了？」一開口，她的聲音抖得厲害，十分嬌軟。

張安夷勾起了一個意味深長的笑容，說：「須叫人知道夫人是極得我歡心的，才能叫夫人在這後宅中過得好些。」

說著，他另一隻手伸向她的領口處，手在她鎖骨下那處紅痕上撫了撫。

許是因為經常執筆，他的手指上帶著薄薄的繭，撫在阮慕陽嬌嫩的肌膚上，粗糙的觸感讓她的身子忍不住顫抖。
緊接著，他手上微微用了些力，甚至還輕輕掐了一下。
阮慕陽覺得有些疼，差點驚呼出來失了端莊。
張安夷收回了手，看著阮慕陽鎖骨下那拜他所賜更明顯的紅痕道：「委實太嬌嫩了些。」他的聲音有些低啞，雙指交互摩挲像是在回味方才細嫩的觸感。
他這番舉動太奇怪，阮慕陽下了床走向銅鏡前仔細看了看自己的領口處，立即明白了。那紅紅的淤痕在她雪白的肌膚上格外明顯，引人遐想，像是床笫之間不小心留下的。
直到叫人進來服侍洗漱更衣的時候，阮慕陽臉上的熱度還未全部消下去。
果然服侍她梳妝的琺瑯和點翠看到了她領口處的紅痕。
點翠不知昨晚找染料的事，只當真是張安夷留下的，偷偷地笑著。
明明什麼都沒發生，卻不好解釋，阮慕陽又是臉上發燙又是覺得憋屈，不由地透過銅鏡看向坐在桌前喝茶的罪魁禍首。
剛好這時張安夷也朝她看來，兩人的目光透過銅鏡相觸，他勾起了一個溫和的笑容。
溫潤清朗，自成風骨。
用過粥和糕點之後，阮慕陽和張安夷一道出了院子去拜見張家的長輩。
不得張家人喜歡，新婦敬茶對於阮慕陽來說是個極大的考驗。
與她並肩走在一起的張安夷忽然頓了頓腳步側頭看向她問：「緊張？」
阮慕陽搖了搖頭，笑得端莊動人：「有二爺在。」

這句極討巧的話讓張安夷唇邊的弧度驀地變大了。

阮慕陽定了定心神。不管等著她的什麼樣的深淵，她都要跨過去。而且她還要在張家過得如魚得水！

第五章　近天子、入翰林

張家老太爺原為禮部尚書，極得聖上青睞，致仕之後大家依然尊稱他一聲「老尚書」。

老尚書與老夫人育有兩子。張安夷的父親張吉便是長房長子。

阮慕陽與張安夷到的時候，廳堂裡原本的說笑聲立即沒了。彷彿他們一來，原本和樂的氛圍就被破壞了一樣。

阮慕陽看了張安夷一眼，見他臉上依舊帶著溫和的笑，似乎一點也不在意，她便也不動聲色。

「拜見祖父祖母，父親母親，二叔二嬸。」

兩人一起拜見過長輩後，阮慕陽這個新婦便開始敬茶。

「祖父請喝茶，祖母請喝茶。」阮慕陽雙手托著茶杯，脊背筆直，嫻靜端莊。

老尚書與老夫人並未及時接過茶。他們在打量她。

阮慕陽靜靜地任他們打量，高舉著茶杯的手臂沒有一絲顫抖。

最終，老尚書和老夫人喝下了她的茶。

「如今妳已是張家的人了，望你們夫婦琴瑟和鳴，相互扶持。」老尚書的語氣裡帶著感慨。

琴瑟和鳴，相互扶持。

阮慕陽在心裡默念了這八個字，心中有些酸澀。她為復仇而來，註定與這八個字無緣了。

連老尚書都認了這個孫媳，其他人再也不好明著為難阮慕陽，駁了老尚書的面子。

敬完長輩後，便是妯娌之間相互認識。

張家孫子輩一共五人。長房兄弟三個，二房兄妹兩人。張安夷雖排行老二，卻不是第二個成家的。在他之前，他同父異母的庶弟張安朝已經成了親。

「大嫂，三弟妹。」阮慕陽從點翠手裡接過提前做好的香囊，送給了王氏和陳氏。

她們兩人亦回了見面禮。

眾人都打過招呼後，老尚書問張吉：「你什麼時候要回到任上？」

張安夷的父親張吉是京州知府，此次張安夷成親，夫婦二人身為公婆，特意回來了一趟。

張吉回道：「再過四日便回了。」

張家自張吉這一代開始便一直在走下坡路，老太爺身為前任禮部尚書，兩個兒子卻沒一個有大出息的。張吉如今的官位大半是靠老尚書的給安排的。

可是老尚書並不喜歡這個糊塗的長子。張家為底蘊深厚的書香世家，有著不納妾的家規。然而張吉便壞了這個規矩，有一個妾室。老尚書的長孫張安延像極了張吉，所以也不得老尚書喜愛。老尚書最喜歡的便是張安夷這個孫子，從小就養在身邊，可惜神童長大了竟然成了傷仲永，會試落榜後再也不行了。

想到這裡，老尚書嘆了口氣，帶著幾分惋惜看向張安夷說：「如今你成了家也算徹底長大了。前些日子聖上懲治了不少官員，各個地方的職位還有空缺，你有舉人的功名在身，也該做個一官半職去官場歷練歷練。」

言外之意就是老尚書要給張安夷謀個官當一當。

他的話音一落，張家上下的臉色都變了。

一旁的阮慕陽把大家的反應都看在眼裡，暗道老尚書確實喜歡張安夷這個孫子，旁人怕是眼紅了。首先不滿的就是長孫媳王氏。她臉上帶著笑，狀似開玩笑說：「祖父，這麼多孫子你偏偏只給二弟謀官職是不是偏心了些，叫我們這些小輩怎麼服氣。」

「是啊祖父。」張安延身為長孫，卻從商看鋪子。

張安朝是庶出，與陳氏夫婦兩人不敢多說話。

老尚書冷哼了一聲說：「想當官，你好歹先有個舉人的功名在身。」

二房的張安玉雖然還小，卻也是嫡孫。他的母親季氏不由地為他將來謀劃了起來，說：「是啊父親，都是孫子，您得公平些。咱們安玉雖然還小，卻也是舉人了，來年春闈若是中了就是貢生了，可不比他二哥差。」

季氏明裡暗裡在提醒著張安夷會試落榜的事情。

阮慕陽不由地去看張安夷，只見負手而立，身姿挺拔，臉上帶著溫溫的笑，一團和氣，彷彿站在風口浪尖的那個人不是他一樣。

這人還真是……沒脾氣。

接下來，讓阮慕陽驚訝的是張吉竟也是反對的。

看老尚書不為所動，小輩們幾乎都要吵起來了，話頭直指張安夷，越說越難聽。

就在這時，張安夷溫潤平靜、帶著一絲傲然的聲音響起：「不用了祖父，我準備參加來年的春闈，入翰林。」

廳堂瞬間安靜了下來。

他的聲音雖然不大，卻一字字的鏗鏘有力地敲在了阮慕陽心頭。莫名的激蕩讓她的心跳加快，生出一腔凌雲壯志。

聽老尚書的安排，從知縣做起，頂多將來與張吉一樣，做到知府，從四品。

而他要的是入翰林，在天子近身，做一朝之權臣！官拜一品！

第六章　捧殺

何人才能入翰林？

通過會試成為貢士後，在殿試中由聖上欽點的三甲才有資格入翰林！

入翰林之後會如何？

翰林素有「儲相」之名，近天子，拜相者一般皆為翰林學士之職！

張安夷這番話一出，不僅是其他人，就連老尚書的臉色也變了。

在所有人錯愕的目光中，張安夷站得筆直，一片坦然地與老尚書對視著。明明說了這樣的大話，他的臉上看不出一絲倨傲，反而謙和溫潤地笑著，這種謙和讓人有一種他已胸有成竹的錯覺。

「捧殺、捧殺，都是被你慣的這般——」不知天高地厚。

最先出聲的是老夫人。老夫人出身名門，見過許多大世面，端莊沉穩了一輩子。她的語氣裡帶著對老尚書的埋怨。

老尚書不語。

「不知天高地厚！」張吉被張安夷平靜的樣子氣得不行。他為官多年，雖不近天子，卻也知道那些權臣是何等的能耐，豈是張安夷想當就當的？

身為父親，他恨不能請家法，把這個滿口大話的小子打一頓。

張安夷的大哥心裡幸災樂禍著，嘴上卻語重心長地勸著：「二弟，原本以為你成了家了，終於能安定下來，懂事些了。你要為二弟妹想想。」

王氏附和著丈夫說：「是啊二弟。入翰林可不是這麼好入的。要是你一次兩次不中，二弟妹不得一直為你擔心著？還是聽祖父的安排，好好過日子吧。」她打定主意張安夷惹惱了老尚書。

「就是啊，二哥。你一直這樣下去，二嫂可要辛苦了。」就連陳氏也有膽子附和了。

其他人雖沒說話，卻也都是一副聽到了極好笑的笑話的樣子，暗暗地笑著。

「我信二爺。」阮慕陽的聲音驀地響了起來，清脆的少女聲裡帶著不符合年齡的端莊與嫻靜，「二爺儘管溫書準備春闈，房中的事情我來操持便是。」

說完，她感覺自己放在身側的手被一隻溫暖的大手給包裹住了。

她側頭對上張安夷那雙溫和的雲霧下暗潮湧動的眼睛，回以一個堅定的笑，溫柔如水。

被打臉的王氏面上帶著假笑說：「二弟和二弟妹還真是——不是一家人，不進一家門。」都是一樣心比天高，命卻不怎麼樣。

張復說：「安夷，不是二叔說你，這話要是被傳出去，咱們張家又得被外面笑話好一陣子了。」上一回張家被嘲笑還是兩年多前張安夷會試落榜的時候。

「好了。」老尚書忽然開口，打斷了所有人說話。他先是看了看阮慕陽，然後又看向張安夷說：「你可知道入翰林都是殿試三甲？」

張安夷恭敬地說：「回祖父，我知道的。」

「明年春闈你可有把握？」

「定當全力以赴。」

「看來你是早有打算。那便去吧。」

張安夷看了看老尚書，忽然跪了下來。

他身邊的阮慕陽亦跪了下來。

兩人齊齊一拜：「多謝祖父成全。」

從老尚書那裡出來，阮慕陽和張安夷並肩走著，都沒有說話。

阮慕陽還沉浸在方才激蕩的情緒之中。兩輩子加起來，她從未生出過方才那種豪情。

上一世她只知道張安夷中了狀元，卻不知他後來如何了。

如今他們是夫妻，一榮俱榮，一損俱損。她只盼著自己沒有信錯人，他將來真的能成為一朝權臣，有足夠的權勢與謝昭對抗。

就在阮慕陽走神的時候，張安夷停下了腳步。

「夫人先回吧。」

「你要出去？」阮慕陽問。

張安夷點了點頭，動作親昵地將她被風吹亂的碎髮理了理，說：「約了幾位同窗。穿雲院的人隨夫人調派，只要夫人在後宅過得舒心便可。」他似乎始終都記得她說的女子在後宅不好過的事情，不知道是體貼還是揶揄她。

阮慕陽被他親密的動作弄得臉紅了紅。

他們的院子叫穿雲院，據說是張安夷十二歲的時候自己取的。單單「穿雲」兩字可以看出當時的他是何等意氣風發。

回到穿雲院，阮慕陽讓點翠和琺瑯叫來了所有的下人。

張家家風嚴謹，派去照顧公子的皆為小廝。張安夷又喜靜，整個穿雲院加起來一共四個小廝和兩個負責針線的丫鬟。加上阮慕陽帶來的兩個一等大丫鬟，四個二等丫鬟還有兩個婆子，現在一共是十四個人。

阮慕陽讓點翠把賞錢發了下去，稍微說了幾句話就讓他們散了。

她剛來，並不打算動張安夷院子裡的人。

回到屋裡，她叫來點翠說：「把床上的墊子撤掉兩層。」

點翠疑惑地說：「夫人在家不就是墊這麼多的嗎？再加上天要轉涼了，墊少了會冷。」

「聽我的話，去吧。」

阮慕陽始終記得昨夜張安夷說床太軟的事情。她總不能讓他一直睡在書房裡。等到了冬天，她說不定還要陪他一起不生炭受凍呢。

第七章　脂粉香

傍晚張安夷回來的時候，阮慕陽忙了一天剛剛閒下來。

「二爺回來了？用過飯了嗎？」她笑著迎了上去。新婚第一天，她穿著一身淡粉色的裙子，襯得她肌膚如雪，嫺靜動人。

張安夷笑起來眉毛彎彎的，很溫和：「不曾。」

「那正好，我讓點翠她們上菜了。」轉頭叫點翠的時候，阮慕陽臉上的笑容凝了凝，心一下子沉了下來。

她在張安夷身上聞到了脂粉香。

雖然很淡，但是她還是聞出來了。味道清新得像是荷花的香味，絲絲的芬芳讓她可以想像到，用這種香的必定是個清雅的女子。

說是去見同窗，原來是去見女人的。

隨即，阮慕陽又恢復了端莊的笑容，越發嫺靜。

用過飯後，張安夷問了幾句明天回門的事情，便準備去書房看書。

阮慕陽叫住了他說：「二爺，我叫人把床墊子去掉了兩層，今夜就不要去書房睡了吧。」明明說要靜心讀書，出去一趟卻帶著一身脂粉香回來，她摸不清張安夷到底是怎麼打算的。不過她知道再這樣下去他們的關係只能是相敬如賓、越來越疏遠。

所以現在，即使他真的不圓房，也要跟她睡在一起！

張安夷看了眼拔步床，果真見床墊沒有原本那樣厚軟了。他眼中含著氤氳的笑意，說道：「夫人肌膚嬌嫩，只怕夜裡會睡不好。」

肌膚嬌嫩？

他是怎麼知道的？

這番話實在說得引人遐想了些。

想到在外間清點明天回門的東西的點翠和琺瑯肯定都聽到了，阮慕陽的臉有些發燙，配上她淡粉色的裙子，豔若桃李。

張安夷的目光在她臉上停留了一下，聲音越發溫和了：「夫人，我先去溫書了。」

說完，他抬腳就走了。

阮慕陽勸他留下的話到了嘴邊沒機會說出來，心裡有些憋屈。

「咱們二爺當真疼愛夫人。」張安夷走後，點翠捂著嘴走了進來。

阮慕陽笑著瞪了她一眼：「妳就該學學琺瑯那樣少言慎行。」慢慢地，她臉上的笑意徹底消失了。

張安夷給所有人一種對她寵愛有加的感覺，卻在外會見女子，到底是為什麼？難道是因為張家有不准納妾的規矩，他想借著她打掩護，養外室？畢竟要不是因為上元節她設計他與自己落水，他們是不會成親的。

如果真是這樣？日後她在張家要如何自處？

她想起了上一世被謝昭冷落的情景，心中生出一股悲涼。

後來，張安夷到底還是回來睡了。

他是沐浴後回來的，清爽的氣息襯得他五官更加清晰，端的是俊朗公子的模樣。點翠和琺瑯關上門後，阮慕陽走到張安夷身邊問：「替二爺更衣？」

她的手剛要碰到他的衣襟，就被他握住了。

手腕處細膩的肌膚被他溫熱的手掌握住，阮慕陽心頭一跳。

「夫人身上的香味很別致，用的是什麼香？」張安夷沒有鬆手，說話的時候手指輕輕地摩挲著她手腕內側敏感的肌膚，不知是有意還是無意。

阮慕陽因為想起他回來時身上的香味，心中冷靜極了。她笑著答道：「這是我今年早春時用白梅製的冷香。」

張安夷俯身在阮慕陽耳邊嗅了嗅說：「確實是梅香。」

他忽然靠近，吸氣的聲音都在耳邊，阮慕陽身子一下子便繃直了。隨後，她聽到他輕嘆了口氣說：「今夜我睡榻上吧。」聲音有些低啞。

阮慕陽也不勉強他，點了點頭說：「我給二爺鋪床。」

隨後，在張安夷的注視下，阮慕陽抱了床被子放到了榻上，然後脫了繡鞋上了榻，細細地替他鋪了起來。

沐浴後，她便沒有穿襪子，脫了繡鞋後，一雙白嫩的腳暴露了出來，蕩在榻外。

為了睡得舒服，她穿得也寬鬆了一些，俯下身子時有些大的領口垂了下來，露出了一大片她胸前的肌膚還有小衣下的起伏。

這些她毫不自知，卻落入了站在一旁的張安夷眼裡。他一雙溫和的眸子慢慢地幽深了起來，暗雲湧動。

最後將內側鋪好後，一直撐著身體背對著張安夷的阮慕陽慢慢倒退到榻的邊緣，剛剛一隻腳落地，她的後背就靠上了一個溫熱寬大的胸膛。兩人睡前都穿得輕薄，身體相碰，她似乎能感覺到他身上每一處的熱度。

他什麼時候靠得這般近了？

阮慕陽嚇得驚呼了一聲，身體差點失去平衡。

張安夷的手環上了她纖細的腰，灼熱的氣息拂過她耳邊說：「當心。」聲音低啞得讓人心慌。

阮慕陽的心跳得飛快。因為看不見，所以她的感官更敏銳了。她能感覺到張安夷的氣息就徘徊於她的頸間，只要再靠近一點點，他的唇便要貼上去了。

她的呼吸也慢慢急促了起來。

整個屋子裡彷彿只有兩人喘息的聲音，每一聲都清晰可聞，一聲聲叩在心尖上，氤氳極了。

阮慕陽深吸了一口氣，慢慢轉身。

忽然，張安夷手上的力道加重，禁錮了她，也讓她更貼緊他。

只聽他暗啞的聲音裡帶著隱忍：「夫人就當可憐我，不要再折磨我了。我已然為妳破了不金榜題名不成家的誓言，再這樣下去，連不圓房也要做不到了。」

聽到他這樣說，感覺到他身體某處的變化，阮慕陽是真的不敢再動了。

第八章　他是不是不行

這一夜，阮慕陽因為張安夷的一句話心跳得飛快，久久無法平息，遲遲未能入睡，後半夜好不容易有了睡意，卻因為床太硬，始終無法適應，翻來覆去睡不好。

因為要回門，他們起了個大早。

「夫人昨夜沒睡好？」

阮慕陽雖然已強打起了精神，但還是經不住馬車的顛簸有了睡意，被張安夷瞧出來了。反觀他，一副神清氣爽的樣子，像是睡得很好，整個人在晨曦下溫和得如一塊美玉。

「只是有些認床。」她無論如何也不想說自己沒睡好的原因是他。

可是她不說，張安夷也看出來了。

他們到阮家的時候，時辰剛剛好。阮慕陽的姐姐一家也來了。

上京大官貴族何其之多，阮家只是一個侍郎府，雖比不上一些根基深厚的官宦之家，卻好在阮慕陽的父親阮中令正得重用，而宮中的阮妃正是阮中令的表姐。可以說阮家是朝中新貴，前途無可限量。

「父親，母親。」下了馬車後，阮慕陽與張安夷便去拜見了阮中令夫婦。

女婿從原來的皇子變成了張家的小子，阮中令始終無法接受，臉上的表情淡淡的，不算熱絡。倒是阮慕陽的母親趙氏對張安夷很親切。只是她看著阮慕陽的時候眼中始終帶著憐惜。

本該大富大貴、被人嬌慣著的侍郎府嫡出小姐嫁給了張家那個落了榜的張安夷，身為母親怎麼能不心疼？

倒是阮慕陽的姐姐阮暮雲臉上帶著笑容說：「四妹夫真是一表人才，模樣溫和，一定有一副好性子。」阮慕陽有一個嫡親的姐姐和一個嫡親的哥哥。

阮暮雲在去年與翰林宋學士的長子宋言新成了婚。

這時，黃氏忽然笑了起來：「可不是嗎？咱們四姑爺的好脾氣這兩天可在上京傳遍了。」

阮中令一共有楚氏與黃氏兩名妾室。黃氏育有一子一女，甚得寵愛。

阮慕陽朝目光沉靜地朝她看去，她立即噤聲。

張安夷就像真沒脾氣一樣，在阮慕陽歉疚地看向他的時候朝他笑了笑。

阮慕陽也朝他笑了笑。在要收回目光的時候，她發現另外有一道目光一直在張安夷身上。那是黃氏的女兒阮慕汐。

阮慕汐原本還幸災樂禍阮慕陽一個嫡女最後嫁了張安夷這樣的人，今日見到本人卻不想竟是這般溫潤俊朗的模樣。她忽然覺得有些不公平。

寒暄過後，阮中令便叫了阮慕陽的哥哥阮明華和張安夷還有宋言新一同去書房。

才成親兩天卻像是離家了很久一樣，阮慕陽有許多話要與母親和姐姐說。

「四姐。」正在離開廳堂的時候，阮慕汐叫住了她，「妳搶了我的夫婿，就不覺得愧疚心虛嗎？」

阮暮雲皺起了眉：「五妹妹妳這是說的什麼話？」

阮慕汐笑了笑說：「我說的什麼話大家都清楚。」原本與張安夷有婚約的是她阮慕汐。

阮慕陽轉過身，對上她的眼睛，目光中帶著一絲警告，語氣平靜地說：「那只能說明五妹妹妳與他無緣。要記住，現在他是妳四姐夫了。」阮慕汐雖然與張安夷有婚約，可是上一世，她嫌張安夷只是個舉人，執意不嫁，與阮中令的上司工部尚書家的庶子暗通款曲。最後阮中令只好讓張家來退親。

阮慕陽著重的「四姐夫」三個字讓阮慕汐的臉白了白。她沒有像阮慕汐想的那樣生氣，嫺靜端莊的樣子就像一個勝利者，絲毫不把自己放在眼裡。阮慕汐暗自咬了咬牙。

三人到了趙氏的院子，進了屋，趙氏立即拉著阮慕陽的手，關切地問：「慕陽，張家有沒有為難妳？妳成親那日永安王為何會去？妳們是不是——」

阮慕陽打斷了趙氏，軟聲說：「娘，謝昭為什麼會去我也不知道。我與他從來沒有私下見過。」

一旁的阮暮雲笑著說：「娘，是啊。妹妹可是平日裡連門都不願意出的，怎麼可能見過永安王？」

趙氏這才鬆了口氣。

阮慕陽又安慰說：「放心吧娘。張家家風嚴謹，老尚書雖看上去嚴厲，實則對小輩很好。我過得也很好。」

母女三人說了一會兒話後，趙氏有些累了。阮慕陽想回原先的住處看看，便帶著點翠和琺瑯離開了。

可是她前腳剛離開，後腳就有人到陳氏的院子裡的通報說永安王來了。

這邊，還不知道消息的阮慕陽看到化成灰自己也認得的人出現，停下了腳步。

「四妹妹，這麼巧。」謝昭臉上帶著意味深長的笑容，目光毫不避諱地落在了她身上。

阮慕陽微微垂首，掩去了眼中的恨意，道：「參見王爺。」

謝昭彷彿就是衝著阮慕陽來的，沒有離開的意思。他語氣裡帶著幾分曖昧：「本王有些話想與四妹妹好好說說。」

像是猜到了阮慕陽會拒絕，謝昭笑了笑，提醒說：「眼下無人，四妹妹可要抓緊聽我說。一會兒來人被看見就不好了。」

看來謝昭是打定主意不放她。

阮慕陽定下心神，看向早已慌了神的點翠和琺瑯說：「妳們兩個守在這裡。」隨後，她輕挪了兩步，到了一棵大樹後。

謝昭自然是跟著她到了樹後。在她轉身、表情冷漠地對著他的時候，他忽然向她走近，伸手抬起了她精緻的下巴，迫使她抬起頭做出迎合他的姿勢，語氣裡帶著幾分篤定說：「張二竟然捨得不碰妳？他是不是不行？」

第九章　貞烈

謝昭的話讓阮慕陽臉漲得通紅，氣得渾身發抖。

力量上的懸殊讓她毫無還手之力。她僵直了身體一動不動，就怕掙扎的時候跟他有更多的接觸，發出很大的動靜驚動了別人。

她極力保持著鎮定，平靜的語氣細聽之下帶著一絲顫抖：「聽不懂王爺在說什麼。」

謝昭原先只見過阮家姐妹幾次，對嬌俏的阮慕汐印象很深，對安靜的阮慕陽幾乎沒什麼印象。他覺得這樣端莊安靜的女人太無趣了，不對他的口味。而如今看到她被他捏著下巴的時候依然這般沉靜，忽然覺得她這種沉靜超越了她的年齡，在一個十七歲的少女身上格外不和諧，卻也叫他起了興致，起了征服的想法，想親手摧毀她這份沉靜。

他滿含興趣地看著阮慕陽，目光自她柳葉般的眉毛開始順延而下，最終被她微微抿起的紅唇吸引。

「四妹妹是真不懂還是假不懂？若是張二滿足不了妳，表哥我願意代勞。」他一邊低聲說著，那隻捏著她下巴的手慢慢沿著她的頸項的弧度向下。

他見過那麼多女人，是不是處子他一眼就能看出來。阮慕陽雖然打扮與舉止都與婦人無異，舉止投足間亦帶著一股別樣的風情韻致，但是他可以確定張二還沒碰她。

感覺到他的手已經伸向了衣襟，阮慕陽感覺得到了危險的降臨，再也控制不住掙扎了起來，低聲道：「你幹什麼！」

隨著她的掙扎，謝昭的手指剛剛好挑亂了一些她的衣襟。

白皙的肌膚上，一抹紅痕格外顯眼。

謝昭的目光變得幽深了起來。他伸出手禁錮住了她，另一隻手猛然將她衣襟拉大，阮慕陽頸下雪白的肌膚就這麼暴露在外。他用手指慢慢撫摸上了那抹紅痕，唇邊的笑變得有幾分危險：「看來張二未必沒碰過妳。」

被這樣羞辱，阮慕陽氣得渾身發抖，眼睛裡帶著狠意，滿是戾氣地說：「謝昭，你要是敢亂來，我就是拚了這條命也要跟你同歸於盡。」

她強烈的恨意讓謝昭愣了愣，隨後又張揚地笑了起來。「如此貞烈——」他的手指忽然停了下來，挑釁地看了她一眼說，「那我倒是要看看妳要如何與我同歸於盡。」說著，他低下頭，吻在了那處紅痕上，重重地吻了一下。

鎖骨處感覺到了溼熱和疼痛，阮慕陽只覺得自己被狠狠地羞辱了，恨得咬緊了牙。她用力地去掙扎，卻一定作用都沒有，只能緊緊地抓著謝昭的手臂，指甲恨不能抓進他肉裡去。

她不能喊，要是讓人看到了，這輩子就完了。她還沒有報仇，沒有看到謝昭死。

今天的一切她都會記住！

謝昭終於鬆開了口，帶著幾分意猶未盡地看了看那抹泛著晶亮的紅痕，隨後又看向阮慕陽的臉。

越看越覺得漂亮，越看越覺得惋惜。

這女人便宜了張二。

對於阮慕陽的恨意，他視而不見，臉上帶著得意的笑容說：「四妹妹別這麼看著我，怪叫人把持不住的。舅舅知道我來了，估摸著馬上就要讓人來找了。四妹妹好好收拾收拾自己，一副剛被人欺負過的樣子我見猶憐，別讓人瞧見了。」

說著，他鬆開了阮慕陽，自己理著衣服。

阮慕陽壓抑著自己的情緒，連呼吸都帶著顫抖。

這時，謝昭又補充了一句：「被人瞧見了也好，到時候妳表哥我不嫌棄妳，還能收妳做個侍妾。」

抿唇太久，阮慕陽發現自己開口有些艱難。她盡量控制著自己的聲音不顫抖，說：「做夢。」

待謝昭從另一個方向離開後，阮慕陽拉了拉衣襟從樹後走了出來。

此刻的她眼睛發紅，頭髮有些散亂，衣襟更是，讓點翠和琺瑯嚇了一跳。

兩人立即想到發生了什麼。琺瑯的表情變得凝重了起來，而點翠直接哭了出來：「夫人，永安王他怎麼——怎麼——」

阮慕陽此刻腦中出奇的清晰。她聲音裡還帶著遺留的一絲顫抖，語氣卻平靜極了：「別慌，我沒怎麼樣。先回破曉院，仔細別被人發現了。」破曉院是她出嫁前住的院子。

一路遮遮掩掩回到了破曉院，阮慕陽終於鬆了一口氣，這才發現自己的手腳都在顫抖。

她怎麼會不怕？

她怕被人發現，怕得不行！

阮慕陽讓琺瑯在外面守著不讓人進來，然後讓點翠幫她重新梳頭整理衣服。可是才剛剛在梳妝臺前坐下來，便見琺瑯慌張地跑進來說：「夫人，二爺來了！」

拿著梳子的點翠嚇得手一抖，梳子掉在了地上。

「別慌。」阮慕陽迅速地對著鏡子整理了下衣服和頭髮。

第十章　別哭

聽到腳步聲靠近，坐在梳妝臺前的阮慕陽沒有動，只是側對著張安夷。她可以清楚地感覺到他就在自己身旁，衣擺幾乎能擦到她的手臂。

「二爺怎麼來這裡了？」她只盼他沒有看出她的不對勁，沒有聽出她聲音裡細微的顫抖。

張安夷的聲音一如既往的溫和，語氣裡還帶著一絲揶揄：「來看看夫人出嫁前的閨房。」

明明才出嫁兩天，阮慕陽卻覺得他帶著笑意的聲音格外溫暖，委屈驀地湧上心頭，鼻子發酸。她強忍著情緒，笑著說：「有什麼好看的？」說話時，她依然只留一張側臉給他。

房裡忽然陷入了一片沉寂。

張安夷沒有回答。

這種安靜讓阮慕陽的心慌亂了起來。

「妳遇到謝昭了？」張安夷的聲音突兀地響起，聽不出情緒。

阮慕陽本想笑著糊弄過去，卻發現自己笑不出來，也開不了口。

可是讓張安夷知道了謝昭這樣對她，他會怎麼想？他會怎樣厭棄她？

房裡再次安靜了下來。

她瞞不住了。

「慕陽，轉過頭來。」這是張安夷第一次叫阮慕陽的名字。之前「夫人」二字叫得雖然沒有不妥之處，卻總讓人感覺有些疏離。「慕陽」二字卻親昵了許多。

這兩字從他口中叫出來，溫柔極了。他開口時那輕輕一嘆，似乎帶著許多無可奈何與驕縱，讓阮慕陽有種他真的把自己捧在了心尖上疼的感覺。

怎麼會有脾氣這麼好的人呢？這讓原本就帶著目的嫁給他的阮慕陽更加愧疚了，甚至覺得無顏面對他。

張安夷忽然伸手撫上了她的臉，微微用力讓她的臉轉了過來。

當看到阮慕陽有些凌亂的頭髮的時候，他眼中慣有的笑意慢慢沉了下去，原本的溫和變成了一片迷霧，叫人看不清他眼底的漆黑。

阮慕陽的下巴被他捏得有些疼，卻不敢動。

有哪個男人會不介意？

她的眼淚開始啪嗒啪嗒地地往下掉，流到了張安夷手上。

「別哭。」像是被阮慕陽的眼淚燙到了一樣，張安夷終於鬆開了捏著她下巴的手，輕柔地替她抹去眼淚說，「謝昭他——」

「謝昭他對於我退了親事害他丟了面子的事懷恨在心，意圖對我——不軌。」阮慕陽像是在極力壓抑著自己的情緒，眼淚卻越掉越多，「不過礙於在阮家，他也不敢胡來，只是嚇了嚇我。」

沒有一個男人能忍受這樣的事情，阮慕陽不敢告訴張安夷。她哭得半真半假，一是真的覺得委屈，二是想博得他一些憐惜，害怕他厭棄自己。

張安夷的目光果然柔和了下來，卻依舊看不清眼底。他輕聲安慰說：「委屈妳了，別怕，有我在。」

阮慕陽捕捉到了他眼中一閃而過的冰冷，竟然覺得害怕。看來他是真的恨上謝昭了。

見她慢慢不哭了，張安夷微微俯下身朝她安撫地笑了笑說：「父親一會兒要叫我們去呢，讓點翠琺瑯進來幫妳收拾收拾，帶我在妳這破曉院轉轉。」說完，在直起身子的時候，他的目光不經意地掃過阮慕陽有些凌亂的領口，看到了那抹比原先更加深、深得發紫、一看就是新加深的紅痕，那薄霧籠罩下的眼中風雲變化。

這是一種挑釁。「怎麼了？」阮慕陽怕他發現什麼。

只是一瞬間，張安夷的目光再次柔和了下來。他不動聲色地說：「無事。」

張安夷出去後，點翠和琺瑯走了進來，目光中帶著擔憂。

阮慕陽眼眶裡仍帶著溼意，語氣裡卻再無慌張和脆弱：「今天的事誰也不准再提。」

兩人連連點頭。

待重新收拾好，與先前看不出一點不同後，阮慕陽從房裡走了出來。

她出來的時候，張安夷正背著手瞧著她院子裡的一棵枇杷樹。他的身體不似尋常書生那樣單薄，實際上十分高大。不知是從這棵枇杷樹上悟出了什麼還是如何，他瞧得認真。

已是初冬，院子裡許多花草都凋零了，他孑然一身地站在其中，清俊挺拔。許是因為少年成名，又在被人碰到了高處時狠狠跌了下來，二十歲的年紀幾乎把旁人一生的起伏都要經歷完了，他身上看不到尋常男子的浮躁與迷茫，經過起起落落後沉澱下來的那種溫和彷彿永遠不會為旁人所動，自有一種風骨。

這樣的張安夷，阮慕陽覺得神祕極了。

許是聽到了腳步聲，張安夷回過頭來，溫和的聲音裡帶著一絲悠遠說：「妳可記得上元節的燈會？若不是那次落水，妳我恐怕沒有夫妻的緣分。」
阮慕陽的腳步頓了頓，心提了起來。
難道他發現了端倪，知道落水之事是她設計的了？

第十一章　殺機

去年年末之時，阮慕陽和謝昭的親事有了眉目，只差年後皇家派人來說親、昭告天下了。

阮慕陽這一世是死也不願意再嫁給謝昭的，不惜以敗壞自己名聲為代價。就在她暗中在上京官宦子弟中物色夫婿人選的時候，會試落榜後消失了兩年的張安夷回來了。

他曾經何等的風光，後來就何等的慘。他再次出現在上京，自然引起了許多人的關注，當年的事情又被拿出來說了好幾輪。

阮慕陽當即便覺得他是個再合適不過的人選。

正月十五那天，全上京的公子小姐都會出來看燈會。阮慕陽早就派人盯著張家動靜，張安夷出來後，她便一直不近不遠地跟著他。直到他在河邊停了下來，她知道機會來了。

由於看燈會的人太多，到處都是十分擁擠。阮慕陽假意被擠到河邊，掉下去的時候緊緊地抓住了他的手臂。

她原本以為以自己的力氣拉動一個男子下水是十分困難的，多半會被他拽回來，到時候借勢倒進他懷裡，讓許多人看見也就差不多了。誰知他竟然腳下像沒根一樣，她輕而易舉地就把他拉下了水。

阮慕陽是不會水的。

好在張安夷會。

張安夷將阮慕陽救上來時，岸上已是一片混亂。將阮慕陽交給阮家的人後，張安夷就要離開，可是手臂被緊緊抓住了。

「難受？一會兒就好了。」他像極了在哄她，語氣溫和極了。見她像是有話要說，他微微俯下身。

「你碰了我的身子，便要娶我。我是戶部右侍郎家的四小姐——」阮慕陽艱難地說著。

張安夷愣了愣，忽然勾起了唇說：「好，我記住了。」

隨後，阮慕陽便暈了過去。

當時的她是懷著何等絕望的心才決定破釜沉舟拉著張安夷落水的？

好在成功了。

阮慕陽回過神來，忽略心中的一絲酸楚與愧疚，盈盈地看向張安夷問：「二爺可是後悔那時候答應我了？」

兩人的目光交會，都不曾移開，似乎都想從對方眼中看出些什麼。

張安夷走到了阮慕陽身前，伸出手撫上了她的眼睛。

他手指帶著細微的顆粒感，癢癢的，阮慕陽禁不住眨了眨眼。

「我後悔自己還是太過年輕氣盛，竟然立下了不金榜題名不成家不圓房的誓言。」他細細地撫摸著她的眉眼，動作溫和極了。

他說得這樣直白坦然，阮慕陽想起了昨晚的事，臉慢慢紅了起來，再也不敢去瞧他的眼睛了。「好端端的說這些做什麼。」她的聲音變得嬌軟。

「我只是想告訴妳，我不後悔。」

阮慕陽飛快跳動著的心慢慢沉靜了下來。

恐怕有一天他知道真相是會要後悔的。

在破曉院轉了一圈後，阮慕陽與張安夷便去了廳堂。

正巧這時謝昭見過了阮中令，準備離開。

瞧見走進來的阮慕陽與張安夷，他眼中閃過一絲興味說：「母妃素來喜歡四妹妹穩重的性子，舅舅，不如就讓四妹妹進宮陪母妃。」

因為謝昭的話，阮家上下都看向了剛進門的張安夷與阮慕陽夫婦。

阮慕陽雖未聽到他們原先在說什麼，謝昭那句話她卻聽得真切。衣襟之下，鎖骨處那處紅痕隱隱作痛，提醒著她方才受到的輕薄與羞辱。她並未如謝昭的意，露出任何慌亂心虛之態，面上平靜端莊極了。

進宮陪娘娘是一件何等榮幸的事？阮家如今只是阮慕汐一個未出嫁的女兒，阮慕汐自然覺得非她莫屬。可是永安王忽然直接點了阮慕陽的名字。她心中不服。

阮慕陽已然嫁進了張家，成了張家的人，張安夷又沒有官職在身，阮慕陽進宮實在不合適。

阮中令思索了一番說：「王爺，慕陽如今已嫁入了張家，去陪阮妃娘娘，恐怕不太妥當。」

謝昭笑了笑。生而為皇室之人，他身上的氣度自然是不凡的。他語氣裡帶著一股凌駕於旁人之上的威嚴，挑釁地看向張安夷問：「難不成張老尚書一家還會有微詞？」

抬出了皇家的威嚴，還如何能拒絕？明眼人都看得出來謝昭這話是專門來壓沒有官職在身的張安夷的，所有人都看向他。其中有趙氏和阮暮雲這樣帶著擔憂的，也有像黃氏母女那樣看好戲的。

在所有人的注視下，張安夷不為所動，不反抗卻也不卑怯，身姿挺拔如青竹，語氣依然溫溫和和的，說：「這是慕陽的福分，多謝王爺和阮妃娘娘對張家的抬愛，張家上下感激於心。」

聽張安夷這樣一本正經地感謝，阮慕陽幾乎要忍不住笑出來了。

她敢肯定謝昭絕對沒有抬愛張家的意思，卻被他硬生生解釋成了這樣。明明順了謝昭的意妥協了，他卻也沒吃虧。

感覺到視線，張安夷抬眼對上了謝昭的眼睛。

眸光交錯間，一個目光凌厲，挑釁之意甚濃，一個目光看似溫和卻暗潮湧動。

唯一相同的是，雙方眼底皆是殺機重重。

第十二章　生病

從阮府回來後當晚，阮慕陽好好地洗了個澡。發現鎖骨下的紅痕比原先更加明顯了，她覺得恥辱和噁心，洗得肌膚都泛紅了才停了下來。

也不知是因為這一晚洗澡受了涼還是因為別的，之後她便覺得頭昏昏的，像是要病了的樣子。可是剛剛嫁進張家，要熟悉的事情太多，再加上張安夷的父母，張吉和李氏要回京州任上了，她只能強撐著。

張吉和李氏走後，阮慕陽終於病倒了。

大夫來看過之後開了藥，說要靜養。老夫人派人送來了些補藥，王氏和陳氏也都親自來看過。很快，阮慕陽生病的消息傳到了阮家。阮家派了個人過來照顧她。只是阮慕陽做夢都沒想到派過來的人竟然會是阮慕汐。

進了屋子坐在阮慕陽床前，阮慕汐打量著四周，假意關心地說：「四姐姐怎麼忽然病倒了？父親和母親都很擔心呢。這回我過來就是照顧四姐姐的。」

其實阮慕汐身為她的庶妹，來張家照顧她一段時日沒什麼不妥。可是阮慕陽與阮慕汐的關係一直不好，用阮慕汐的話來說，她還搶了她的夫婿。

能出這種餿主意的只可能是對後宅之事不上心的阮中令。

人都來了，阮慕陽也不能把人趕走讓張家人看笑話。她倚在床上，瞇著眼睛漫不經心地說：「多謝五妹妹了。」

一陣腳步聲響起，阮慕陽還沒來得及睜開眼睛去看是誰，就聽阮慕汐壓抑著激動的聲音響起。

「四姐夫。」

阮慕陽心裡冷笑了一聲。原來她是衝著張安夷來的。

男女有別，張安夷只是朝阮慕汐點了點頭，便走到了床前摸了摸阮慕陽的額頭問：「今日覺得怎麼樣？」

其實阮慕陽今日已經好些了，但是仍然覺得渾身無力。她故意誇張了一些說：「覺得房裡吵得有些頭暈。」

張安夷看了看房中站著的人說：「都下去吧。」

這時，阮慕陽特意看了阮慕汐一眼，只見她站在張安夷背後不甘心地看著，似乎是不願意離開。而張安夷自打進來就沒好好瞧過她一眼。

所有人都出去了，唯獨阮慕汐沒有出去。她笑著說：「四姐夫，四姐姐方才還說無聊要我陪她說說話呢。」

她比阮慕陽小兩歲，也比她活潑，笑起來更是一副嬌俏的樣子。與阮慕陽四目相對，阮慕汐朝她眨了眨眼睛，像是篤定阮慕陽不會翻臉。

的確，阮慕陽不會翻臉。若是她們翻臉了，會讓張安夷和張家小看了她和她的娘家。而姐妹倆爭一個男人的事情也很快會傳出去，會有人說阮家家風不正。那以後她在張家的日子就更不好過了。

「那五妹妹便坐在那裡吧。」說完後，阮慕陽便看向張安夷問，「二爺今日不用溫書了？」

房中多了個人似乎完全影響不了他。張安夷的語氣依舊溫和，細細聽還帶著一絲嬌慣：「看累了，便來看看妳。」

阮慕陽聽得心中熨貼，問：「今日在看什麼？」

「在看《堯典》。」

張安夷的話音剛落，阮慕汐便說道：「《尚書》中我最喜歡的便是《堯典》。」

張安夷終於朝她看了過去，笑著問：「《尚書》如此晦澀，妳一個姑娘家也愛看？」

阮慕汐在張安夷的目光中臉慢慢紅了起來：「父親為我們姐妹幾個請了西席。」

隨後，她像是受到了鼓勵一樣，與張安夷說起了《堯典》。

阮慕陽倚在床邊冷眼看著。

她們的父親阮中令是科舉出身，當年亦是殿試第三甲，同進士出身。因為自己喜歡讀書，所以不僅是兒子，就連阮家的女兒也被他叫著讀書，還特意為她們請了西席。

論讀書，阮慕汐的確是她們姐妹五個中較為出眾的。

與阮慕汐說了許多後，張安夷看向阮慕陽問：「不知夫人喜歡《尚書》中的哪一篇？」

他們說話的樣子讓阮慕陽覺得心裡不舒服極了，生出一股煩躁，語氣也不由地有些冷淡：「四書五經我都不喜歡。」說完，她自己最先懊惱了起來。

生病了竟然脾氣也大了，竟然沒控制住，也不知道自己是怎麼了。雖然她是不喜歡四書五經，但是隨意說一篇迎合一下也是可以的。

房裡忽然陷入了安靜。似乎連阮慕汐都沒想到阮慕陽會當著她的面這樣跟張安夷說話，落了他的面子。等反應過來後，她幸災樂禍了起來。

就在阮慕陽想著怎麼補救一下的時候，張安夷倏地笑了笑說：「夫人，竟這般巧。四書五經我也都不喜歡。」

第十三章　俊俏小公子

對上張安夷那雙帶著包容與嬌慣的眼睛，阮慕陽立即愧疚了起來。她不自覺地放柔了聲音，小聲地問：「那二爺喜歡看什麼？」

「一些遊記還有民間流傳的文集。」張安夷伸手，動作輕柔地將阮慕陽貼在額前的碎髮撥開，聲音溫和地問：「夫人喜歡看什麼？」

張安夷今年不過二十歲，阮慕陽卻活了兩世。可是在他面前，她覺得自己真的如同十八歲的少女一般，被他寵溺著、包容著。他的那雙眼睛裡太過柔和，阮慕陽只要細看便會陷進去。心跳忽然快了起來，有幾分慌亂，她不自在地移開了視線說：「我平日裡就喜歡看一些話本和野史，都是雜書。」

移開目光的時候，她剛好看到了站在張安夷身後不遠處的阮慕汐。像是深陷進了他的溫柔裡，阮慕汐的眼睛都是明亮的。

這樣溫柔的男人，有哪個女人抵擋得了？可是阮慕陽是帶著目的嫁給他的。

「正好我書房裡有些話本，改日夫人去看看，有什麼喜歡的拿回來看看。」

阮慕陽冷靜了下來，方才加快的心跳也慢慢平息了下來，露出了一個溫婉的笑說：「好。」

阮慕汐是為了張安夷而來，可是張安夷為了準備春闈，只要在家，一天大部分時間都在書房裡，能見到他的機會很少。她不由地把主意打到了阮慕陽這裡，每日死皮賴臉留下來陪她直到張安夷回來，早上更是早得他們剛起就來了，還要與他們一起用早飯。

有一日，阮慕汐起來得早，見房門虛掩著便闖了進來。

那時阮慕陽還沒起，還帶著些睏意懶懶地倚在床邊，而張安夷剛剛穿好衣服。

阮慕汐進來後便「哎呀」叫了一聲，卻沒有要出去的意思，目光停留在了張安夷身上。

阮慕陽是真的生氣了。哪有妹妹大清早闖進姐姐姐夫房內的？

張安夷卻先開了口。他的聲音裡難得帶了一絲冷意：「妳四姐衣服還沒穿上，風一吹又要著涼了，還不出去把門帶上？」

他是真的生氣了。

阮慕汐這樣闖進他們房裡，實在太沒規矩、太沒腦子。

她出去後，阮慕陽看向張安夷抱歉地說：「五妹妹她不懂事，惹二爺生氣了。」畢竟阮慕陽名義上是她的庶妹，代表了她娘家。

「又不是妳的錯。」張安夷走到床前坐了下來，伸手在她額前探了探，嘴裡說，「夫人與我太客氣了。」

不知道是不是錯覺，阮慕陽竟然在他的語氣裡聽到了一絲無奈。

用過早飯後，張安夷便出去了。

因為剛喝過藥沒什麼胃口，阮慕陽慢條斯理地喝著粥，只見阮慕汐走了進來坐在了她對面，笑著看著她，像是有什麼好事一樣。

「做什麼？」沒有外人在，阮慕陽連敷衍的笑容都沒有了，目光有些冷。

阮慕汐絲毫不在意她的態度，心情極好地勾了勾唇說：「四姐姐，我今天早上進來的時候看見了。」

「看見什麼了？」阮慕陽平靜地問。

「我看見四姐夫睡在了榻上，並未與妳睡在一起。」阮慕汐篤定地說。原先嫉妒的目光變成了憐憫，她憐憫地看著阮慕陽，低聲問：「四姐姐，姐夫是不是不喜歡妳？」

阮慕陽沒想到只是短短一瞬就被她看見了。

她面上保持著鎮定，絲毫不露出破綻，語氣裡帶著警告說：「我病了自然不能睡一起。妳一個未出閣的姑娘大清早跑進男人的房裡，妳說我告訴父親後，會怎麼樣？」

搬出了阮中令，阮慕汐還是害怕的。

不知道是因為早上被張安夷說過了還是因為阮慕陽提醒了她，阮慕汐終於稍微收斂了一些。

「夫人，五小姐還是個未出嫁的姑娘，眼珠子卻都快黏到二爺身上了，夫人妳也不擔心？」點翠私下裡抱怨說。她比琺瑯活潑一些，話也多一些，好在知道輕重。

阮慕陽平靜地笑了笑說：「擔心又能如何？我要是表現出擔心，她倒要高興了。」

大多時候阮慕陽只是冷眼看著。她知道阮慕汐的臉皮夠厚，說她了根本沒有用，唯獨只有自己身子好了，她才沒有藉口再留下來。

在房裡躺了七日，阮慕陽終於好了些，可以出屋子了。已經是初冬了，外面的太陽卻很好，陽光底下也不覺得冷。

破雲院裡多竹，已是花草凋零之時，唯青竹獨立，綠得蒼翠，比起阮慕陽破曉院裡的那棵枇杷樹，多了些嶙峋之感，風骨自成一派。

看得出來張安夷喜歡。

阮慕陽閒來無事，帶著點翠與琺瑯數起了院子裡的竹子。阮慕汐便跟在邊上。

整個穿雲院一共有八十九棵青竹。

阮慕陽數完了竹子，正好碰上了張安夷帶著一個朋友回來。

沒精打采的阮慕汐立即精神了起來。

「身子好些了嗎？出來也不多穿一些。」張安夷解開了身上的薄披風披在了阮慕陽身上。

披風還帶著他身上的溫度和一股檀香味，阮慕陽的心暖了起來，笑了笑說：「在屋裡太悶了，出來走走。」說完，她看了看張安夷身旁的男子。

他看起來年紀不大，個子瘦瘦小小的，長得白白淨淨，有些女氣，但是眉宇間卻帶著英氣與堅韌。

好一個俊俏的小公子。

張安夷介紹說：「這是我同窗沈未。」

第十四章　嫂夫人

沈未清冷的臉上微微露出了些笑容，朝阮慕陽作揖，叫了聲：「嫂夫人。」

沈未彎腰的時候，正好有一陣風從他背後吹來，拂過阮慕陽的臉。

聞到一股似曾相識的荷香，阮慕陽臉上的笑容凝了凝。這股荷香太獨特，她在張安夷身上聞到過一次後便有了很深的印象。

她再次不動聲色地打量沈未，發現他皮膚嬌嫩，五官小巧，分明就是個女人！

張安夷伸手將阮慕陽身上的披風攏了攏說：「起風了，點翠琺瑯，快扶夫人回房裡吧。」

阮慕陽不動聲色，抬頭朝張安夷笑了笑說：「二爺，那我先回去了。」

分開後，張安夷帶著沈未朝書房走去。

看著兩人的背影，阮慕陽忽然生出一種危機感。

「夫人，怎麼了？」點翠疑惑地問。

阮慕陽收回了目光說：「沒什麼，回屋吧。」

她以為自己把情緒藏得很好了，卻沒想到被一旁從小就愛跟她比較的阮慕汐看在了眼裡。

回屋後，阮慕汐並沒有跟來。沒有人打擾，阮慕陽坐在屋裡出神了起來。

張安夷與沈未到底是真同窗還是假同窗？

成親第二日他便出去見了沈未帶著荷香回來，可見他們的關係匪淺。

難道沈未真的是張安夷的紅顏知己？他只是因為與她在眾目睽睽之下落了水才不得已娶她？這樣下去，她日後在張家將如何自處？

阮慕陽不安極了，坐立不安，思來想去還是決定去打探一下。若是他們在書房行見不得人的事，她當如何？

「夫人要去哪？」

琺瑯的聲音險些將阮慕陽嚇了一跳。

她穩住了心神說：「我自己出去轉轉，妳們不要跟來了。」

琺瑯意識到阮慕陽似乎有事，便點了點頭。她不是喜歡多問的人。

阮慕陽先前從未來過張安夷的書房。他的書房在穿雲院的西南隅，很是清淨。一路走到他書房門口，阮慕陽都未碰到一個小廝，似乎是張安夷把小廝們都遣走了。

看著大門緊閉的書房，她的心提了起來。

她放輕了腳步，走到門口，仔細聽了聽，並未聽到什麼讓人臉紅心跳的聲音。

許是她想多了。

張安夷不是那種荒唐的人，不會在他們剛成親不久就帶著女子來書房……

覺得自己這麼做甚是不妥，阮慕陽準備離開，卻在這時聽到了阮慕汐的聲音。

「四姐，妳在這兒做什麼？」她臉上帶著有幾分天真的笑容，疑惑地問著。清脆的聲音在寂靜的書房門口很是突兀。

阮慕陽一驚，回頭見到阮慕汐站在不遠處。

她跟蹤她。

聽到身後書房的門被打開，阮慕陽深吸了一口氣轉過了身。

只見張安夷先走了出來，沈未落後他幾步，眼中帶著幾分未遮掩好的慌亂。

阮慕陽不給阮慕汐添油加醋的機會，率先開口說：「閒著無事想來找幾些話本看看，便來瞧瞧。見二爺和沈公子在內，我便準備離開，是不是打擾到你們了？」她目光平靜地看向張安夷，眼中一片坦然。

實際上她心慌極了，覺得心都要跳了出來，只盼他聽不見她心跳的聲音。

沈未臉上帶上了幾分客氣的笑容，笑意並沒到達眼底：「嫂子說的什麼話，應該是我打擾了。」

說著，她轉身對張安夷說：「張兄，我還有事先告辭了。」

「好。」張安夷欲言又止，「你記住我的話。」

他溫和的語氣裡帶著幾分叮囑，宛如平日裡對阮慕陽說話時一樣。

阮慕陽注意到自書房出來後，沈未的眼睛始終未敢直視張安夷。

她敢肯定他們之間一定有什麼。

自出來後，張安夷並未與她說話，阮慕陽覺得他的狀態相較往日有細微的變化，有些深沉，似是不太高興。

沈未離開後，阮慕汐開口叫道：「四姐夫——」

阮慕陽打斷了她，先發制人：「四妹妹來這兒做什麼？妳一個未出閣的姑娘，整日在這院子裡亂走，也不怕被人瞧見了說閒話。」

出現在姐夫的書房外，阮慕汐本就名不正言不順，被阮慕陽這麼一說，她心中暗恨了起來，轉而露出了委屈的表情：「我是瞧見四姐姐一個人出來了，身邊沒有點翠和琺瑯跟著，我擔心四姐姐身子不適，便跟過來看看。」她特意著重了「一個人」這三個字。

阮慕陽卻也不怕她的。她只要咬死自己不知道沈未走沒走，過來看看，就沒人會懷疑她。畢竟張安夷不知道她已經發現了沈未是女人。

沈未舉止投足間不見一絲女氣，阮慕汐都沒看出來，她要不是先對荷香有印象，心中根深蒂固地認為這荷香是個女子的，也不會發現。

她正要開口的時候，張安夷的聲音響了起來：「我的書房未經允許旁人不得入內，這是穿雲院的規矩。」語氣聽起來比往日冷。

阮慕陽的身子僵了僵。

第十五章　尋書

「當然，夫人例外。」張安夷的眼底再次溫和了起來，語氣裡帶著包容。

他伸手搭在身體仍然僵硬的阮慕陽肩上，半攬著她朝書房裡走去說：「夫人養了這麼多天病，確實要無聊了。」他唇邊帶著笑意，始終未看阮慕汐一眼。

阮慕汐看著張安夷動作親昵寵溺地攬著阮慕陽進去，臉白了白。他那句話就是說給自己聽的。

直到進了書房，阮慕陽還有幾分晃神。

一陣風從門外吹進來，冷得她打了個寒顫，才清醒過來。

張安夷的書房竟不比外面暖和。

「可是冷了？」張安夷體貼地將書房門關了起來，天光立即被隔絕在外。

張安夷的藏書竟然這麼多。

看似樸素的書房內格局竟然這般複雜，除了書桌前空出了來一塊地方外，其他地方擺的全是書架，上面放著滿滿的書。

「最裡面那排便是野史與話本。」說著，張安夷的手再次輕輕搭在了阮慕陽肩上，手上微微用了些力，引導著她走向最裡面的書架。

他的動作大約是無意的，可是阮慕陽卻覺得太親昵了，有些不自在，卻不好掙脫。為了讓自己忽略那隻手，她主動說起了話：「這麼多書，我不知道哪些好看，二爺給我挑兩本吧。」

張安夷笑了笑，終於將手收了回來，伸手去碰書架最上層。

剛剛好阮慕陽站在他與書架之間。

拿最上層的書對他來說似乎一點也不艱難。因為他的靠近，阮慕陽不得不後背緊貼著書架，目光愣愣地看著胸前的衣襟。瞧著清逸俊朗的人竟然這般高大，她竟像被他完全抱在了懷裡一般，無處可退。

頭頂是他溫熱的氣息，被他身上淡淡的檀香味圍繞著，臉一下一下地蹭上他帶著溫度的胸膛，身體其他部位也是若即若離地觸碰著，阮慕陽的臉控制不住地紅了起來。

那麼多書他哪裡的都不拿，偏偏去拿她身後最頂上的。而且還是一本一本地拿，沒完沒了了。

心像是要跳出來了。阮慕陽迫使自己眼觀鼻鼻觀心，去想其他事。

好不容易張安夷拿完了。

他似乎並未意識到這樣的姿勢太過親昵，低頭說：「先看這幾本吧，多了怕妳看不完。」

阮慕陽抬起頭。

他們站在書房最裡側，旁邊是一扇窗子。天光透過窗紙照進來，照在了張安夷臉上，讓他的五官更加立體分明。平日裡，那雙彎彎的眉毛中和了他五官的硬朗冷峻，讓他顯得那般溫潤。

四目相對，阮慕陽望進了他薄霧籠罩的眼睛，像是被他眼底流動的繾綣吸引住了，她鬼使神差地問：「二爺會不會覺得我太無趣些？」上一世她便是因為古板無趣被謝昭冷落。這一世看到雌雄莫辯、性格清冷的沈未，她心中生出了危機感。

像是感覺到了她忽然低落的情緒，張安夷微微低下頭，細細地看了她一會兒。

他的目光太過幽深，彷彿能看到人心底，阮慕陽不由地移開了眼。

這時，張安夷忽然伸出手，手指在她的額前停頓了一下，隨後撫上了她的眉，然後沿著她鼻梁的輪廓劃下。

他的動作很輕柔，輕輕劃過時，指腹的薄繭讓絲絲的癢意變得磨人了起來，癢到了心尖上。

阮慕陽的氣息急促了起來。越是不想讓自己的氣息拂過他的手指，便越控制不住。

最後，張安夷的手指停在她的唇上，目光較之前更加幽深，說：「夫人生得這般漂亮，光看著便覺得賞心悅目，怎麼會無趣？」

長得好看便不無趣了？

阮慕陽開口想說什麼，可是剛剛開口便覺得舌尖碰到了什麼東西。

意識到那是張安夷的手指，她腦中「嗡」地一聲，全身像充血了一樣。

張安夷顯然沒想到她會開口，也是一愣，原本平緩的氣息加快了。十指連心，指尖溼滑柔軟的觸感湧入心間，隨後像洪水潰堤一般湧向四肢百骸，使他目光定在了那張紅唇上，慢慢俯下了身。

感覺到他越來越近，到後來呼吸都交纏在了一起，阮慕陽緊緊地靠在書架上，僵直了身體，沒有躲開。

就在她感覺到他們的唇就要相觸的時候，張安夷的吻忽然落在了她唇邊，隨後朝後退了退。

「夫人，妳要是再留下來，怕是我的誓言今日便要在這書房裡破了。」張安夷的聲音低啞得讓人心驚，語氣裡帶著幾分隱忍。

阮慕陽幾乎是落荒而逃。

這書房她日後是不敢再隨便進了。

吹了好一會兒風，她臉上的熱度才降下來了一些。也不知悶在書房裡的張安夷如何了。
回房的時候，阮慕陽看到了阮慕汐，目光冷了下來。
不能再讓她繼續在張家了。

第十六章　患得患失

阮慕陽給自己的母親趙氏寫了一封信讓人送去了阮家。

第二日阮家便來人請阮慕汐回去了。

臨走的時候，阮慕汐特意來了阮慕陽房裡。瞧見房裡只有阮慕陽一個人，她似乎有些失望。

阮慕陽端坐著，手裡捧著剛沏好的茶，涼涼地提醒說：「讓妳失望了，妳姐夫一大早便出去了。」

終於打開天窗說亮話了。阮慕汐的目光落在阮慕陽身上。她們一個坐著，一個站著。阮慕陽神態中帶著幾分愜意，動作裡也帶著幾分隨意，卻給人端莊沉靜之感，儼然是穿雲院的主人的姿態，而她，只能像個客人一樣。

這些本該是她的。

他們之間隔著的是無法逾越的嫡庶之分。

阮慕陽也不在意她的目光繼續說道：「母親生病了，回去後麻煩妹妹照顧母親、日日服侍在床前了。」

她們都心知肚明趙氏的根本沒有生病，為的就是阮慕汐回去。

趙氏也是出生大戶之家，對內宅之事亦有幾分手段，是以阮慕汐的母親皇姨娘雖得阮中令寵愛，卻翻不了天。這次回去，阮慕汐侍疾少不了要吃些暗虧了。

「四姐姐放心，我會好好照顧母親。」阮慕汐慢慢露出了個笑容說，「倒是四姐姐心要放寬，整日患得患失不僅傷身，說不定還會惹四姐夫嫌。日後再要做什麼偷偷摸摸的事也要小心些，不要失了侍郎府小姐的身分。」

阮慕陽臉上的笑凝了凝。

竟被她看出來了。

阮慕汐離開張家後，阮慕陽的身子也徹底好了。剛剛好就逢上了半月一次向老夫人請安的日子。

張老尚書與老夫人喜靜。老尚書平日裡鮮少露面，老夫人則潛心念佛，讓小輩每半個月才來請安一次。

張吉和李氏去了京州任上，阮慕陽不用每日去向婆婆請安，已經舒服了不少，跟老夫人請安是逃不掉的。而從上回敬茶來看，她的兩個妯娌都不是省油的燈。

請安的時候，老夫人說三日後要去城外的平海寺上香祈福，要帶上兒媳季氏還有孫媳王氏和陳氏。

平日裡較為沉默的陳氏似乎沒想到自己也能去，臉上露出了欣喜的表情。

可是老夫人獨獨漏掉了阮慕陽。自打阮慕陽進來後，老夫人便未仔細瞧過她，就連她請安的時候，老夫人也只是淡淡地點了點頭，對她還不如對陳氏熱絡。

老夫人不喜歡她是應該的。

被隔絕在外的阮慕陽眼觀鼻鼻觀心在一旁坐著不出聲。

可偏偏有人提起了她。

「祖母，咱們怎麼漏掉了二弟妹？二弟妹的身子剛剛好，也該出去透透氣。」

被提起的阮慕陽抬起了頭，看向她們。

王氏說得好聽，但是她肯定她的心沒這麼好，多半是故意要提一提她被漏了的事，膈應她一下。

老夫人淡淡看了阮慕陽一樣說：「安夷是個不讓人省心的，他們剛成親，穿雲院裡一堆事，還需她好好打理。」

言下之意就是不帶她去了。

在王氏陳氏還有季氏的目光之下，阮慕陽平靜地點了點頭說：「是，祖母放心，穿雲院中之事孫媳會好好打理的。」

這一次請安後，幾乎張家上下無論主僕都知道阮慕陽不得老夫人喜歡了。

回去之後，張安夷似乎早就料到了這樣，把這當做了一件再平常不過的事，竟也沒有問她。

正當老夫人她們去了平海寺，阮慕陽獨自過著愜意安靜的日子的時候，某日午後，一個小廝慌慌張張跑進了穿雲院要見阮慕陽。

阮慕陽見這小廝瞧著眼生，一問才知道是張安夷的四弟張安玉身邊的福生，怎麼找到她這兒了？

「二少夫人，四少爺遇上了些麻煩。老夫人帶著二夫人去上香了，二老爺也不在家，實在沒辦法了！」福生滿眼慌張焦急之色，要不是有人攔著，恨不能拉著阮慕陽走。

看到他說話時遮遮掩掩的，阮慕陽意識到事情並不是這麼簡單的，不然怎麼能找到她這裡？

「四少爺遇上了什麼麻煩？」她問。

福生猶豫了一下，吞吞吐吐地說：「四少爺與人打架了。」

「跟誰打了？有沒有把人打傷？」見他似乎不願意說，阮慕陽端起了架子說，「福生，我剛嫁進張家沒多久，自己院中尚有許多事理不清，哪有時間管別人的，更不願意惹麻煩——」

福生咬了咬牙說：「四少爺把朱大人家小公子腿打斷了。」

阮慕陽愣了愣問：「你說的朱大人可是都察院右僉都御史朱大人？」

「是啊！」

阮慕陽皺起了眉。

整個朝廷上下，最不好惹的不是六部的尚書，也不是翰林學士，而是都察院的那些御史！他們什麼都不用做，光靠一張嘴便能在上京橫著走，誰要是得罪了他們，不光名聲掃地，連聖上都會知道！

福生急得直冒汗：「二少夫人！您別想了！朱家的人已經找上門來了！」

阮慕陽一驚，立即站了起來說：「怎麼不早說？快帶我去！」

事關張家名聲，更關係到張安夷日後前程，她沒有不管的理由，還必須得管得好！

第十七章　四弟張安玉

在去前廳的路上，阮慕陽抿著唇，心思飛快地轉著。

「二少夫人，到了。朱夫人就在裡面。」

福生的聲音讓阮慕陽回過神來。

「去把四少爺叫來。」說完後，她深吸了一口氣走了進去。

朱夫人帶著兩個婆子坐在前廳，裡面負責招待的丫鬟們個個低著頭，像是害怕極了。

看見走進來的阮慕陽，朱夫人的聲音裡帶著幾分刻薄說：「等了半天，張家怎麼一個能說話的人都沒有？」

是個得理不饒人的。

朱大人乃寒門弟子出身，朱夫人亦非出身大戶人家。她身上沒有大戶人家夫人的矜持與端莊，直爽潑辣，這樣的也是最難纏的。

阮慕陽慢慢走近，露出了個笑容說：「拜見朱夫人。我是老尚書的二孫媳，今日家裡的長輩恰巧都不在，您有什麼不妨與我說。」

她平靜從容的聲音讓朱夫人再次抬了抬眼：「阮侍郎家的千金？」

「正是。」

朱夫人顯然也知道阮慕陽與張安夷成親的事，眼中帶著幾分輕視問：「妳做得了主？」

阮慕陽垂了垂眼睛，不卑不亢地說：「其他長輩不在，我是四少爺的二嫂，還是做得了主的。」

朱夫人冷哼了一聲說：「那二少夫人覺得張安玉把我兒子的腿打斷這事該怎麼算？」

「自然該讓他賠禮道歉。」阮慕陽答道。

朱夫人像是被她的話逗笑了：「妳們這樣出身的人最愛說這些虛的。腿都被打斷了，這該如何賠禮道歉？賠一條腿？」

阮慕陽笑了笑，並未還口。

她示意點翠給朱夫人倒茶。

原本接下來想說什麼都想好了，沒想到阮慕陽竟然不還口，朱夫人有些意外，話在嘴裡卻沒機會說了。

「朱夫人請用茶。」

點翠倒完茶後，外面正好傳來了腳步聲。

是張安玉來了。

阮慕陽站起了身。

「急什麼。」張安玉低聲訓斥著福生，皺著眉，不耐煩極了，腳下依然慢悠悠的，帶著幾分懶散。

張安玉今年十四歲，已經有了幾分男子的稜角，與張安夷細看之下有幾分相似，不同的是還未完全長開，眉宇間沒有張安夷的溫和包容，取而代之的是懶散與叛逆，卻也唇紅齒白的，自成風流。

如果額前沒有一塊青紫就更好看了。

看見朝自己走近的女人，張安玉抬了抬眼，想看看這個自己都管不好還要多管閒事的二嫂長什麼模樣。

卻不想，忽然清脆的「啪」地一聲，他的臉上傳來劇烈的疼痛。

她居然打了他一巴掌。

張安玉眼中的不耐煩沒了。

剛進門的嫂子居然敢打小叔子。

前廳裡所有人在這一瞬間都噤了聲，朱夫人顯然沒想到看起來端莊和氣的阮慕陽竟然二話不說打了張安玉一巴掌，下手還不輕，把她都嚇了一跳。下人們更是連氣都不敢出。老夫人最寶貝的孫子，在府裡無法無天的小祖宗竟然挨了巴掌，恐怕馬上前廳都要被拆了。

這是要翻天了啊。

出乎所有人的意料，張安玉並沒有發作，沒有還手，一聲都沒有吭。

他撫摸著臉上疼痛的地方，平靜地看著阮慕陽。

新婦敬茶那天，張安玉見過她。當時只覺得這二嫂生得漂亮，明明年紀也不大，渾身卻透著一股沉靜之氣，是個安靜的人兒。卻沒想到她今天敢一上來就打他。

阮慕陽對上了張安玉的目光，絲毫沒有後悔和心虛，直直地看著他的眼睛說：「跪下，給朱夫人道歉。」她的聲音不大，語氣也不尖銳，卻給人一種很強的壓迫感。

張安玉發現這種壓迫感不是她強撐出來的，似乎是經歷過許多艱險、起起落落後藏在骨子裡的。起先會讓人覺得這與她嬌弱嫻靜的模樣違和，可是想著她往日的沉靜，又覺得不是這麼奇怪了。

隨後，他一言不發地跪了下來。

下人們沒想到平日裡安靜的二少夫人生氣竟然這麼嚇人，更沒想到她還要讓四少爺跪下！最讓人沒想到的是四少爺居然跪了！

朱夫人被阮慕陽的陣仗驚得不輕。她瞧著張安玉聽話的模樣，竟覺得不像平日裡的張四了。

阮慕陽心中滿意，卻依然冷著臉說：「還不向朱夫人賠禮道歉？」

「朱夫人，先前是我不懂事要打架，下手還不知輕重。若是您覺得不解氣，我賠您一條腿，與朱兄一道臥床好了。」張安玉脊背挺得筆直，言辭懇切。

朱夫人沒想到今日來找個說法頂多是李氏與她道歉賠笑，哪裡想到會有這樣的陣仗？要是張四真賠了一條腿，不得鬧得上京人皆知她仗著夫君是御史，得理不饒人？況且這次打架誰對誰錯還說不清，要是追究到最後錯的不是張四，那就更不好了。

想到這裡，她不再端著架子了，笑著去扶張安玉說：「好了好了，四少爺快起來，我今日也是太生氣才來的，現在想想也有些過了。小孩子打架，受傷是常有的事兒。」

阮慕陽先她一步將張安玉扶了起來說：「都說朱夫人性子寬厚，心腸好，果然是這樣。過幾日定再讓他上門賠禮。」

原本是仗著有理來討說法的，誰知到後來居然心虛的成了自己，偏偏阮慕陽又說了那麼多好話，朱夫人聽得心中熨貼。「好了好了，這事兒過去了。」

朱夫人離開後，前廳裡還剩下阮慕陽、張安玉和幾個下人。

張安玉看著鬆了口氣的阮慕陽，懶懶地笑了笑。

戲陪她做足了，現在該輪到他算帳了。

第十八章　太囉嗦

福生跟了張安玉這麼多年，對他的脾氣了解極了。

看出來他要算帳，福生抱著他的腿阻攔說：「四少爺，是福生去請二少夫人來的，您可千萬別——」

「起開！」張安玉像是什麼都聽不進去，把福生踢開。

看著張安玉慢慢靠近，阮慕陽挺直了脊背毫不心虛地看著他，可是腳下卻忍不住要後退。張安玉是什麼性格她早前就聽說過，在張家仗著老夫人的寵愛可以說是無法無天。

所有下人想攔又不敢攔。

四少爺什麼脾氣他們是知道的，可是萬一他真把二少夫人打了怎麼辦？這樣張府就熱鬧了，先是嫂子打了小叔子還讓小叔子下跪，後來又是小叔子打嫂子。

見張安玉瞇著眼睛，還未完全長開的臉上帶著惡劣，一步步朝自己走來，阮慕陽意識到他真有可能打她。

「四少爺。」點翠和琺瑯慢慢地移到了阮慕陽身前。

忽然張安玉停下了腳步。看著點翠和琺瑯護住的樣子，他不屑地笑了笑說：「怕什麼！本少爺從不打女人。」看到阮慕陽眼中還未來得及收起的慌張，他的笑容加深了，頗有些得意。

所有人都鬆了口氣。

「點翠，回穿雲院拿藥來。」

吩咐完後，阮慕陽從琺瑯身後走了出來，看向張安玉，眼中帶著歉意說：「四弟，方才得罪了。」

她完全沒了剛剛打他巴掌叫他跪下時的氣勢，笑起來整個人都柔和了，嫺靜如月夜下潺潺的細流。

就如同朱夫人一樣，張安玉失去了發難的最佳時機，一腔的怒火只能憋在肚子裡，著實憋屈，可又沒辦法。

伸手不打笑臉人。

一旁的福生一顆心起起落落了許多回，終於落了下來。他感激地說：「多謝二少夫人，今天多虧了二少夫人，不然這事兒還不知道怎麼收場呢。」

怎麼挨打還得謝她？張安玉聽著福生的話，越聽越覺得自己憋屈，於是狠狠瞪了他一眼讓他閉嘴。

到底是誰的小廝？沒看見主子被打了嗎？

阮慕陽笑了笑說：「只要四弟不計較就好，方才下手重了些。」

張安玉如此的配合是她之前沒想到的，不過這樣的結果最好。若是由著朱大人那張嘴到處罵，罵到了聖上那裡，聖上會覺得老尚書管教不嚴，張家的子孫一代不如一代，待日後張安夷進了殿試，見了聖上，聖上對他的印象一定不會好。

在聖上面前的名聲壞了，極容易影響他的仕途。

想到這裡，她補充說：「四弟是老太爺的孫子，還望日後穩重一些。雖然打架是您一個人的事，但是影響的是張家的名聲。」也不知他聽不聽得進去。

張安玉自己也知道打折了朱大人兒子的腿這事有點過了。阮慕陽這番話說得懇切，語氣絲毫不像是在說教，倒像是在與他商量。不過實在囉嗦了些。

他不耐煩地點了點頭說：「多謝二嫂提醒，我自有分寸。沒想到二嫂年紀輕輕的，囉嗦起來比我娘話還多。」

她囉嗦？

一向自認為還算端莊的阮慕陽眉頭跳了跳。

這張四氣人的本事還真是一等一的好。

待點翠把藥拿來後，阮慕陽壓下了火氣，看了看張安玉臉上自己那清晰的手印，抱歉地說：「這藥有消腫的奇效。」

畢竟男女有別，與小叔子在一起太久不好，給了藥，阮慕陽便帶著琺瑯和點翠回穿雲院了。

晚上，張安夷回來便問起了白天發生的這件事。

「聽說夫人打了四弟？」

「二爺也聽說了？」阮慕陽有幾分心虛。畢竟剛進門沒多久就把小叔子打了，整個上京怕是沒幾個女子做得出來。

張安夷坐到了她身旁，看了看桌上放著的書說：「府中已經傳遍了。」

他帶著幾分揶揄的語氣讓阮慕陽無言以對，垂了下頭看著桌面。

看出了她的不安，張安夷放柔了聲音說：「我已經吩咐過了，這事傳不出張府。四弟胡鬧慣了，也該吃些虧了。」

說到這裡，他的手在阮慕陽的肩上輕輕拍了拍，然後手指劃過她的頸項，托住了她的下巴迫使她抬起了頭，說：「慕陽，今日之事妳處理得很好。」

他的語氣中帶著鼓勵和支持，目光中帶著包容與嬌慣，讓阮慕陽覺得自己像個正在受到長輩誇獎的孩子，臉慢慢紅了起來。

她懸著的心終於落了下來。

今日之事她雖然沒有做錯，但後來細細思量還是有些不妥，太激進了些，傳出去會讓自己的名聲不好，也會讓張家覺得沒面子。

好在他悄無聲息地幫她善後了。

這讓她心裡覺得很安寧，好像有人可以依靠一樣。

老夫人她們上香回來後便聽說了這件事，第一時間便派人叫阮慕陽去了。

阮慕陽早知道會有這麼一天，做好了準備，心中也不慌張。

第十九章　扯平

阮慕陽到老夫人的院子的時候正聽到季氏在哪兒訴苦。「母親，您沒瞧見安玉臉上那掌痕，清晰極了。也不知道她怎麼能下這麼重的手，我和二老爺可就只有這一個孩子啊，我這個當娘的看著心疼。」

「祖母，二嬸。」阮慕陽的步伐很平穩。

季氏狠狠地瞪了她一眼，語氣刻薄地說：「到底是侍郎府的小姐，端起架子來還有幾分樣子。」

阮慕陽也不生氣，面色平靜地說：「慕陽今日是來向祖母和二嬸請罪的。那日事出突然，福生找到我這裡，知道四弟打傷的是右僉都御史朱大人的兒子，慌了神，只能出此下策了，還請祖母和二嬸原諒。」

這番話當然說動不了季氏。她冷笑了一聲說：「又不是打了皇子皇孫，況且安玉也受了傷，誰對誰錯還說不準，妳倒是先打起自己人來了——」

「好了。」老夫人開口打斷了季氏，看向阮慕陽，似乎是在打量她，說道，「這件事妳做得很好。」

阮慕陽受寵若驚，笑了笑說：「祖母不怪罪就好。」看來老夫人是個明辨是非的人。

季氏沒想到老夫人非但沒責備她，還誇了她，不滿地叫道：「母親！」

見季氏還不肯甘休，老夫人的語氣裡帶著不耐煩：「妳懂什麼？朱大人雖然不是一品大員，更不是皇親國戚，但是他是御史，是言官！這事換誰可能都不會有她處理的好。」說著，她看了眼阮慕陽，只見她靜靜地站著，並無得意之色，心中滿意。

老夫人曾是尚書夫人，與老尚書一起經歷的起起落落不少，自有一種不怒而威的氣勢。季氏不敢再多說什麼了，只是心中仍然不平。

「祖母這裡怎麼這般熱鬧？」

忽然一個懶洋洋的聲音從門外傳來，阮慕陽抬起頭，只見張安玉慢悠悠地走了進來，那腔調，活脫脫上京紈絝的樣子。好幾日過去了，他臉上的掌痕已經消得差不多了，唯有額頭上因打架留下的輕痕仍然很明顯。

察覺到阮慕陽的視線，張安玉看過去，瞇了瞇眼睛，說：「這麼巧，二嫂也在。」

阮慕陽朝他點了點頭，叫了聲「四弟」。

「安玉，快去讓你祖母瞧瞧你的臉。」季氏的心疼不是假的。

張安玉走到老夫人面前，笑著說：「孫兒一聽說祖母回來了便來了，祖母這幾日在平海寺過得可好？」

他收起那副漫不經心的樣子，笑得極討巧。老夫人嚴肅的臉上浮現出笑容說：「就知道你最孝順。你這臉上仔細瞧還能看出印子，還有這額頭上，還疼嗎？」

季氏在一旁說道：「這麼深的印子，怎麼能不疼？」

瞧這臉上的掌印，可見當時打得多重。原本沒看見還好，現在看見了，老夫人心疼了起來，也有幾分怪阮慕陽下手重了。她看向阮慕陽，眼中帶著些不滿。

「只是瞧著嚇人，實際上不疼。」說到這裡了，張安玉看了看阮慕陽，語氣裡帶著嘲弄說，「瞧二嫂那老實的模樣，哪有多大力氣？」

阮慕陽忍不住抬了抬眼。有長輩在了開始橫了？那日明明瞧見他被打懵了。

聽到張安玉這麼說，老夫人放心了下來，隨後語氣裡帶著幾分嚴厲說：「要不是你二嫂，你祖父非得對你動家法。以後莫要再這麼胡鬧了。」

「孫兒知道了。」張安玉笑著點頭。

從老夫人院子裡出來後，阮慕陽鬆了口氣，沒想到今日這麼容易過關了。

聽到身後的腳步聲，她回頭，只見張安玉懶洋洋地走了出來。

「二嫂，之前妳幫了我，今日我在祖母這裡幫了妳，咱們算是扯平了。」說到這裡，張安玉覺得不太對。明明虧的還是自己。

看著模樣與張安夷有幾分相似，性子卻完全不同的張安玉，阮慕陽覺得親切，心情不由地好了起來。笑意湧上眼中，她的語氣也帶上了幾分暖意，卻忍不住想要調侃他：「我怎麼不知道四弟今日是來幫我的？」

張安玉沒想到阮慕陽會不認，氣結。

阮慕陽打了張安玉這件事在張家鬧出了很大的動靜，但是又以飛快地速度平息了下來。處在風口浪尖，阮慕陽安安分分地在穿雲院裡每天數青竹，足不出戶，但是還是能感覺到張家的下人看她的目光都不一樣。

畢竟是敢打四少爺的女人。

轉眼又過了半月，阮慕陽去向老夫人請安。

見了她，王氏把她誇了一頓，雖然臉上的笑容有些虛假。而阮慕陽的二嬸季氏則始終不給她好臉色，看來是記恨上了她打自己兒子的事情了。

倒是老夫人的態度讓她有些意外。

「慕陽，妳剛嫁過來，不要整日在穿雲院裡，多出來走動走動，跟妳大嫂和弟妹熟悉一下。」老夫人的語氣還像往常一樣，沒有多熱絡。她的名門出身，端莊穩重都是在骨子裡的，即使年紀大了，不掌家了，依舊有當家主母的風範。

阮慕陽點了點頭說：「祖母說的是。」

「穿雲院也打理的差不多了吧。妳是阮侍郎的嫡女，在家應該學過掌家。妳大嫂來張家這麼久，身上的擔子不輕，妳應該替她分擔分擔。」

第二十章　暖腳

老夫人的話音一落，在場所有人的表情都有了變化。

尤其是王氏臉色更是難看。

「母親，慕陽年紀還小，這些怕是做不來。」季氏勸道。

老夫人看了她一眼，沒有說話。顯然是已經決定了。

儘管心裡再不情願，王氏依然要笑著：「多謝祖母體諒，孫媳很高興能有二弟妹幫忙。」

「是，祖母。」與老夫人說完後，阮慕陽又看向王氏，「慕陽懂的不多，以後要麻煩大嫂了。」老夫人讓自己幫王氏管家，說明對她是一種認可，可是這樣一來她肯定就得罪了大嫂王氏。

王氏笑著說：「二弟妹客氣了。」

當晚，阮慕陽把老夫人要自己幫王氏管家的事情告訴了張安夷。

張安夷聽完並未對此事多做評價，只是笑了笑說：「要從大嫂手裡分權，恐怕不容易。」

阮慕陽點了點頭。不想他操心後宅的事情，她沒有再說下去。已經快到臘月，屋裡沒生炭，即使門窗都關著還是有些冷。睡前穿得少了些，阮慕陽手有些涼，忍不住搓了搓手。

正在看書的張安夷像是旁邊也長了眼睛一眼，提醒說：「夫人快去床上吧，小心著涼。」

阮慕陽點了點頭，掀開被子鑽了進去。

可是被子裡也是涼颼颼的，凍得她直哆嗦。

「還是叫人多拿些被子來，再生個炭吧。」張安夷放下書走到了床前。

「不用。」阮慕陽拒絕說。

因為張安夷冬日不生炭，不睡軟床，她想與他一樣，也存了幾分跟自己較勁的意思，不讓點翠和琺瑯在屋子裡生炭。起先她覺得熬一熬也就習慣了，可是進了臘月，就有些扛不住了。

張安夷嘆了口氣，在床邊坐下，語氣裡帶著幾分無奈與嬌慣說：「怎麼這麼倔？」

正當阮慕陽想說話的時候，手忽然被他握住。

他將她的雙手包裹在了掌心裡。

明明穿得很單薄，張安夷的手掌卻很暖。帶著些薄繭的手將阮慕陽保養得白嫩細緻的手包在掌中，男子的硬朗與女子的嬌軟輕輕地摩擦著，絲絲難以言明的癢意自敏感的手中傳到了心底，撓不到、抓不著，讓阮慕陽的心跳變快了些。

看著自己被他包裹著的手，她有種自己被他捧在了心尖上的感覺。

房裡漸漸安靜了下來，只有手上肌膚輕輕摩擦的細微的聲響。阮慕陽雙眼緊緊地盯著被面，像是要看出一朵花來。

慢慢地，這種揉搓生出了一絲交纏的意思，氣血湧上了臉，阮慕陽只覺得自己臉上有些燙，但是被窩裡依然是涼的。這種又是冷有是熱的感覺很是奇妙。

意識到這樣的動作太親密了，阮慕陽輕聲說：「好了，我的手熱了。」說著，她收回了手。

張安夷也沒有阻止，只是問：「腳涼嗎？」

或許是因為他較之平日更加低沉的聲音太動聽了，又或是自己心底實際上在期待著什麼，阮慕陽鬼使神差地點了點頭。

下一刻，阮慕陽腿上的被子被掀起，張安夷脫了鞋坐了下來。

腿上的觸碰讓阮慕陽僵直了身體，一動不敢動。

隨後，她感覺到自己腳被溫熱的手抓住了。

細嫩柔軟的觸感讓張安夷想起了那一晚阮慕陽替他鋪被子，一雙小巧的腳蕩在榻外的情景。

雙腳被他抬起，緊張的阮慕陽沒控制住驚呼了一聲。身體失去平衡，她下意識地抓住了他的手臂。

張安夷將她雙腳放在了自己的腿上，一隻手在被子下面揉著她白嫩的腳，一隻手伸出了被子，拿起了旁邊的書，像是要繼續看書的樣子。「睏了嗎？睏了就躺下睡吧。」他的語氣帶著往日的溫和，細細聽卻能聽出一絲波動。

雙腳被他玩於掌中，貼著他大腿的腳跟可以感覺到他腿上的力量，這讓她怎麼睡得著？

阮慕陽搖了搖頭說：「還不睏，我也看會兒書。」雖然是極力控制，但是她開口聲音還是有些抖。聲音嬌軟得讓她自己聽著都不好意思……

張安夷的目光落在她通紅的臉上，唇邊勾起一抹弧度說：「好。」

他們各自看起了書來，也不說話。

恰好張安夷帶著薄繭的手輕輕撫過她敏感的腳背，一陣難言的癢意讓她心裡一緊，身體軟了下來，差點嬌呼出聲，還好她及時咬住了唇。

而張安夷頭也沒抬一下，似乎根本沒有意識到一樣。

就這樣，可是阮慕陽一個字都看不進去，始終咬著唇，身子時不時輕顫。書是看不下去了，她將目光移向了被面，當看到被面因為張安夷的手上下聳動，像是在被子底下做著什麼讓人臉紅心跳的場景，她的臉更紅了，下意識地縮腳。

「別動。」張安夷緊緊地抓住了她的腳，聲音低啞。

聽到他聲音的變化，阮慕陽不敢動了。

「時候不早了，睡吧。」張安夷終於鬆開了她的腳，放下了書。

要是阮慕陽仔細一點會發現他看了那麼久的書卻一頁都沒有翻。

從床上下來，理了理衣擺，張安夷像是忽然想起了什麼，回身對臉依然通紅的阮慕陽說：「明日還是讓人在屋裡生炭吧。」

見她要拒絕，他又補充了一句：「要是夜夜如此，怕是要了我的命。」他話語別有深意，語氣裡帶著一絲調侃和顯而易見的隱忍。

伊人在懷，碰不得、吃不得，著實要命。

阮慕陽所有的說辭都因為他這句話噎了回去。感覺到他燙人的目光在自己身上逡巡，她心跳得厲害，竟不敢抬頭看他，只敢低低地應聲：「好。」

在他面前，她似乎只有妥協的份。

第二十一章　謝昭給的措手不及

王氏雖然應了老夫人，要讓阮慕陽幫忙管家，但是實際上並沒有讓她做什麼。對張家上下還沒那麼熟悉，阮慕陽也不想接手，每日在穿雲院裡晒晒太陽看看書，樂得清閒。

王氏不給，阮慕陽也不去要，兩邊心照不宣，相安無事。

一日午後，福生來了穿雲院，說外面有人把東西交給了門房，說是給阮慕陽的，結果正好讓回府的張安玉看到了，便讓他送來了穿雲院。

提起張安玉，阮慕陽眼皮直跳。

「福生，你可知道這是誰送來的？」她打量著只有手掌大的小布包。是誰會託門房的人給她遞東西？

福生搖了搖頭說：「小人也不知道。是四少爺給我，讓我送來的。」

阮慕陽想來想去不知道會是誰送的，甚至懷疑這是張安玉的惡作劇。讓點翠給福生賞錢、送福生出去後，她好奇地打開了布包。

「夫人，這不是尋了好些日子的帕子嗎？」琺瑯最先認出了裡面是塊帕子。

這塊帕子已經丟了好些日子了，阮慕陽找了好久沒找到，幾乎都要忘了，誰知現在卻被人送了回來。女子貼身的東西是不能隨便丟的，要是讓別有用心的人撿去，名聲就會被敗壞。

阮慕陽和琺瑯的神色都凝重了起來。

的確是自己丟的那塊帕子。阮慕陽仔細看了看，帕子右下角有她名字裡的「陽」字。再一看，她的臉色就變了。

在她的「陽」字旁邊竟然多了一個用筆寫上去的「昭」字。

這是謝昭的字跡！她不會認錯的。

這帕子竟然落在了謝昭手裡！

看見多出來的「昭」字，阮慕陽立即把帕子攥在了手裡，旁邊的琺瑯甚至還沒來得及看清，一臉不明所以的樣子。

這帕子經過張安玉的手，也不知道他有沒有打開來看過。想到這裡，阮慕陽心裡更沉重了。

「妳先出去吧。如果有人問起來門房送東西，就說我哥讓人給我送的小玩意兒，不要說起帕子的事情。」

等琺瑯出去後，房間裡只剩下阮慕陽一人。陽光被阻擋在了外面，只是偶爾有幾縷透過窗縫照進來，屋子裡黑漆漆的。

她重新把帕子打開。

想來帕子是在阮家遇到謝昭時在樹後掙扎時落下的。他既然撿到了她的帕子，為何不直接拿出來敗壞她的名聲，也不威脅她，而要在一個多月之後把帕子送還給她？謝昭的心思實在陰沉莫測。

那硬生生用毛筆加上去的「昭」字與「陽」字並列在一起，似乎是在宣示著什麼。

如果他為的就是為了平地驚雷，給她個措手不及，那他做到了。

心中七上八下的阮慕陽覺得自己似乎被他玩弄在了鼓掌之中，即使想法設法嫁進了張家，還是落入了謝昭的手中。

但是好不容易重活一世，她不會就此認命的。

她與謝昭，總有一個要死的。

至於張安玉有沒有看到，她還不清楚，只能走一步看一步了。

沒有天光照進來的屋子暗暗的，阮慕陽的臉隱在了暗處看不清晰表情，唯獨清晰的，是她面前香爐中竄起的火焰。那塊有「昭」、「陽」二字的帕子漸漸化為灰燼。

打開房門，從房內走出來，阮慕陽再次來到了陽光下，又是一副沉靜端莊的樣子。

看到守在屋外，一臉凝重的琺瑯和不明所以的點翠，她說：「陪我在院子裡走走吧。」

穿雲院的八十九棵青竹她已經數了許多遍了。

在走過下人的住處的時候，她隱隱聽到了哭聲。循著哭聲走進去，只見兩個丫鬟坐在臺階上。

看見阮慕陽，兩人慌張地站了起來：「夫人。」

這兩個是原來在穿雲院的針線丫鬟沐風和沐雨，阮慕陽嫁過來後給提到了二等。

「發生什麼了？怎麼在這兒哭？」阮慕陽雖然信任自己帶過來的人，但是對張安夷院子裡原來的人也沒有一味地打壓疏遠。

沐風和沐雨對視了一眼後，沐風上前了一步。說：「夫人，奴婢們不敢隱瞞。到了冬天，府裡每個月都會給每個院子發炭，咱們院每回分到的都比大少爺、四少爺甚至三少爺院子裡的少。二少爺房裡不生炭，從前夫人沒嫁進來咱們也就不去要了，現在夫人嫁進來了，我們怕夫人用的時候沒有，沐雨便去要了，誰知他們不僅不給，還對沐雨動了手。」

沐雨的臉上還掛著眼淚，身上好幾處地方都沾了灰。

聽完後，阮慕陽讓琺瑯將兩個丫頭扶了起來，給了她們一些賞錢，語氣柔和地說：「妳們有心了，拿著這些錢看看大夫，下去休息吧。」

沐風和沐雨受寵若驚。

待她們離開後，阮慕陽臉上的笑容漸漸消失了。

張安夷一個嫡子院子裡發到的炭竟然比庶子的還要少，可見往日府裡的人有多不把穿雲院放在眼裡。

想起張安夷溫和包容的性子，阮慕陽心頭怒意湧上。

「走，去會會我這個大嫂。」

張安夷不計較，但是她阮慕陽介意！

第二十二章　她來守護

張安延與王氏的院子叫沾雨院，這是阮慕陽第一次來。

她帶著點翠和琺瑯走進去的時候，王氏已然做好了迎接她的準備，臉上帶著熱切的笑容。

「二弟妹怎麼有時間到我這沾雨院來了？」

阮慕陽並未上來就是一副要理論的樣子，而是笑了笑說：「忽然想起了大嫂，便來看看。」

自從老夫人讓阮慕陽幫她分擔管家之事，王氏便擔心阮慕陽哪一日想起自己，要來要權。她不動聲色地說：「正好我也無聊，二弟妹來我這兒轉轉陪我說說話也能打發時間。」

阮慕陽勾了勾唇，一副溫柔嫻靜的樣子。她端起茶喝了一口，隨後將目光移向了廳堂裡精緻的炭爐上，看著炭爐裡升起的絲絲青煙與火光說：「大嫂這兒的炭爐倒是別致。」

王氏客氣地笑了笑說：「這炭爐還是我當年嫁過來時的陪嫁呢，有些年頭了。沒想到二弟妹是個細緻的人兒，對我這炭爐還感興趣。」

這時，阮慕陽幽幽地嘆了口氣說：「是啊，我一向是喜歡這些銅器的。先前我也尋到了一個別致的炭爐，想冬天用——」

說到這裡，她收回目光看向王氏：「只是竟不知穿雲院每月發到的炭那麼少。先前我以為是老尚書崇尚樸素，張家家規嚴謹，到了大嫂這兒才知道不是這樣。」

聽出了話中的深意，王氏立即知曉了阮慕陽來沾雨院的原由，目光變得精明了。

給穿雲院少發炭的事從她嫁過來的時候就有，這些年也從來沒有管過。畢竟在她眼裡，張安夷是連庶出的張安朝都不如的。

「二弟妹這是什麼意思？每個月發到各個院子裡的炭都是一樣的，怎麼可能少？」

「確實是少了。」阮慕陽的語氣依然很平靜，似乎只是在敘述跟她不想幹的事情，「我們院裡的丫鬟跑來問，竟然還被婆子打了。」

王氏站了起來，一臉不敢相信：「竟有這等事？」

「大嫂把人叫來問問便知。」

不一會兒，管事與婆子便到了，齊齊地跪在了王氏和阮慕陽面前。

那婆子道：「是老奴該死。從前二少爺冬日裡都是不生炭的，所以給穿雲院的一直就少。」

不等阮慕陽說話，王氏便開口了：「二少爺不生炭就不給了？妳們眼裡還有沒有主子！」

管事與婆子連連求饒。

此時，阮慕陽聲音響起：「大嫂，這兩個刁奴不把穿雲院和二爺放在眼裡，不能就這麼算了。」她平靜的聲音在婆子與管事的求饒聲中格外清晰，帶著一股冷漠與威嚴。這是侍郎府嫡女才有的氣勢。

這種不動聲色給人的壓力硬是讓王氏覺得自己也矮了一截。

她心中不滿卻沒有辦法朝阮慕陽發作，只能厲聲對跪著的婆子和管事說：「還不下去領罰！」

待他們下去後，王氏臉上再次露出了笑容，親切地拉著阮慕陽的手說：「二弟妹，這事是大嫂疏於管教，讓手底下的人鑽了這麼大空子。府中上上下下那麼多人，我難免有沒辦法面面俱到的時候。該罰的人也罰了，還請二弟妹見諒。」

「那慕陽來替大嫂分擔些吧。」阮慕陽忽然開口說。

王氏的手僵了僵。她沒想到阮慕陽今日的目的在此！

見王氏沒有反應，阮慕陽重複道：「慕陽來替大嫂分擔些吧。」

緊接著，她反拉住了王氏僵硬的手，一下子從被動變為了主動，說：「要管理府中上上下下那麼多人和事，大嫂確實太忙了。慕陽若是再不幫忙分擔些，便要被祖母說不懂事了。」

這種手被握著的感覺就像是被人抓在了掌中一樣，感覺很不好。王氏慢慢從她手中把手抽了回來，笑著說：「二弟妹說得哪裡的話。妳如此替我著想，祖母會很開心的。」

「我會的也不多，便先幫大嫂分一分每月給各個院子的東西吧。」

王氏沒有辦法拒絕：「好。只是手裡的帳本雜亂，還需整理整理，不能馬上給二弟妹。」

「無妨。」阮慕陽表現得替人著想極了，「那明日我讓琺瑯來取吧，省得大嫂院子裡的人跑一趟了。」

就這樣，阮慕陽極為和氣地從王氏手中要來了一小部分管家之權。

晚上吃飯的時候，她將這件事告訴了張安夷。

張安夷停下了手裡的動作，有些意外地看向她。他似乎有許多話想說，可到最後只說了一句：「夫人若是想掌管後宅，日後怕是要辛苦了。」

阮慕陽抬眼，語氣裡難得的帶著幾分不滿說：「誰要掌家了？」

他竟然以為她看中後宅那點子權力與好處？

性子一向沉穩，不想也不願與張安夷鬧脾氣的阮慕陽竟然因為他的誤解覺得一口氣被壓在了心裡，堵得慌。

「我從來不看重這些。只是祖母讓我幫忙分擔是對我的看重，不能什麼都不做讓祖母失望了。」她頓了頓說，「再者，我要讓大嫂和其他人知道穿雲院不是好欺負的。」不知從什麼時候開始，她竟然在意他對她的看法了。

張安夷揶揄地笑了笑說：「原來夫人做的一切竟是為的我。」

阮慕陽所有的委屈和不滿都因為他這句調侃煙消雲散了。張安夷就是有這個本事。

她也不答，只是瞪了他一眼。

燭光照進她眼裡，和著門外的月色，這一眼，嬌俏動人極了。

張安夷的目光在她臉上停留了好些時候才移開，說：「吃飯吧。」

阮慕陽卻沒有察覺到他的目光。但是她的心裡同樣在想著眼前的男人。

對於在張家受到的這些不平等待遇，張安夷提起來竟然這般泰然。能做到這樣的人，要不是已經被人踩在了腳底下破罐破摔了，要不就是眼界不在此、不計較這些得失。

而張安夷就是後者。

他的眼界比所有人都高，心中裝的是遠比一個小小張府大得多的朝堂、甚至江山社稷！

可越是這樣，阮慕陽便越見不得他被人低看、被人誤解、被人打壓。

她發現她不忍心。

從此，穿雲院在張家的地位，她來守護！

第二十三章　張安夷的毒誓

第二日，阮慕陽讓琺瑯去沾雨院拿來了帳本明細，正式替王氏分擔起了管家的事情。

張家上下，不管是外院的還是內院的，都感覺到了些不一樣的。穿雲院怕是要靠著剛嫁過來的少夫人起來了！

就在那帳本到阮慕陽手裡還沒捂熱的時候，宮裡來人了。

阮妃娘娘宮裡的人來說阮妃娘娘前些日子病了，身體剛剛好，聖上允許娘家人進宮來陪她解解悶，想邀請表姪女阮慕陽去宮中小住幾日。

這個消息同時也傳到了其他人耳中。上京許多人都覺得自從老尚書致仕後便開始走下坡路的張家再次得了皇家青睞，怕是要翻身了。同時也有一些別的流言傳出。

這件事對張家來說非同小可。就連正在京郊別院的老尚書晚上都回來了。

阮慕陽站在廳堂中央，覺得所有人的視線都落在了自己身上。

「妳是個有分寸的孩子，宮中不比其他地方，要謹慎小心，少聽少言。」老尚書蒼老的聲音裡聽不出喜怒。

老夫人說：「好在已經是臘月了，沒多少天就要過年了。妳大約去個十來日就回來了。」

阮慕陽低著頭恭敬地說：「祖父祖母放心，慕陽定會處處謹慎。」

說完，她微微側頭看了眼張安夷。他看上去與往常一樣溫和，嘴角還勾著一抹笑容，但只有站在他身邊的她才知道，他周身的氣息讓人覺得有些冷。

回門那日，謝昭說想讓她進宮陪阮妃娘娘的時候他們兩個都在場，毫無疑問，他們兩個都知道這件事跟謝昭脫不了干係。

正要收回目光的時候，阮慕陽對上了一旁張安玉的視線。

他眯著眼睛，目光中帶著審視，在與她目光相觸的時候，不屑地笑了笑。

已是心事重重的阮慕陽並沒有在意。

阮慕陽離開，最高興的便是王氏。她臉上的笑半是出自真心，半是虛情假意，話語裡別有深意：「恭喜二弟妹了，能得阮妃娘娘厚愛。」

阮妃娘娘是永安王謝昭的母妃，而謝昭與阮慕陽的那些謠言大家都知道，只是老尚書和老婦人在，沒人敢開口提起。

阮慕陽依然是一副沉靜的樣子，語氣溫順地說：「我進宮的這些日子大嫂又要辛苦了。不過大嫂放心，帳本我都看過了，從宮中回來後就能替大嫂分擔了。」

王氏臉上的笑僵了僵。

「好了。」老夫人看向張安玉和阮慕陽說，「你們兩夫妻剛剛新婚便要小別，回去好好說說話吧，都散了吧。」

一眾小輩們從老尚書和老夫人院中出來，下人們在前面提著燈，張安夷與幾個兄弟走在一起。張安延拍著他的肩膀，一副他要翻身了樣子，說：「二弟妹得了阮妃娘娘賞識，二弟當真是娶了好夫人，以後怕是要夫憑妻貴了。」

走在後面的阮慕陽聽到這話，皺了皺眉。

這話說得太難聽了。

只見張安夷溫和的聲音響起：「大哥，這都是造化，羨慕不來。」

顯然王氏也聽到了這句話，臉色不太好。她一直很介意自己出身不如阮慕陽高這件事。

見陳氏與阮慕陽說話，她嘲弄地笑了笑說：「三弟妹別巴結得太早。」阮慕陽能不能從宮裡清清白白地回來還說不定呢。

阮慕陽此時的心情沉重極了，並沒有心思理會王氏。

與眾人分開後，阮慕陽與張安夷回了穿雲院。

走進房裡後見張安夷也跟了進來，她疑惑地問：「二爺不用去看書嗎？」往日他都要再過半個時辰才回房裡的。

張安夷不答，而是上前將阮慕陽摟入了懷中，低低地喚了聲：「慕陽。」

跟進來的點翠和琺瑯見狀，立即退了出去關上了房門。

乍然落入張安夷溫暖寬大的懷抱，阮慕陽有些懵。聽到他溫柔地喚自己名字的時候，她的眼淚差點掉下來，恐懼、憤怒和恥辱差點讓她一直強撐著的沉靜決堤。

他是在安撫她。

她不言，只是伸出手樓上了他的腰。

從回門那日便能看出謝昭對她的企圖，這次進宮無異於是羊入虎口。

阮慕陽背後只有阮家和張家，在滿是貴人的宮中根本不值得一提，相當於無依無靠。可是她拒絕不得，張家和阮家都沒有能力拒絕。

這麼殘酷的事實太難說出口，他們都選擇了不說。

若是謝昭對她做出了什麼，不光毀了她的名聲，還讓張安夷和張家再次淪為笑柄，讓張安夷被冠以「懦弱」、「沒用」這樣的詞，永遠抬不起頭來。阮慕陽覺得很愧疚。她這一世本就是要與謝昭不死不休的，只是連累了他。若不是她設計來這門親事，他不會經歷這些。

要是謝昭真敢對她做什麼，她一定要跟他拚個魚死網破。

「放心吧二爺，不會有事的，我也一定不會對不起你。」阮慕陽靠在他懷裡低聲說。她的聲音不大，卻帶著決絕與狠厲。

張安夷將她鬆開，伸出手抬起了她的下巴，目光幽深地說：「若早知會娶妳，三年前我便會為了春闈全力以赴。」

上一世，張安夷後來中了狀元，很得朝中兩位權臣洛階與徐厚看中。三年前春闈張安夷落榜的原因也漸漸清晰，竟是因為他年少氣盛，不屑於去學應付科舉的八股，想去遊歷名山大川。

聽到他的話，阮慕陽心中感動極了，也愧疚了。

畢竟她與他成親是因為知道他的未來想利用他。

「放心，聖上的脾氣大家都知道，宮中眼線眾多，沒人敢亂來。若是遇到事了，妳可以去找一個人。」說著，張安夷俯下身在阮慕陽耳邊輕輕地說了一個名字。

聽到這個名字，阮慕陽心中驚訝極了，忍不住抬起頭去看他。卻不想因為離得太近，她一動，臉便蹭上了他的唇。

溫熱的觸感讓她的身體僵了僵。

呼吸漸漸粗重了起來，阮慕陽不知道是自己的還是張安夷的。他們的氣息慢慢交纏在了一起，分不清了。

明明是大冬天，周圍卻忽然熱了起來。

存著幾分補償的心思，阮慕陽鼓起勇氣伸手攀上了張安夷的脖子，仰著頭踮起腳說：「此去宮中我——」

張安夷忽然伸出手指輕輕地抵住了她的唇，將她接下來想要說的那些不吉利的話給制止了。

阮慕陽心中柔軟極了，臉上出現了笑容，用唇輕輕啄了啄他修長的手指說：「我只是擔心二爺掛念我。」

這暗示的動作太明顯，阮慕陽的聲音又是那樣嬌軟，張安夷眼中的溫和慢慢收起，無限的漆黑如風捲殘雲一般湧現，定定地看著她。驀地，他輕嘆了一聲，有些無奈地說：「妳這樣只能叫我更掛念。」

不僅是掛念，更是牽腸掛肚。

緊接著，在阮慕陽毫無防備的時候，他將她的下巴抬得更高，低頭吻上了她的唇。

他的氣息那樣灼熱，勾在她腰間的手那樣緊。似乎是因為進宮的事來得太突然，他的吻有些強勢與急促。阮慕陽早已忘了上一世歡好是什麼滋味，也從無期待，可是張安夷輕咬著她的下唇，在她鬆懈侵入她口中，感覺到那柔軟與溼熱時，像是心中有什麼正在被一絲絲地抽離，輕柔的癢意讓她身子軟了下來，只能緊緊攀著他的肩膀。

像是承受不了這樣的吻，阮慕陽無意識地後退，不知何時竟然推到了床邊，腳下被一絆便失去重心朝後倒了下去。嚇得她驚呼了一聲，下意識去抓他。

張安夷那樣高大的人竟像腳下沒根一樣，順著她倒了下來，壓在了她身上。

這樣的姿勢讓阮慕陽全身上下紅了個通透。

她望著居高臨下的張安夷，平日裡明亮沉靜的雙眼裡帶著難得一見的恍惚與迷離，那被吮得嫣紅、泛著晶亮無意識地輕啟著。

張安夷細細地瞧著她這副樣子，目光灼人。

他的手沿著她側臉的輪廓劃過，聲音低啞得讓人聽著心跳都會加速：「我自認意志堅定，卻每回都險在夫人這裡破了功。」說著，像是償不夠一般，他低頭再次吻上了她的唇。

在她的唇上輾轉了一番後，他的吻慢慢向下。

阮慕陽難耐地皺著眉弓起了身子，只覺得他留下的酥癢與微微的疼痛險些讓她的魂都沒了。

在他不動聲色的侵略下，她節節失守。而張安夷像是故意的一樣，一下一下地吻著她嬌嫩的肌膚，每輕輕吮一下都能叫她難耐得驚呼出聲。

他們的身體緊貼在一起，她敏感地察覺到了他身體的變化。

可是張安夷忽然停了下來撐起了身子。入眼的是一片白皙細膩的肌膚與小衣下若隱若現不斷起伏的嬌嫩，上面布滿了細細的紅痕，有的還泛著晶亮。

這些都是拜他所賜。

被他看著的時間太長，迷迷糊糊的阮慕陽低頭順著他的視線看過去，發現自己胸前竟然有一大片痕跡。

她羞得伸手去擋卻被張安夷握住了手腕。

「慕陽，妳可知我發的是毒誓？」張安夷眼中似有什麼翻湧著，「若是早知會娶妳，我一定不會對自己這麼狠。」

他語氣裡極大的隱忍與凝重讓阮慕陽立即清醒了過來，急切地問：「你發了什麼毒誓？」他怎麼能對自己這麼狠？

張安夷不答，而是放開了她的手腕，慢慢從她身上起來，理了理衣服恢復了那溫和清朗的模樣，只是目光中的溫度還未徹底褪去。「妳先睡吧。」

阮慕陽不敢留他。

張安夷離開後，她的心情漸漸平復了下來。她沒想到張安夷竟然發的是毒誓。那麼迫不得已娶她，他是不是已經算是破了一部分誓言？

想到自己方才的主動，她懊惱極了。

原本她想著此去宮中便是落入了謝昭手裡，若是謝昭非要對她做什麼，她一定死也不從。在此之前，她想把自己清白的身子留給他。

起身走到梳妝臺前坐下，對著銅鏡將自己的衣襟拉開，阮慕陽看到了遍布的痕跡。

她不禁想起了回門那日謝昭在她身上加深的痕跡，終是被張安夷發現了吧。

此番她進宮，他雖安慰她說不會有事，但是他心裡是介意的。在她身上留下這麼多的痕跡，不僅宣示著他的決心，還宣示著對她的占有。

若是有一日他發現她千方百計嫁給他就是為了報復謝昭，會怎麼樣？

這一夜，阮慕陽睡得極不安穩。

第二日，老夫人派人把阮慕陽叫過去又是神色凝重地叮囑了一番。雖然沒有旁人，但是老夫人依然沒有提起謝昭。

阮慕陽要進宮，而永安王謝昭的名字似乎成了張家的忌諱。

從老夫人院子裡出來，阮慕陽心情沉重。面前忽然竄出來一個人擋住了去路，她一個不防差點驚叫出來。

點翠與琺瑯也是嚇了一大跳，立即道：「四少爺。」

阮慕陽穩了穩心神道：「四弟，真巧。」

張安玉唇邊勾起一抹懶洋洋的笑容說：「二嫂，不巧，我是特意來找妳的，有話要跟妳說。」

說著，他伸手就要去拉她。

阮慕陽嚇了一大跳，朝後退了一步說：「四弟有什麼想說便直接說吧。」

她不知張安玉今日是抽了什麼風。要是被旁人看見了怎麼辦？

張安玉嘲弄地笑了笑說：「這來來往往，說不定什麼時候就會有人。我要說的話二嫂一定不想讓別人知道。」

他說話陰陽怪氣的，處處帶著嘲弄尤為奇怪。阮慕陽忽然意識到了什麼，說：「那邊找一處僻靜的地方吧。」

對張家，張安玉比阮慕陽熟的多。

阮慕陽跟著他來到了一處鮮有人至的庭院外，對點翠與琺瑯說：「妳們去前面守著。」

看著點翠與琺瑯離開後，阮慕陽回過頭，正好對上了張安玉審視與嘲弄的目光。

「若不是阮妃娘娘派人來，我竟沒想到二嫂手帕上那個『昭』字是永安王謝昭的『昭』！」

果然，那日張安玉看到了手帕上的字。

就在阮慕陽要說話的時候，張安玉忽然帶著逼迫的氣勢朝她走近了一步，那張與張安夷有幾分相似的臉上帶著冷笑說：「二嫂，妳這般明目張膽地與永安王暗通款曲，可對得起我二哥，對得起張家？」

第二十四章　進宮

阮慕陽沒想到自己會被只有十四歲的張安玉逼得不得不後退。

他的目光裡的憤怒與陰沉讓她心驚。

她終於明白昨日在老尚書老夫人院子裡時，他那不屑的目光是因為什麼了。

「四弟，你誤會了。」阮慕陽與他保持了一些距離後平靜地說。

「誤會？」張安玉不屑地笑了笑，再次朝她走近了一步說，「那二嫂說說，帕子這樣私密的東西怎麼會落在別人手裡被人送回來？別跟我說什麼不小心丟了被人撿了送回來這樣的話。」

阮慕陽語塞。

實際上這帕子確實是丟了的。

她不說話的樣子在張安玉眼中就是心虛和承認，恰好了證實了他所有的猜測。「而且，帕子上多出來的那個『昭』字是後添上去的。沒想到二嫂紅杏出牆還有這般好的興致和情緒。」張安玉越說越嘲弄。

因為激動，他離得有些近，雖然這裡無人，阮慕陽還是怕被人看見，不得不再後退了一些，這一退便退到了牆邊。

既然無處可退，便不退了。

在阮慕陽眼中，十四歲的張安玉還是個沒長大的孩子，對他自然多了些包容。她誠懇地說：「四弟，不管你信不信，這帕子是在我回門那日丟在阮家的。那日你二哥也在。」

他沒有在發現帕子的時候當即便說出去，說明他是個有分寸的人。她只盼著他能聽他解釋。

張安玉看著阮慕陽事情敗露還一副不急不緩、沉著冷靜的樣子，覺得刺眼，心中更加憤恨。這女人怎麼連一點羞恥心都沒有？為什麼還能這麼理直氣壯一點都不心虛？

起先看到帕子上的字只是懷疑，直到阮妃娘娘派人來讓阮慕陽進宮，張安玉才知道那個「昭」字是永安王謝昭的「昭」！她竟然與男人暗通款曲！

那時，他像是心中通氣兒的地方被堵住了，說不出的失望與憤恨。

她的解釋他一句都不信！

張安玉忽然笑了起來。他生得雖然與張安夷有幾分相似，但是與張安夷溫和清俊的樣子完全不同，他身上跟帶著一種上京紈絝子弟的味道，此時笑得更是有些邪氣：「難道二嫂平日裡看上去端莊沉靜，竟是水性楊花慣了，人盡可妻？」

他話音剛落便傳來「啪」的一聲。

她居然又打了他。

這一巴掌張安玉沒有防備，竟被打得偏過了頭。他瞇著眼睛舔了舔唇。

阮慕陽氣得渾身發抖。這一巴掌她幾乎用盡了渾身的力氣，手掌隱隱作痛。

她沒想到張安玉竟然能說出這樣不堪的話！

「竟然還敢打我，是不是打我打慣了？」他張安玉是什麼樣的混世魔王，什麼時候被女人搧過巴掌？還被搧了兩次！

下意識地抬起了手想要還回去，可是對上阮慕陽滿是憤怒眼睛，他又懶散地笑了起來：「妳應該慶幸我不打女人。」

他應該是怒極了。感覺到他的目光落在了自己脖子上，似乎下一刻便會掐上自己的脖子，阮慕陽也沒有退縮：「遇到四弟之前，我也從來不打男人。」

她的怒氣還未消下去，聲音中帶著冷意說道：「不管四弟相不相信，我沒有對不起過張家，更沒有做過對不起你二哥的事。以後還請四弟說話放尊重些。」

說完，她不再看他，從他身邊走過。

張安玉看著她筆直的背影，摸了摸自己臉上發疼的地方，提醒說：「兔子的尾巴長不了。除非二嫂做的神不知鬼不覺，不然等到東窗事發的那天，定會叫二嫂後悔嫁進張家。」

看到阮慕陽冷這張臉出來，琺瑯和點翠皆是嚇了一跳。

點翠想問，可是看著阮慕陽的臉色不敢開口。而話少的琺瑯目光一閃，似乎想到了什麼。

很快便到了阮慕陽進宮的日子。

一大早用過飯後，阮慕陽便由張安夷陪著去與老尚書和老夫人道別。

臨出屋子前，張安夷叫住了她。

阮慕陽一臉莫名。

張安夷不知從哪裡變出了一根珍珠簪子說：「夫人可還記得這根簪子，我讓人送去修，才修好。」

阮慕陽怎麼會不記得?這根簪子上的珍珠就是在成親之夜被她生生撥掉的。那時他將珍珠撿了起來，將簪子拿走說要送去修，這麼久了她都快忘了。

這根珍珠簪子的出現就像是驚喜一樣，阮慕陽原本有些沉重的心情慢慢輕快了起來，還有些說不出的柔軟。她欣喜地將簪子拿在手中，細細地看著說：「二爺有心了。」

瞧著她臉上的笑容，張安夷眼中的溫柔繾綣流動，語氣裡帶著幾分揶揄說：「好留著給夫人在宮中睹物思人。」

阮慕陽瞪了他一眼，卻真的把簪子收在了身上。

隨後，他們二人來到了老尚書和老夫人的院子裡。

老尚書與老夫人又對她關照了一番，而王氏等人則是假意關心，說了些客套話。

阮慕陽的目光掃過張安玉，看到了他眼中的不屑與嘲弄。

宮中派來接她的人已經在等候，阮慕陽不敢再耽誤，與張家眾人告別後便上了馬車。

馬車慢慢地駛離張家，駛進皇宮。

看著漸漸在眼前清晰的宮牆，阮慕陽抿起了唇，目光凝重。

上一世，阮慕陽身為永安王妃進宮的機會不少，也經常去向婆婆阮妃娘娘請安，但是阮妃娘娘對她總是一副冷淡的樣子。

「張夫人，下車了。」

在宮人的提醒下，阮慕陽下了馬車，走進了阮妃娘娘的毓秀宮。

「民婦參見阮妃娘娘。」

在阮慕陽面前的便是當今聖上的寵妃、永安王謝昭的生母阮妃。

一陣沉默後，阮妃終於開口了：「抬起頭來讓本宮瞧瞧。」

阮慕陽依眼抬起頭對上了阮妃的眼睛。

阮妃如今三十多歲，因為保養得當，歲月並未在她的臉上留下痕跡，積澱下來的風韻讓她更加美豔，再加上那種逼人的氣勢，讓人不敢直視。

她打量著阮慕陽，臉上慢慢露出了笑容：「上一回見妳的時候還是好些年前，當真是女大十八變，如今妳這沉靜的模樣倒像是變了個人一樣。」

阮慕陽十來歲的時候確實見過阮妃一次，那時候的她還是並不是現在的她，沒有經歷過這麼多。

她越發謹慎了起來，說道：「多謝娘娘誇獎。」

阮慕陽自打進入毓秀宮以來，目不斜視，步伐穩健，沉靜穩重的樣子完全不像是這個年紀該有的，更不像是第一次進宮的人。阮妃看在眼裡，目光中多了幾分審視和探究。

她竟不知自己的表哥家還有這樣的女兒！

嫁進張家當真是如同將明珠埋進土裡，便宜了他們。這樣的孩子若是調教得當，好好安排一樁婚事，未來說不定會成為他們母子的助力。

可是一切都晚了。

想到這裡，阮妃不禁皺起了眉，語氣也冷淡了：「這些日子妳便住在毓秀宮吧。」

阮慕陽點頭稱是。

她被宮人安排住進了毓秀宮中的一處偏殿。

「多謝小高公公。」到了偏殿，阮慕陽朝琺瑯使了使眼色，讓琺瑯拿出一個荷包。裡面是十片金葉子，她從阮家帶過來的嫁妝。

琺瑯平日裡較為謹慎，此次進宮，她只帶了她一人。

當今的司禮監掌印太監高嚴是聖上身邊的紅人，身為宦官卻權利極大，沒有人不巴結的。他手底下許多「兒子」，阮妃身邊太監便是高嚴最喜歡的兒子之一，大家尊稱一聲「小高公公」。

小高公公接過荷包掂了掂，收進了袖子裡，臉上的笑容越發親切了：「娘娘這些日子事務繁忙，張夫人只需安心在這兒住著，等娘娘傳喚便可。這毓秀宮中可隨意走動，只要不打擾到娘娘的清淨便可。」

阮慕陽將他的話記在了心中，笑著說：「多謝小高公公了。」

說是讓阮慕陽進宮陪阮妃說說話解解悶，實際上阮妃並不需要她解悶。一個月前，皇后娘娘忽然病倒，臥床不起，聖上將後宮事務都交給了阮妃處理。阮妃也正是因為後宮事務繁多，前陣子身子才不適的。

皇后臥床，如今這後宮之中權利最大的便是阮妃。

阮慕陽不想捲入這後宮之中，只盼著這十來日能安安穩穩地過去。沒想到她運氣好，剛進宮當晚便見到了當今聖上。

聽說聖上降臨毓秀宮，阮慕陽便安安分分在偏殿。

當今聖上號武帝，年輕時也是英明神武、驍勇善戰，可是老來卻變得生性多疑、嗜殺了起來。近幾年，朝中被殺的官員不計其數，就拿阮慕陽成親不久前來說，因為一樁案子，被殺的地方官員便有上百人。

上一世，對於這位公公，阮慕陽實在陌生。

她只知道上一世阮家一門都死在了冤殺之下。

聖上到了毓秀宮沒多久，小高公公便親自來了偏殿說是聖上傳喚，叫她過去。

阮慕陽不敢怠慢。

「妳便是張老尚書的孫媳？」毓秀宮正殿裡，一身明黃色龍袍的武帝打量著阮慕陽。

阮慕陽恭敬地回答道：「回陛下，民婦正是。」

「朕記得妳，當時差點就寫了賜婚的聖旨，讓妳與永安王成親，沒想到妳竟然嫁給了張老尚書的孫子。」說到這裡，武帝頓了頓，語氣變得莫測了起來，「妳可是覺得永安王有什麼不好？」

第二十五章　王爺請自重

阮慕陽心下緊張了起來，心思飛快地轉著，面上沉靜地答道：「民婦不敢。上元節那日民婦不慎落水得張家二公子相救，自知已配不上王爺，不敢再奢求。」

武帝蒼老的臉上出現了一抹難測的笑容，問：「那妳是覺得張家是退而求其次的選擇，嫁進張家是迫不得已，虧待了妳？」

果然帝心難測。

一旁的阮妃亦是看著阮慕陽不語。

好在她方才並未說是與張安夷一同落水，而是說的被救。

「不敢。」阮慕陽心中更加謹慎了起來，可惜沒有字字句句斟酌的時間，「民婦無端落水，說明沒有加入皇家的福分，也不敢強求。幸而二公子是個有擔當的人，能嫁進張家已是萬幸了，民婦始終心懷感激。」

話音落下，她只覺得正殿裡沉默了下來，心跳得飛快。

忽然，阮妃的聲音響了起來：「皇上就別嚇唬這個孩子。臣妾瞧著這孩子性子好，又淳厚，越看越喜歡。」

武帝的臉上終於露出了笑容：「好一個沒福分和萬幸。張二心善救人得來這樣一個夫人也是有福。」

說到這裡，他嘆了口氣有幾分惋惜地說：「張老尚書的這個孫子也是可惜了。他八歲時寫的詩甚至有靈氣，原以為此子必定不凡，誰知長大後成了傷仲永，註定要碌碌一生了。」

阮慕陽低著頭、垂著眼睛不語，沒有一絲抱怨與不甘，甚至連遺憾都沒有，彷彿聖上說的不是她的夫君，與她半點關係都沒有。

因為她知道來年春闈張安夷必定會高中，必然會再次站到高處，讓所有先前小看他的人驚訝。武帝與阮妃並不知道這些，看著她沉靜的模樣，心中都覺得惋惜。

自打見過武帝之後，阮妃對阮慕陽的態度慢慢好了起來。白日裡偶爾會召見她，讓她陪著喝喝茶或是在宮中逛逛。

這讓阮慕陽有些意外。畢竟上一世她是不得阮妃喜歡的。出了阮妃偶爾召見外，阮慕陽整日安安靜靜在偏殿裡。

可是這樣的平靜的日子註定持續不了多久，因為很快就到了謝昭進宮請安的日子。

這一日阮慕陽更加謹慎。

「聽說四妹妹這幾日在宮中過得悠閒自在。」

乍然出現的聲音讓正坐在長廊裡，瞧著長廊外青竹的阮慕陽警覺了起來。

她下意識地看向四下，卻發現一個宮人都沒有，而琺瑯還沒回來。等她心中產生危機感時，謝昭已然到了她面前。

坐著的感覺太被動，阮慕陽站了起來，恭敬地說：「參見王爺。」

謝昭卻瞧著她不語。

原本提議讓她進宮只不過是想看她失了端莊、惶惶終日的模樣。不錯，他瞧著她的模樣就是想氣她。卻不想她竟然過得不錯，就連他挑剔的母妃對她似乎也很滿意。今日過來，看到她坐在廊中出神，安靜極了，大約是臘月裡整個偏殿都是蕭條之象，唯獨她所坐處留著一抹清脆，這幅景象漂亮極了。

心中忽然生出一種惋惜，他伸出手就要去碰阮慕陽那張白皙的臉：「若不是陰差陽錯，四妹妹如今該夜夜承歡於本王身下。」跟了他，她如今定當是端莊中帶著嫵媚，風情更甚現在。

阮慕陽本就存著警惕，見謝昭伸手立即朝邊上退了一步說：「阮妃娘娘還在等著王爺，王爺還是不要耽誤了。」

說完，她便要離開，腳步有些急促。

「本王准妳走了？」謝昭忽然拉住阮慕陽的手臂，輕輕一拽便讓她身體失去了平衡，然後順勢將她推到了長廊另一邊的牆壁上，貼近著她。

阮慕陽當即身體緊繃了起來：「王爺請自重。」

「妳可知妳越是這樣，本王就越是有興致。」謝昭唇邊勾起一抹笑容說，「緊張什麼？」

他的手撫上了阮慕陽的下巴，迫使她不能再偏頭，正面迎合著他。他的手指沿著她臉頰的輪廓慢慢向下：「張二是不是沒本事，沒讓妳享受到滋味妳才這般排斥的？本王可以好好寵妳。」

越說謝昭便越覺得心中有一股壓抑不住的火氣。

若人本來就是自己的，他或許不會這樣在意，可偏偏是別人的，還是從他謝昭手中搶走的。手指惡意地滑到她領口，謝昭眼尖地看到領口之下細嫩如雪的肌膚上一抹淺紅色若隱若現，目光慢慢幽深了起來。

驀地，他用了極大的力氣一把扯開了阮慕陽的衣襟。

入眼的是深深淺淺細細的吻痕。臘月之中，天本就有些蒼白，襯得她暴露在空氣裡的肌膚更加白得像雪一樣，而上面細細密密的紅痕如同雪地裡一朵朵紅梅，格外明顯與曖昧。足以見那一場歡好是多麼激烈。

謝昭甚至可以想像到阮慕陽被男人壓在身下面渾身無力的模樣。他幽深的目光裡多了幾分危險與火熱。

「原來是我看錯了。沒想到妳這端莊的模樣是裝出來的，實際上這麼騷。」說著，他想要像上回在阮家那樣故技重施，狠狠地欺凌她。

可當他還未觸及到那嫩得彷彿一掐就會留下痕跡的肌膚時，脖子上忽然傳來一抹涼意。

已是臘月，脖子上的堅硬格外的涼。

阮慕陽終於鬆開了緊咬著的嘴唇。她手上拿著的是進宮那日張安夷還給她的珍珠簪子，這根簪子如今正緊緊抵著謝昭的喉嚨。

受到了這麼大的屈辱，阮慕陽氣得渾身都在顫抖，手上的力量很大，抵得謝昭喉嚨發疼，喘氣都有些困難。可是他臉上並未露出恐懼之色，反而笑了笑先是看了眼她依舊暴露在外的肌膚，然後好笑地說道：「沒想到妳還有膽子這麼大的時候。」

阮慕陽冷著聲音說：「都是王爺逼我的。」

看著她不再如往日那般端莊嫻靜，目光中帶著恨意，恨不得把自己殺了，卻衣衫不整、眸中含水一副被欺凌過的樣子，謝昭竟然覺得格外勾人，比以往他見過的任何女人都要有韻致。他笑得肆無忌憚：「妳敢傷我，就不怕累及阮家和張家上下？」

第二十六章　孤寡一生

謝昭的提醒讓阮慕陽想起了上一世阮家一門被冤殺之事，心中更恨，恨不得就這樣把簪子插進他的喉嚨。

但是她轉而將珍珠簪調轉了方向，對準了自己的喉嚨。方才對著謝昭喉嚨的時候她用了多大的力氣，現在對著自己便用了多大的力氣。

她的動作讓謝昭有些意外。

「傷不得王爺，那我便自己死了。若我死了，琺瑯便會找人將王爺告發到聖上面前。」阮慕陽說得決絕。

倏地，她手上一痛，珍珠簪落地。

是謝昭拍掉了的。

他目光幽深地看著阮慕陽，覺得她喉嚨上那一處被珍珠簪扎出來的痕跡觸目驚心。方才她險險刺破了自己的喉嚨。

他忽然沒了興致，覺得無趣極了。

「四妹妹當真是貞烈。」謝昭的語氣裡帶著幾分難言的意味。

阮慕陽冷冷地說：「都是殿下逼的。」

「若四妹妹真能這般衣衫不整、香肩半露地用簪子刺破自己的喉嚨，到時鮮紅的血濺在肌膚上如同雪中落下的紅梅，這樣的死法也是如此柔美。說不定本王哪一日便會有這個興致看看。」說到這裡，謝昭勾起了一個莫測的笑容說，「來日方長。」

見謝昭離開後，阮慕陽緊繃的身子終於鬆懈了下來。她像是癱軟一樣靠在了牆上。

終於感覺到了冷，她拉了拉自己的衣服。

其實她沒有求死的念頭。

好不容易重活一世，還未報仇，她怎麼肯就這樣死去？

只不過是威脅謝昭的。

她料定謝昭害怕事情傳到武帝那裡。以武帝陰沉的性子，見他在宮中也敢如此放肆，無疑是在挑戰他的權威，懷疑他是有了別的心思才敢這般有恃無恐也未嘗不可能。

好在她賭贏了，謝昭的確不敢在宮中惹事，不敢輕易挑戰聖上。

只是方才他的眼神有些莫測與複雜，在她意料之外，先前從未見過。

阮慕陽回到房中對著鏡子將自己整理了一番，將謝昭扯亂的衣襟拉好，將每個褶皺都撫平了。

「張夫人，娘娘請您過去。」

不知何時，宮人又冒了出來，一切彷彿如常，好像謝昭從沒有來過。

阮慕陽亦未表現出任何反常的地方，點了點頭。

她來到毓秀宮正殿之時，阮妃正與謝昭聊著什麼。

「民婦參見阮妃娘娘，參見永安王殿下。」阮慕陽微微抬起頭，視線與謝昭對上，一片平靜，毫無波瀾。

阮妃娘娘露出一抹笑意說：「昭兒，你倒是給我推薦了個妙人兒。」

謝昭笑了笑，似乎先前在偏殿之中輕薄阮慕陽的不是他一樣，說：「母妃喜歡就好。如今母妃代為掌管後宮之事，兒臣十分擔憂母妃的身子，有四妹妹陪母親說說話也好。」他的目光落在阮慕陽身上，看著她低眉順眼的樣子，莫名又想起了方才她發狠拿著珍珠簪抵著他喉嚨，而後又抵著自己喉嚨的樣子。

不得不承認，那時他竟然不忍心了。

阮妃看了看謝昭，又看了看阮慕陽，覺得兩個孩子般配極了，心中不由地又惋惜了起來。

「慕陽妳坐吧。」

待阮慕陽走近時，阮妃瞧著她，忽然看到了她喉嚨處的一塊紅色，臉上的笑意不動聲色地斂去了。同樣在喉嚨處的紅痕，她方才也見過。

阮妃這樣身居高位的人，目光給人的壓力很大。阮慕陽很敏感地察覺到了阮妃的視線，心下有一絲緊張。為了掩飾，她接過宮人遞來的茶喝了一口，低著頭眼觀鼻鼻觀心。

謝昭像是察覺到了什麼，笑了笑說：「母妃，前些日子我尋到了一塊成色極好的子玉料子，母妃喜歡什麼樣子的，不妨讓人畫了圖紙，兒臣讓巧匠去雕。」

「昭兒有心了。」謝昭的孝心阮妃臉上再次出現了笑容，也收回了在阮慕陽身上的目光。

她思量了一番，再次看向阮慕陽說：「妳父親一向提倡女子也要多讀書的，可曾為妳請過西席？」

沒想到阮妃會問這個，阮慕陽點了點頭說：「回娘娘，請過。」

「那妳可會畫畫？」

阮慕陽回道：「會是會，但是民婦資質不好，學得不精。」

「會畫就好。一會兒我將想要的花樣告訴妳，妳這幾日便專心替我畫出來吧。」

沒想到阮妃竟會將這樣的事交給自己，阮慕陽心中有些疑惑，卻也不敢推辭，連忙道：「是。」好在有這件事當藉口，她剩下這幾日可以安心在偏殿之中了。

謝昭笑著道：「那就期待四妹妹畫的花樣了。」

皇子成年之後便要搬到宮外，要見自己的母妃除了逢年過節只有平日裡請安的時候，但是為了避嫌不能在後宮就留。阮慕陽來了之後沒多久謝昭便離開了。

他走後，阮妃與阮慕陽講了一下自己想要的樣子。

她想要用籽料雕一個百鳥朝鳳。

阮慕陽一聽便覺得難度極大，連忙道：「民婦畫工淺薄，怕辜負了娘娘的厚望。」

阮妃道：「妳只管仔細地慢慢畫就是了。」

阮慕陽敏銳地感覺到阮妃的語氣忽然變得有些不耐煩，就連態度也變得冷漠了些。

其中緣由，她回去仔細想了想，大約是與謝昭有關，或許阮妃察覺到她與謝昭之間的一絲端倪。

進宮之時是臘月十八了，一眨眼已經靠近年關了。

自打謝昭那日進宮之後，阮慕陽便很少得阮妃召見了。

她整日在偏殿之中畫百鳥朝鳳的花樣，卻毫無頭緒，白白廢了好多張紙。這時候她不由地想起了張安夷。上一世，在張安玉高中狀元之後，眾人才知他畫得一手好畫，寫得一手極蒼勁的字。

臘月二十五這日早上，阮慕陽受到了阮妃的召見，討論百鳥朝鳳的花樣。

這一年的臘月二十五註定是個不平凡的日子。

她也是到了這一世才想清楚的，武帝晚年，朝堂所有的風雲變化都是由這年臘月二十五開始的。沒想到這一世她竟然能在宮中親眼見證這一天。

辰時，永靖王帶著一臉怒氣來毓秀宮求見阮妃，動靜很大。

毓秀宮中許多宮女和太監都望著正殿那邊，竊竊私語。

永靖王便是五皇子謝昕，比謝昭小一歲，是個難得的將才，平日裡在外征戰。永靖王氣衝衝地找來，起因是他剛回到上京便聽說聖上給他定了門親事，這幾日便要下旨了。

武帝對兒子的婚事大多是聽取後宮的意見。永靖王不知從哪裡得到了消息，說這門婚事是阮妃在武帝身邊吹枕頭風，便找了過來，企圖讓阮妃勸聖上改變主意。

永靖王實際上是有心儀之人的。

「阮妃娘娘，如果這門親事這麼好，為何不讓三哥娶？三哥到現在還沒有王妃。」永靖王是武將，行事難免有些魯莽。

阮妃皺起了眉。

永靖王進來的時候只當阮慕陽是宮人，並未在意，阮妃似乎也忘了她，並未讓她退下。而現在她再留下來就不好了。

「娘娘，王爺，民婦先行告退。」

阮妃點了點頭。

在離開正殿的時候，阮慕陽聽到阮妃一團和氣地對永靖王說：「永靖王誤會了，如今本宮雖代皇后掌管後宮，但是這門親事卻是皇后當時提議。本宮怎好去替你說情，違背了皇后的意願？」

出了正殿的阮慕陽腳下的步子有一瞬間亂了。

永靖王剛剛回上京，只知道皇后病了，卻並不知道皇后病得多重，而阮妃也並未提醒他，這也導致他鑄成了大錯，惹怒了武帝。以阮妃的性格，不會不謹慎至此，只有可能是故意的。

五皇子後來的下場果然與謝昭和阮妃有關。

大約到了未時，宮裡的氛圍忽然緊張了起來，太監宮女們皆是低著頭形色匆忙。

皇后娘娘病危了。

起因是永靖王去大鬧了一場，讓需要靜養的皇后暈了過去。

聖上大怒。阮慕陽知道皇后能熬過這一次，但也不過是多活幾個月罷了。

因為皇后病重，阮妃變得更加忙碌了，無心顧及阮慕陽。

臘月二十八這天，阮慕陽終於出宮了。

出了宮牆，阮慕陽感覺到了濃濃的年味。明明只離開了十日，再回來，看到一副忙碌的樣子，她竟然覺得像是離開了很久一樣。

一回到張家，阮慕陽便先去拜見了老尚書和老夫人。

「這幾日宮中發生的事，妳可受到牽連？」老尚書雖已致仕，卻依然關注著朝堂的動向。因為他曾是禮部尚書，許多事情即使他如今致仕了，也無法置身事外。

今日，皇后娘娘終於度過了危險期。

但是聖上的怒氣未消。皇后雖然不如阮妃這樣的寵妃年輕有姿色，卻極得聖上敬重。聖上這幾年變得越來越多疑嗜殺，皇后便經常在一旁勸著。只有皇后的話聖上才聽得進去。

昨日，被軟禁在宮中的永靖王終於可以離宮回王府。但是他的軍權被收回了，聖上讓他一步都不得離開王府。

敏銳一些人的都知道，如果永靖王倒了，朝中又將有一番大動靜，而且極有可能是腥風血雨。

阮慕陽不敢隱瞞，說道：「永靖王進宮那日孫媳正好在阮妃處，不過只是打了個照面。平日裡孫媳大多時候在偏殿，不曾離開毓秀宮一步。」

老尚書像是終於放心了，點了點頭。「回來便好。」

老夫人看著阮慕陽道：「後天便過年了，府中事多，妳回來了便幫著妳大嫂打理家中事務吧。」

「是。」

從老尚書與老夫人院子離開，阮慕陽回到了穿雲院。

張安夷並不在。他正與張安延、張安朝以及張安玉兄弟幾個準備祭祖的事情。

點翠看見她，高興極了：「夫人，妳可算回來了。」

「這幾日府中可發生了什麼事？」阮慕陽問。

點翠搖了搖頭，想了想又說道：「只是沾雨院那裡——」

她沒說完，阮慕陽也知道，自己離開了，王氏定然高興萬分，恨不得她永遠不要回來。

只是她還是回來了，該要的權也得要回來。這一世，她想要的是復仇，對後宅之事只要人不犯她，她定然不犯別人，如今這麼做也只是為了穿雲院在張家的一席之地。她要告訴張家所有人，穿雲院不是好欺負的。

只是休息了幾個時辰，阮慕陽便去了沾雨院。

見到她，王氏臉上帶著假笑，一番親切地問候之後說：「二弟妹可算回來了。這幾日府中上下都忙壞了。我還以為妳要三十那天回來呢。」言下之意是怪她在忙的時候置身事外。

因為過年，就連陳氏和季氏都忙了起來。

阮慕陽笑著說：「這不是回來了嗎？定當好好替大嫂分擔。」

王氏也不傻，將一些繁瑣的事都交給了阮慕陽。

忙了一天，阮慕陽回到穿雲院之時累極了。本想等張安夷回來，可是等著等著便睡著了。

夜裡，她被細微的動靜驚醒，才知道張安夷回來了。

「二爺。」

阮慕陽迷迷糊糊睜開眼，想要起來，卻被走到床前的張安夷按了回去：「不早了，先睡吧。」

沾上枕頭，阮慕陽一下子又睡著了，半夢半醒間覺得臉上癢癢的。

二十九祭祖，三十除夕。

除夕夜，除了在京州的張吉與李氏並未回來之外，張家上下坐在一起吃了頓飯。老尚書與老夫人喜靜，平日裡都是各院吃各院的。

回來這兩日，每日阮慕陽睡的時候張安夷還沒回來，醒的時候他又匆匆忙忙要走，夫妻二人連話都沒說上幾句。

現在坐在了一起，阮慕陽終於得空看了看張安夷。

十來日未見，他似乎更加清俊了，或許是在宮中看了些人情冷暖與勾心鬥角，阮慕陽覺得他身上那股經歷過大起大落後沉澱下來的溫和格外讓人覺得安心。

「到底是新婚，瞧二弟妹看著二弟的眼神，像是黏在了二弟的身上一樣。」王氏忽然笑著說道。

阮慕陽立即收回了目光，感覺到大家的目光都在她身上，臉上有些發燙。

季氏笑著道：「小別勝新婚。」

阮慕陽回以一笑，隨後低下了頭，眼觀鼻鼻觀心。

驀地，桌下的手被人握住。

溫熱的觸感讓她立即緊張了起來，她微微抬頭看了眼身旁的張安夷，只見他依然是一副溫和端正的模樣，只是眼底帶著一絲揶揄。

因為看不到，觸覺就變得更加靈敏，阮慕陽感覺到他帶著薄繭的手輕輕地在她手背上摩挲，癢癢的，這種癢意順著四通八達的經脈傳到了她心尖上。

想要收回手卻沒有成功，怕被人瞧見，她不敢有大動作，只能任由他摩挲著。

漸漸地，她連注意力都無法集中了，吃飯吃得心不在焉。

用過飯後，老尚書和老夫人便要回去休息了。他們年事已高，守歲是小輩們的事。

從飯廳出來，大家各自回各自的院子。

張安夷原本牽著她的手，可是阮慕陽怕被人看見，怎麼也不肯讓他牽。他們夫妻之間的小動作旁人自然是不知道的。

心中被他方才弄得還未平靜下來，即使是在眾人面前，她依然覺得他們兩人之間的氣氛有些氤氳。

今晚的張安夷有些不一樣。

「二嫂。」

忽然出現在兩人身旁的張安玉讓阮慕陽回過了神來。她不熱絡卻也不冷淡地叫了聲：「四弟。」

張安玉臉上帶著懶洋洋的笑容，唇邊帶著一抹惡劣問：「二嫂覺得宮中如何？還以為二嫂樂不思蜀，不想再回張家了呢。」

他話語中的深意只有他和阮慕陽知道。他明顯就是衝著阮慕陽來的。

阮慕陽不想在張安夷面前與張安玉有太多牽扯，便疏離地回道：「怎麼會呢，四弟想多了。」

張安玉笑得諷刺。正當他再要說什麼的時候，張安夷打斷了他：「四弟，我們還有事，先行一步了。」

說著，他拉起了阮慕陽的手。

阮慕陽隱約感覺得此時張安夷是不快的。

就在這時，在他們身後看著他們牽在一起的手的張安玉的聲音再次響起：「二哥，對於二嫂，你了解多少呢？」

阮慕陽倏地緊張了起來。

張安夷不言，步子沒有停下。夜色下，他的表情莫測叫人看不清。

回到穿雲院，張安夷與阮慕陽直接進了屋子。

「都下去吧。」張安夷的聲音裡聽不出情緒。

這樣的他讓阮慕陽覺得太過高深，心下竟然有些害怕。

點翠琺瑯她們下去後帶上了門。

隨著關門的聲響停息，屋子裡安靜了下來。阮慕陽覺得這樣的安靜有些難耐，便開口道：「二爺——」

兩個字剛剛說出口，張安夷忽然靠近將她按在了門板上。他細細地看著她，帶著審視的意味，往日裡溫和的目光現在看起來有些幽深，因為背著燭火，眼底漆黑一片，叫人一點也猜不出他在想什麼。

阮慕陽只覺得他審視的目光似乎能將她看透，看到她心底去，立時更加緊張了。

就在她覺得自己快受不住他這樣探究的目光的時候，張安夷忽然嘆了口氣，低低地問：「夫人在宮中可曾想我？」

想？

大約是想了吧。

就在阮慕陽意識到自己在宮中真的想過他的時候，張安夷忽然低下頭吻上了她的唇，連個開口的機會都不給她。

一個「想」字或許是他想聽到的答案，卻被碾碎在了兩人的唇間，變成了阮慕陽的一聲含糊的輕吟。唇被他輕輕地咬住拉扯又放開，唇上的交纏發出了令人臉紅的聲響，感覺到他在她腰際的手沿著脊柱輕輕撫摸，脊柱處傳來的感覺讓她的身子立即軟了下來。

驀地，張安夷的手來到她腰前，狠狠地抱住她。

乍然傳來的涼意讓阮慕陽清醒了一些，立即拉住了他的手，帶著幾分慌張地說：「你——你不能破誓。」她的聲音如細細的低吟一般，不禁讓人心猿意馬。便是她自己聽了，都覺得害羞。

「無妨。」張安夷依舊流連於她的唇上。

阮慕陽始終記得他說他發了毒誓，不敢輕視：「可是你的春闈——」

「必然會中。今日我是破定了。」張安玉的語氣裡帶著幾分輕巧，彷彿破了誓也不會如何。

下決心參加春闈之時，家裡長輩正要為他物色親事，為了不讓自己因為別的事分神，為了讓老尚書沒有再催他成家的藉口，他確實是發了毒誓——不入翰林便不成家不碰女色，即使成了親也依然會孤寡一生。

只是一切都有變數。

如今，他有十分的把握必然會高中，更有她在身邊，他無論如何也不會讓自己孤寡一生。

這必定是一樁金玉良緣。

放開了她的唇，張安夷不容抗拒地將阮慕陽橫抱了起來。

這時恰好外面放起了煙火，天空驀地如白晝，照亮了屋中，彷彿便是為他這一刻的決然而喧囂。在忽明忽暗的煙火中，張安夷臉上帶著慣有的溫和，莫測的目光中唯一清晰的是那一抹堅定。他所有的輕巧與難以言明都被掩蓋在了響亮的煙火之下，激烈而絢爛。

即使每朝床榻走一步便會離報應更近一步，他腳下仍舊堅定，就如堅定地要入翰林做天子近臣一樣。

窗外是火樹銀花，手中抱著的是一輩子休戚相關的女子，而他腳下沒有回頭之路，只有步步生蓮。

至於若是真的有報應，無論是折壽或是天譴，都讓他一個人遭著好了。

他，心甘情願。

第二十七章　破誓

門口處只留下了阮慕陽的一條腰帶。獨屬於女子柔軟輕盈的腰帶垂落於冰涼的地面，有一種香豔之感。

衣襟大敞，露出裡面水紅的小衣阮慕陽緊緊摟著張安夷的脖子，雙眼迷離地看著他。如此繾綣的氛圍下，她卻細細地打量著、審視著他。這個男人心思太過深沉，眼界與格局遠在所有人想像之上，就連她自己都覺得達不到他的高度。

太莫測了。

「還沒看夠嗎？」將阮慕陽放在床榻上，張安夷俯身撐在她身上，居高臨下地看著她，語氣中帶著揶揄。

阮慕陽的臉紅了，別過頭不去看他。

隨即，張安夷輕笑了一聲，捏著她的下巴讓她轉了過來，然後吻上了她的唇。

這一次，沒有隱忍，沒有克制。

他再也回不了頭了。

而她也一樣，再也沒有回頭的機會。

手指摩挲而過的地方是火熱，引得阮慕陽弓起身子輕輕顫抖。將她的唇吻得充血又晶亮之後，張安夷一路往下。沒了他身體的遮擋，阮慕陽這才感覺到身上的涼意，不知何時，她的上半身已經完全失守了。

當毫無阻礙地貼上他帶著灼人熱度和彰顯著男子力量的肌膚時，阮慕陽發出了一聲喟嘆。

終於到了初一了。

除夕之夜，新舊交替之時，所有的闔家歡聚與守歲的喜悅都被隔絕在外，房裡有的只是繾綣和不盡的纏綿。

「不行、我不要了……」深夜之時，阮慕陽低低地哭泣。

張安夷安撫地親吻了一下她的唇，聲音低啞地哄騙道：「最後一次。」

當不知道是第幾次被占有的時候，阮慕陽只覺得自己從前看走了眼，被他溫和清俊的外表以及先前的隱忍給欺騙了，居然覺得他是君子。

「你又騙我！無恥！」

初一一大早，點翠和琺瑯等在門外，兩人眼中皆有奇怪之色。

他們夫妻二人皆不是愛睡懶覺的，今日怎麼這時候了一個都不起？

點翠試著叫了一聲。

實際上阮慕陽已經醒了，只是渾身發軟，嗓子發疼，不想睜開眼。聽到點翠的聲音，她紅著臉起來，一旁的張安夷還在熟睡。

錦被隨著她的動作從她肩頭滑落，露出白皙的肌膚與纏綿的痕跡，下一刻，她又被重重地拽了下來，跌倒在錦被上。

張安夷醒了。察覺到他又想做什麼，阮慕陽一邊掙扎一邊紅著臉說：「你——我身上現在還疼。」而且已經是白日了，怎麼能這麼荒唐？

可是張安夷一句話就讓她不堅定了。

他在她耳邊低聲說：「春闈在即，我得做三個月清修的和尚了，夫人捨得嗎？」他的語氣裡帶著幾分無奈，細細聽還有絲可憐的味道。

從來聽過他這樣的語氣，阮慕陽只覺得他低低地聲音讓她的軟得不行，便任由他的手在自己身上遊移，嘴上卻還說：「可是我真的受不住了。」

看出了她的猶豫，張安夷眼中閃過笑意，在她唇上親了親說：「無妨，只需夫人動動手。」說著，他拉起了她的手伸進了被窩裡。

活了兩世第一次做這樣的事，簡直超出了阮慕陽的承受範圍，害得她臉上的紅暈一整個上午都沒消下去，更不好意思去看張安夷。

而每每視線對上，張安夷皆是一副揶揄嬌慣的笑容。

年初二，張安夷跟著阮慕陽回娘家。

阮中令除了趙氏這個正妻外，有楚氏和黃氏兩個妾室，一共五個女兒兩個兒子。除了阮慕陽遠嫁在外的大姐、也就是楚氏的大女兒阮慕秋沒來外，二姐阮慕霜與三姐阮暮雲都帶著夫君回來了。

因為阮中令是工部侍郎，所以即使是庶女，嫁的也都不錯。阮慕秋雖然遠嫁，嫁的卻是湖州知府的嫡次子。阮慕霜則嫁給了五城兵馬指揮司指揮的三子。

當然，她們身為庶女，遠嫁的不如阮中令的嫡長女阮暮雲好。

一大家子用過飯後，阮中令便帶著三個女婿去了書房。而女眷們則一起去了園子裡吃茶。

「四姐姐的身子可全好了？」阮慕汐看向阮慕陽。這次回來，阮慕陽面色紅潤，舉止間帶著嬌媚，顯然是被男人滋潤得極好。阮慕汐看著不甘心。

自從進了張家，阮慕陽便注意到阮慕汐的目光始終在張安夷身上，心下已然是不耐煩極了。她冷冷地看向她。

阮慕汐也不在意，臉上帶著嬌俏的笑容說：「四姐姐不替四姐夫擔心嗎？二姐夫與三姐夫都有官職在身，父親與他們談的必定是朝堂之事，四姐夫怕是插不上話。」

她的話挑釁的意味十足。

阮慕霜和楚氏母女都看了過來。

黃氏笑著對趙氏道：「夫人，這兒沒外人，我也就有話直說了。四小姐可是阮府的嫡女，如今嫁的夫婿連個官職都沒有，外面已經在嘲笑阮家了。張老尚書雖然曾經身居高位，可畢竟已經致仕了。」

女子嫁出去後回到娘家時受到的待遇跟地位與夫家的實力息息相關，阮慕陽身為一個嫡女，卻嫁的不如庶女，如今回娘家連姨娘和庶女都敢騎在她頭上了。

阮慕陽的親事始終是趙氏心中的一根刺。

「用不著妳一個妾室操心。」趙氏的聲音帶著冷然。

「姨娘還是先管好五妹妹和二弟吧。」因為嫁給了宋學士的長子，成了宋府的長媳，阮暮雲身上那股氣勢比原來在阮家當嫡長女的時候更加強了，儼然一個高門少夫人的樣子。

黃氏並不在意趙氏的態度，依然笑著道：「夫人、三小姐，我也是想四小姐好。如今趁著張老尚書還有幾分人脈，何不替四姑爺某個官職？」

她的話說到了趙氏的心裡。趙氏竟然一時沒有回話。

阮慕陽原本想冷眼看著黃氏母女作妖，可是她們句句話中都帶著對張安夷的低看，讓她心中生起了怒意。

「不用姨娘擔心了，他會參加今年的春闈。」阮慕陽平靜的聲音響了起來。

隨之而來的是眾人驚訝。

黃姨娘極力忍著笑容說：「四小姐說得可是真的？四姑爺三年前——」

說到這裡，她欲言又止：「還是踏踏實實的好。若是又落了榜，免不了阮家也被笑話。」

對於包括趙氏的質疑與驚訝，阮慕陽連表情都沒有變。不是她不知天高地厚，而是她相信張安夷必定會高中。

忽而，她笑了笑，聲音裡帶著與往日一般沉靜說：「黃姨娘可願跟我打一個賭？賭五妹妹的婚事。」這次換她挑釁了。

阮慕陽從容的樣子讓人覺得她彷彿已然預見到了未來，自信極了。這種自信讓黃氏心中無端的沒了底氣。

而被提到名字的阮慕汐臉上更是沒有了笑容，憤恨地看著阮慕陽。

身為庶女，永遠就比嫡女低一等，不能管自己的生母叫娘，婚事得由嫡母做主。如今阮慕汐最在意的便是自己的婚事。

見黃氏母女不說話，阮慕陽勾起了唇，一副波瀾不驚的樣子說：「姨娘不敢了？那我可以讓一讓妳，我們不賭他能榜上有名，而賭他是會試頭名。若他是會試頭名，五妹妹的親事便由我來做主。」

說著，她又看向趙氏說：「母親，若是姨娘答應了，五妹妹的婚事交由我做主可好？」

趙氏與阮慕雲都不知道她為何要忽然說這樣的大話，心裡沒底。趙氏不語，沒有立即答應。不僅榜上有名，還會是頭名？放眼天下，有幾個人敢說這樣的搭話？

黃氏心裡當然是不相信的，可是賭上自己女兒的親事，她還是有些猶豫的。

這時，阮慕汐的聲音響了起來：「四姐姐，若是妳輸了怎麼辦？」

阮慕陽平靜地看向她說：「隨妳。」

阮慕汐臉上終於露出了笑容：「那如果四姐姐輸了，還請四姐姐不要阻擾我與四姐夫。」

她這驚世駭俗的話一出，在場的人滿臉震驚。

阮暮雲當即厲聲道：「放肆！阮慕汐，妳還要不要臉？」

總是靜靜地在一旁看著、從來不插話的楚氏母女都開始勸了起來。

阮慕汐只是看著阮慕陽。

唯獨阮慕陽知道她對張安夷的心思，也不驚訝：「張家家風嚴謹不得納妾，若妳有本事便讓他把我休了娶妳進門，我絕不反抗。」

「慕陽！胡鬧！」趙氏再也聽不下去了。

阮慕汐生怕阮慕陽反悔，立即道：「好！四姐姐可不要反悔。」

「絕不。」

阮暮雲著急地道：「四妹妹！」

她與趙氏想要阻止，可是已經晚了。

阮慕陽又看向黃氏說：「姨娘，可想再賭個大的？若是姨娘願意搭上二弟的婚事，我可以賭張安夷必定為進士。」

如何才能為進士？

必定是殿試上聖上欽點的前三甲！何其艱難！

阮慕陽瘋了不成？

因為方才的打賭，阮慕汐想也不想就要答應，卻被黃氏硬生生打斷。雖然這個賭局看似她們勝券在握，可是阮慕陽平靜的樣子始終讓她心中不寧。她哪裡敢賭上自己唯一的兒子的前程？

「不賭便罷了，那還是按原來的，賭上四妹妹的婚事。」阮慕陽只是想想挑釁一下，並未想真正左右二弟阮明遠的婚事。

家中的男子，即使是庶子的婚事也極為被阮中令看中，除非她日後身居高位，不然無論如何也沒有這個權利的。

「好。」

阮慕陽與阮慕汐互相看著對方。前者眼底一片平靜，後者眼中帶著得意。

唯一相同的是，兩人都認為對方輸定了。

散了之後，阮慕陽和阮暮雲一同去了陳氏的院子裡。

「平日裡瞧著妳比我穩重，怎麼忽然這麼衝動，跟阮慕汐計較還打這樣一個賭？」阮暮雲氣急敗壞的，手指都恨不得指到阮慕陽的腦門上。

當真是平時穩重的人犯起渾來比平日裡一直都渾的人氣人多了。

趙氏也是重重地嘆了口氣，帶著不解說：「慕陽，妳與她較什麼真？她的親事本就是由娘做主的，妳非要搭上自己做什麼？平日裡跟妳姐誇妳穩重，沒想到成了親之後越活越回去了。」

可是任由她們如何說，阮慕陽都是一臉平靜的樣子，沒有得意，沒有意氣用事，更沒有一絲懊惱。

最終趙氏和阮暮雲長長嘆了口氣，放棄勸她了。

阮慕陽反過來安慰她們說：「母親，姐姐，這件事我心中有數，妳們放心吧。」

可是，考中會試頭名，趙氏與阮暮雲哪裡敢放心？

阮慕陽不是意氣用事。她一是不滿大家對張安夷的小看，那樣一個胸懷寬曠、格局遠在所有人想像之上的人，怎麼能被人輕看？其次，阮慕汐實在是過界了。

好在她們上鉤了。

從阮家出來，坐上馬車，張安夷看到阮慕陽比平日裡更加沉默，眼中帶著探究問：「夫人可是遇到了什麼事？」

阮慕陽回過神來笑了笑說：「沒有，只是有些乏了。」

說到底她是花了些心思算計，包括將張安夷算計了進去，即使並不是多大的事，依然不想讓他知道。

張安夷溫和的眼中聚起笑意，看著阮慕陽的，揶揄地說道：「夫人確實累了，都怪為夫。」

阮慕陽挑起了眉毛。

誰讓他除夕那夜要了那麼多次？

出了正月十五，年便算過完了，距離二月的春闈也越來越近，為了專心讀書，張安夷乾脆搬去了書房住。

破誓的事情雖然他說得輕巧，但是阮慕陽始終記得那是個毒誓，心中在意，更不敢打擾他。好在從王氏那裡要來了帳本之後她也有了些事做，每日也不至於太閒。

近幾日，倒是陳氏經常來穿雲院。

因為張安朝是庶出，他的出現依然是違背了張家的家規，再加上他的生母已然離世，平日裡不得老尚書與老夫人喜愛，夫婦二人也都很安分。

此次春闈，張安朝也是要參加的。

大約也是因為這樣，陳氏每回來穿雲院都帶著幾分打探的意味。

陳氏平日裡除了因為地位有些畏縮之外，人還是不錯的，阮慕陽雖然瞧出了她的心思，但是顧念到他們夫婦在張家過得不容易，便也不說破。

閒暇時刻，阮慕陽想起了去年年底在宮中畫得不成形的百鳥朝鳳的花樣，便在屋中擺了張書桌，留著作畫用。因為永靖王的事情，她離宮之時阮妃連見她的時間都沒有，更不要說問及百鳥朝鳳了。

雖然她本就無法勝任，但是想著閒來無事時用來磨磨自己的性子也是不錯的。

午後，阮慕陽站在書桌前，手中拿著筆，眉頭微皺。旁邊便是一扇窗子，陽光已然有了幾分早春的暖意，她便立在一地的明媚裡，沉靜極了，渾身如同帶著柔柔的光暈一般，對著窗子那一側的臉上肌膚更是被照得沒有一點瑕疵，細嫩得彷彿能掐出水來。

已經不知道廢了多少紙了，眼看著當下這樣也要廢了，阮慕陽心中有些煩躁，就連有腳步聲由遠及近傳來也沒有抬頭，只當是點翠或者琺瑯來給她倒水。

直到一個人形的陰影投到了桌上，在她的紙上落下了一個輪廓。

高高挺起的是鼻梁，完美的邊緣線應當是側臉的線條。意識到這線條是男子獨有的，阮慕陽抬起了頭。對上張安夷滿含笑意、比早春陽光還要溫暖的眼睛，她驚訝地問：「二爺不是在看書嗎？怎麼來了？」

「讀到一散曲，想起了夫人，便來看看。」

只是讀到一首散曲便想起了她，便在即將春闈之時分神來看她？張安夷說得平常，可是阮慕陽卻聽出了幾分別樣動人的味道，也不知是被陽光照的，還是如何，臉上慢慢泛起了紅暈。

「什麼詞？」

「出皇家麟鳳網，慕夷齊首陽，嘆韓彭未央。早納紙風魔狀。」他的聲音低低的，含著三分笑意三分悠揚，吟出詞句來時目光落在阮慕陽身上，像極了文人騷客對著心愛女子吟詩時目光纏綿的樣子。

阮慕陽只覺得他字字都敲在了她心尖上，叫她的心隨著他微微起伏的語調起起落落地悸動。慢慢地，房中生出的綿綿繾綣比外面的春光還要叫人心中柔軟。

只不過阮慕陽在做學問這方面實在沒什麼造詣，涉獵的散曲更是少之又少，先前從未聽過，只能參透大概的意思。不過她發現這首散曲裡竟然含著他們二人的名字。

他真的就為了這句詞分心而來的嗎？離春闈的日子越來越近，他倒是繾綣了起來。怎麼平日裡不曾想他能做出這樣荒唐又風流的事？

實際上張安夷確實是的。當讀到這句的時候，他眼尖地就注意到阮慕陽的名字，心下一片柔軟，隨後「慕陽」兩個字便始終在他心間纏繞著，任由他去看別的書也沒有用。於是他便乾脆來了。

就當阮慕陽想著如何措辭勸他回去才不會像一心盼著夫君功成名就的河東獅之時，張安夷的目光落在了案上她畫得一小半的圖上。

「百鳥朝鳳？夫人竟然喜愛畫畫？」

聽出了他語氣裡的笑意和揶揄，阮慕陽不好意思了起來，伸手就要去把紙收起了。

他日後可是丹青妙手、一字一畫難求的大家，她這點畫技在他面前可不是丟人現眼嗎？

可是張安夷卻按住了她的手。

阮慕陽著急了：「你鬆手！」

「頭一回見夫人不好意思了起來。」張安夷對她的話和羞惱的態度置若罔聞，反而將她的畫鋪平，俯下身子，手撐在案上細細觀賞了起來。

他就站在阮慕陽斜後方，俯下身子的動作直接像是把她抱在了懷中一般。

身後的重量讓阮慕陽不得不彎下了身子。掙扎不了，遮也遮不住，她只好解釋道：「只是在宮中之時阮妃娘娘叫我替她畫花樣，這兩日閒來無事時我想了起來，便拿出來繼續畫。我本就不擅長這些，有些強人所難了。」

張安夷輕笑了一聲，溫熱的氣息拂過她後頸敏感的肌膚，隨後在她耳邊低聲說：「我教妳。」

阮慕陽挑起了眉毛。還要不要看書考會試了？竟然還有閒心教她畫畫？

像是為了讓她回過神，張安夷側過頭在她臉上輕輕吻了吻說：「專心一些。」

說著，他拿起了筆，沾上了墨，在她原來畫了一小部分的圖樣上繼續畫了起來，說道：「百鳥朝鳳描繪的是眾鳥朝賀，鳳為主，卻不能在正中過於死板……」

他只是輕輕勾勒了幾筆，原本不成形的圖便有了幾分樣子。

阮慕陽心下感嘆，慢慢認真了起來。

進來倒茶的點翠瞧見了他們這般親密的樣子，紅著臉靜悄悄地退了出去。

可是聽著聽著，兩人之間的氣氛便不對了起來，張安夷越靠越近，從背後緊緊地貼上了她。他唇不知是有意還是無意，總是劃過她的後頸、側臉以及耳朵。

不知是誰的呼吸漸漸急促了起來。

漸漸地，畫畫不再是重點了，張安夷的手停了下來，而阮慕陽不知在想什麼，竟然沒有注意到。意識到這樣下去便會一發不可收拾，張安夷放下了筆，捏著她的下巴讓她轉過頭在她唇上親了親，隨後鬆開了她說：「百鳥朝鳳有三百多種禽鳥，著實難了些。一會兒我讓莫見送兩本書過來，夫人可以先從單個的禽鳥練起。」

阮慕陽點了點頭。忽然想起了什麼，叫住了正要離開的張安夷道：「這些日子三弟妹經常來找我，像是要打探些消息。你可有什麼溫書的法子，我好應付了她。」

「哪有什麼法子，不過是心無旁騖罷了。」他又半是玩笑地說，「若說我最大的阻礙，便是夫人這溫柔鄉。」

待他離開，她才意識到他們方才差點便要白日宣淫了。

還是在春闈在即之時，她竟然差點也跟著荒唐了起來。

到了臨春闈還有十來日時，張安夷徹底吃住都在了書房。不知他會不會緊張，倒是阮慕陽自己先緊張了起來，做夢有時會夢到張安夷在考場，有時會夢到張安夷高中，還有時候會夢到出了變故，張安夷落榜。

每每夢醒便會無法再次入眠。張安夷這次的春闈太重要了，若是真能金榜題名，她便離有能力跟謝昭抗衡更近一步。

對於張安夷參加春闈，整個張府緊張的似乎只有穿雲院的人，其他人彷彿認定了張安夷說的是大話，根本連入榜都難，根本不關心，少數幾個像沾雨院那樣在意的也是為了看笑話。

倒是阮慕陽的娘家，因為先前打的賭，趙氏很看重這次春闈，派人送了好幾次補品，就連阮暮雲也派人送了些補品來。

會試自二月初九開始，分三場，每場三日，因為條件艱苦，在考場暈倒的考生不計其數。

這點阮慕陽倒是不擔心的。張安夷雖然看著清俊，一副溫和的書生模樣，卻因為常年睡硬床、每日早起鍛煉、冬日不生炭，身子十分結實有力量。

二月十五便是第三場，隨後十六十七讀卷，十八放榜。

這一年春闈張家有兩個孫子參加，雖然一個不被看好，一個是庶子，老夫人面上表現得冷漠，心中還是在意的。自從春闈開始，阮慕陽便主動每日去老夫人院子裡陪著老夫人念佛。

老夫人也沒有拒絕。

十五考第三場這日正好逢上去向老夫人請安，張府的女眷湊到了一起。

季氏因為阮慕陽打張安玉之事，始終對她懷恨在心，存著看笑話的意思說：「聽說慕陽這幾日都在陪著母親念佛，當真是虔誠，盼著安夷此次能榜上有名。」

在所有人都不看好張安玉的時候，阮慕陽如此緊張，甚至還念佛，在旁人眼中便有些可笑。

對於季氏的笑話，阮慕陽也不在意：「多謝二嬸。」說完，她看到了季氏身旁張安玉嘲笑的目光。

今日請安他也來了。

因為今日考完張安夷也要回來了，阮慕陽便沒有留在老夫人處，待眾人請過安後一起出來了。

帶著琺瑯獨自走回穿雲院時，她發現身後有人跟著他。

一轉身，果然是張安玉。

「四弟有話要說？」阮慕陽與他保持著幾步的距離問。

張安玉勾起了唇，笑得懶散，話語中帶著濃重的嘲諷說：「這幾日二嫂日日與祖母念佛不知感動了多少人。我就是來問問，二嫂這樣擔憂，是真是假，其中究竟有幾分是真心為著我二哥的？」

竟然跟了她一路只是為了刺她兩句，果然是張安玉的性子。

張安玉已然認定她與永安王有染，似乎恨不得整日盯著她找到證據。如何解釋都是沒有用的，阮慕陽心中氣憤，不想與他糾纏，語氣裡帶著冷意說：「我與你二哥的事無需四弟掛心。」

後來，張安玉沒有再跟過來。

可是他的話卻迴響在了阮慕陽耳邊。她這樣擔心，有幾分是完完全全為了張安夷的？

她不敢捫心自問，也理不清楚。

考完第三場回來，張安夷一副平常的模樣，沒有絲毫鬆懈，立即開始準備起了三月的殿試。阮慕陽怕影響了他，不敢多問。

終於到了二月十八，會試放榜的日子。

這日一大早張安夷便出去了，像是與同窗在一起。

不知老尚書與老夫人會不會派人去看榜，阮慕陽自己給了穿雲院的小廝賞錢讓他去看榜。

阮慕陽坐在穿雲院廳中，手裡捏著杯子等待著。這日一大早，她便什麼事都沒辦法靜下心去做，乾脆便什麼都不做了，專心等著。

她身後，琺瑯默不作聲地絞著手指，而點翠則耐不住地來回走著。

她想起了阮慕陽成親那晚說的話，忍不住問：「夫人，咱們二爺真的會中嗎？」

阮慕陽點了點頭，語氣堅定極了：「會的。」

沒過多久，院中傳來了腳步聲，阮慕陽的心提了起來。

「夫人！咱們二爺中了！中了！」小廝激動得嗓子都啞了。

點翠率先激動地叫了出來。

阮慕陽捏著杯子的手驀地緊了緊，開口竟然覺得嗓子發乾：「多少名？」

「頭名！咱們二爺是會元！」這個小廝也是在穿雲院許多年了，雖然不像莫見與莫聞那樣整日跟在張安夷身邊，卻對穿雲院也是極有感情的。說到這裡，他竟然哭了出來：「咱們二爺終於熬出頭了。」

「夫人，二爺真的中了，還是頭名！」點翠激動地抱著琺瑯激動地叫著。

琺瑯也高興得眼中沁出了眼淚：「小姐，妳熬出頭了！」她激動地叫起了阮慕陽在阮家時的稱呼。

阮慕陽也是激動的，除此之外，懸在她心中的石頭也落下了大半。她臉上帶著笑意對小廝說：「你叫寒食是吧，賞。你以後便升作二等。」

隨後，她站了起來，對點翠與琺瑯說：「準備賞錢。」細細分辨的話，可以聽出她聲音裡的一絲顫抖。

一會兒報信的人來了便所有人都知道了，不僅要打賞，還要散錢。
「多謝二少夫人！」寒食欣喜萬分，從懷裡拿出了一張紙說，「夫人，這是小人抄的榜單。」
或許是因為著急，上面的字寫得有些潦草也不好看，但是足以看清。
「你還會寫字？」阮慕陽對寒食高看了幾分，趁著報信的人還未過來，拿過榜單細細地看了起來。
張安朝落榜了。
當看到上面一個熟悉的名字的時候，阮慕陽驚得手一抖，榜單竟從她手中滑落，掉在了地上。
琺瑯立即將紙撿了起來遞給了阮慕陽問：「夫人，怎麼了？」
點翠笑著道：「定然是因為太欣喜了。」
阮慕陽勾了勾唇道：「是啊。」隨後，她又對著榜單看了看，眼中一片湧動。
她確定自己沒有看錯，「沈未」二字便在這榜單之上，而且是會試第五。
她能參加會試說明已然有舉人功名在身，一個女子如何能有功名在身？
她是如何敢參加會試的？
接下來還有殿試，她難道要入朝為官不成？
這可是欺君之罪！
發現了這樣驚世駭俗之事，阮慕陽的心狂跳了起來。她不知道沈未為何要女扮男裝參加科舉，更不敢想張安夷到底知不知道。若是他知道，說明他與沈未關係非同一般，與她一同欺君，若是他不知道，他們身為同窗，萬一沈未日後東窗事發，他必定會受到牽連。
她到底該不該提醒張安夷？若是他不知道還好，若是他早就知道了，她這提醒不僅多此一舉，甚至還昭示著自己知道了沈未的祕密，甚至可以說撞破了他們之間的祕密。

事關欺君之罪，非同小可。

喜悅已然被巨大的驚訝給沖散，阮慕陽的心中頓時變得亂極了。

而顧著高興的點翠琺瑯她們依然滿臉笑容，並不知道這個榜單上隱藏了這麼大的祕密。

驀地，外面傳來了鞭炮聲。

「夫人，報信的人來了！」寒食叫道。

阮慕陽將榜單收了起來，深吸了一口氣道：「帶著賞錢，走。」

剛走出穿雲院，便有下人朝阮慕陽道喜，顯然整個張家都已經得到了消息——張安夷中了會元。

阮慕陽臉上帶著笑意，讓點翠和琺瑯發喜錢。

她到正廳之時，其他幾個院子的人都已經到了一會兒了，老尚書和老夫人也剛剛到。

「恭喜老尚書，賀喜老尚書，二公子是會試頭名。」在鑼鼓聲中，報信的人滿臉喜氣地說，「望二公子在殿試中繼續拔得頭籌，三元及第！」

張府周邊了許多果然湊熱鬧蹭喜氣的百姓，王氏已經派人在外面發喜錢了。

老尚書嚴肅的臉上終於出現了一些笑意，從他的眼中，阮慕陽看得出來老尚書是極欣慰的。

畢竟張安夷是他最喜歡、最看重的孫子，從小就帶在身邊養著。將好好的神童教成了傷仲永，老尚書心中始終是介懷的。

「多謝。」老尚書對身旁的人說，「快打賞。」

報信的人見圍著阮慕陽的人最多，有眼色極了，上前說道：「這位便是張家的二少夫人吧，恭喜二少夫人嫁得良婿。」

阮慕陽被他機靈的樣子逗笑了：「辛苦了。」她朝琺瑯使了個眼色，琺瑯遞過去一個荷包。

那人接過後掂了掂，發現分量不輕，又笑著說了許多吉祥話。

待送走了報信的人，將下人派到外面散喜錢後，老夫人叫來人道：「來人，趕緊送信去京州，讓他爹娘也知道。」

在阮慕陽想說話的時候，老尚書先開口了：「晚一些吧。下個月還有殿試。」

從上京到京州，來回要將近一個月，若是張安夷殿試成了聖上欽點的前三甲，又要派人去報喜，那時候也許會試的消息才剛剛傳到京州。

阮慕陽想說的也是這個。

隨後，老尚書又說道：「便先散些喜錢吧，不要請人了。鬧哄哄的擾了安夷讀書的清淨，讓他好好準備殿試吧。」

會試之後還有殿試，殿試前三甲便能入翰林。

這時，在場的張家所有人都想起了阮慕陽進門第二日新婦敬茶之時張安夷說的話。

他說他要入翰林。

當時都覺得他不知天高地厚，如今卻沒有一個人敢如此輕蔑了。

廳堂裡忽然陷入了一陣沉默與寂靜。大家似乎都在回想那日的情景，心中感嘆。

直到混世魔王張安玉率先打破了這份安靜，笑著說：「恭喜二嫂。」

隨後大家也回過神來，臉上帶起了笑容。

「恭喜二弟妹。」

「恭喜二嫂。」

當然，其中有真心實意的，也有虛假的。

一一謝過後，阮慕陽看向臉色有些蒼白的陳氏。因為是庶出，張安朝與陳氏在張家本就低調，鮮少說話，如今張安夷中了會元，所有人都在圍著阮慕陽恭喜，似乎都忘了張安朝也參加了會試。

「恭喜二嫂。」陳氏笑得有些難看。

阮慕陽朝她點了點頭。她知道此時若是說太多便像是在炫耀，反而會讓陳氏更加不舒服。

一整天，前來穿雲院道喜的人絡繹不絕，到了晚上終於清靜了下來。

在等張安夷回來的時候，阮慕陽再次拿出了那張榜單看了看。

「二爺回來了！」點翠的聲音讓阮慕陽回過神來。

她抬起頭的時候，張安夷已經走到了她身邊。

「夫人這樣仔細瞧著榜單，可是怕看錯了，最後發現上面沒有我？」他笑著揶揄道。

明明得了會試頭名，他臉上卻並未出現極大的喜悅，那溫和的模樣和眼中柔和的笑容便如同往常一樣。可以想像三年前的今天，落榜的他也是這樣溫溫地笑著的。

或許是因為年紀輕輕便經歷了，時間將他打磨得如同一塊圓潤得毫無稜角卻堅硬萬分的玉。跌入低谷，被千萬人嘲笑之時，他能坦然面對，如今再次站到了高峰，亦然。這些起起落落於他而言彷彿不過是一場極普通的經歷，旁人的嘲笑與稱讚也從來影響不了他。他像是始終在看著遠處，從來不局限於眼前。

阮慕陽站了起來，笑著道：「還未恭喜二爺。」

「同樣也要恭喜夫人，嫁了個良人。」張安夷的心情不錯。

「二爺與同窗吃酒去了？」阮慕陽試探地問，「我看榜單上還有上次來過的沈未。」

張安夷臉上的笑意沒有一絲變化：「沈四空是第五。」

沈未，字四空，四大皆空的空。他這般叫著沈未的字，語氣稔熟極了。

或許是他真的不知道沈未是女子，又或是她實在掩藏的太好了，自認為較會察言觀色的阮慕陽竟然從他臉上什麼都看不出。她忽然發現，這個看起來溫和無害的男人將所有的高深都藏在了溫和清俊的外表之下，太高深了。

見阮慕陽不語，張安夷伸手她兩鬢的碎髮理了理，看著她道：「夫人似乎不太高興？」

他一靠近，阮慕陽便聞到了他身上淡淡的酒香以及一絲不細細辨別根本不明顯的荷香。那是沈未身上的荷香。

對上他笑意掩蓋之下藏著無盡幽深的眼睛，阮慕陽柔柔地笑著說：「怎麼會？我還盼著二爺金榜題名。」

第二十八章　連中三元

三月初八殿試，初九讀卷。

初十即殿試公布名次之日，聖上至殿宣布，由隔門承接，傳於階下，侍衛齊聲傳名高呼，隨後張貼皇榜。

武帝晚年這一場科舉註定許多人會名留史冊。

這日一大早，張安夷依舊出去與同窗一道，阮慕陽在穿雲院由點翠琺瑯陪著，等著去看榜的寒食回來。

屋外，三四等的丫鬟小廝也正交頭接耳。無處不透露著緊張。

如無意外，張安夷必定是狀元及第。

院外忽然傳來了騷動聲，由遠及近，急促的腳步聲打破了穿雲院的平靜。「夫人！夫人！咱們二爺是一甲頭名！狀元！」寒食踉蹌地跑了進來，眼中帶著欣喜的淚水。

整個穿雲院一榮俱榮。

聽到這個消息，屋外的丫鬟小廝也顧不得禮數了，驚喜地叫了起來。

「夫人！二爺真的中了狀元！」點翠與琺瑯相擁而泣。

就連看似平靜的阮慕陽都眸光閃動，裡面隱隱含著水光。

一甲頭名，賜狀元及第，任翰林院修撰。

他終於要入翰林了。

「咱們二爺是三元及第，咱們朝第三個！」寒食越說臉上的眼淚越多。

三元及第既在鄉試、會試、殿試中皆是第一，中解元、會元、狀元！連中三元是何等的榮耀？何其困難？自太祖皇帝開國以來，到武帝這裡說第四朝，之前僅僅有兩人連中三元，且皆過而立之年，而張安夷如今不過二十！

不管日後他的仕途如何，光華國的史冊上必定有他濃墨重彩的一筆！他必當受後世學子敬仰！從此、不管是阮慕陽還是穿雲院、亦或是張家，都將因為他的高中而榮耀。

欣喜之餘，阮慕陽想起了一件事，立即問寒食：「你可抄了金榜？」

寒食這才想起來金榜的事，從懷裡拿出抄來的金榜遞給了她。

阮慕陽飛快地在抄來的金榜之上照著，自一甲開始往下，一眼就看到了那個名字——沈未。

她的手抖了抖。

沈未，二甲頭名，賜進士出身。雖不能像一甲的三人一樣直接入翰林，卻能由聖上欽點授職入官，一樣能進入翰林。縱觀光華國過往以及前朝，二三甲被點入翰林後最終進內閣的也有。

即便未進翰林，二三甲依然會被授予官職，分發各部任主事或赴外任職。

所以說無論如何，沈未這官是做定了！欺君之罪也是擔定了！

不知為何，阮慕陽的直覺告訴她沈未要的也是入翰林。

因為所有人都沉浸在欣喜之中，沒人察覺到低著頭盯著金榜上「沈未」二字面色凝重的阮慕陽。這張公示天下的皇榜將被光華國上下傳看，沒人能想到在這麼多雙眼睛下有一樁欺君之罪。

很快，報喜的人便來了，依舊是上個月那個。

沒有比連中三元更加榮耀的事了。即便是家風嚴謹節儉的張家亦放了萬聲響的鞭炮。自大門口至前廳，一片飛紅，喜慶極了。

「恭喜老尚書！咱們二公子金榜題名，狀元及第，成了本朝第三個連中三元的人！」

得了賞賜後，他又走到阮慕陽跟前笑著道：「恭喜二少夫人，往後您便是狀元夫人了！」

是啊，往後她便是狀元夫人了。

終有一日，她將有能力與謝昭抗衡，報仇雪恨。

在眾人或羨豔或嫉妒的目光中，阮慕陽脊背筆直，臉上的笑容越發端莊沉靜：「辛苦了，點翠打賞。」

趙氏的娘家家境不錯，又心疼阮慕陽嫁給張二，怕她受苦，替她準備嫁妝的時候在原本就很豐厚的基礎上又私下給了她不少，是以阮慕陽手中從不拮据，打賞起來也很大方。張安夷中會元以及狀元，打賞的錢除了老尚書和老夫人出了一些外，其餘的用的都是她的嫁妝錢。

這點，老尚書與老夫人都在看眼裡，看她出手不吝嗇，十分大氣，心中都對她高看了幾分。

狀元夫人，理當有這樣的心胸與氣質。

中了狀元，如此大的喜事自然是要辦酒席的。

老夫人叫來了管家的王氏以及阮慕陽說：「老太爺的意思是不要太鋪張，只請走得近的親戚以及平日裡有來往的。此次便由慕陽來辦吧，雲秀妳幫襯著她一些。今天先把名單擬出來，慕陽剛嫁進來不久，對這些不熟悉，妳多幫著一些。」

雲秀是王氏的閨名。

老夫人開口，王氏自然不敢拒絕，笑著稱是。

老夫人又問阮慕陽：「京州那邊可曾讓人去報信了？」

阮慕陽答道：「已經派人去了。」

「嗯。知道這個消息，他爹娘也是會替他高興的。」對於阮慕陽的周到，老夫人十分滿意。

請客這份名單，阮慕陽擬得十分艱難。雖然王氏答應了要幫她，可是不在老夫人眼皮子低下，自然是沒那麼上心的，還是要靠阮慕陽自己。改了三遍，到了晚上她才將名單擬好送到了老夫人那裡。

夜色來臨後，穿雲院點起了燈掛起了燈籠，等著金榜題名的張安夷回來。因為帶著喜慶，整個穿雲院比往日明亮了許多。

張安夷終於回來了。

許是今天被盯著要喜錢太多了已經習慣了，剛進穿雲院莫問、莫見便開始給丫鬟和小廝派喜錢。

阮慕陽聽到動靜走到了出去。

剛走出門她便停了下來，臉上的笑容凝了凝。

張安夷喝了不少酒，正被莫聞與莫見扶著，那雙眼睛笑咪咪的，燈火照進去亮堂堂的，卻又有幾分迷離。

而除了他們之外，還有一個人——沈未。

她依舊是一副男裝的打扮，若不是因為荷香先入為主，阮慕陽或許只當她是個雌雄莫辯的小公子。

她顯然也喝了些酒，白皙的臉上帶著紅暈，看起來唇紅齒白，又是一身男裝，別有風情。

「夫人。」瞧見了燈籠下站著的阮慕陽，張安夷勾起了唇。

阮慕陽走了過去，將他打量了一番，挑起了眉毛問：「喝酒了？」

張安夷不答，只是溫柔地看著她笑著。或許是因為微醺，他的目光比往日還要溫柔，只讓人覺得被他看著便心裡軟得不行，像被捧在了心尖兒上一樣。彷彿他的眼中只有她一人一般。

「本就不能喝酒，做什麼還要喝這麼多酒？」雖帶著幾分埋怨的意思，但是阮慕陽的語氣柔和極了。

「嫂夫人莫要怪淵在了。」沈未笑了笑道，「今日灌他酒的人不少，他又替我擋了不少酒。」

淵在？

大約是張安夷的字。

阮慕陽將這兩個字含在口中，在心中念了念，驀然品出了一絲酸澀。

她直覺這樣的稱呼比起「二爺」、「夫人」這樣的稱呼更加親昵稔熟。

將所有的心思都壓在了心底，阮慕陽臉上露出了笑容說：「還未恭喜沈公子金榜題名。沈公子與二爺日後皆在翰林，要多互相照應了。」她一邊說話，一邊藉機打量著她。

不錯，下午的時候便傳來消息，聖上將二甲頭名的沈未點進了翰林院，授翰林院庶起士。這便是點翰林。

沈未一個女子竟然能進素有儲相之稱的翰林院，阮慕陽又是心驚，又是感嘆她的才華與膽大。

欺君之罪是要殺頭的，重者株連九族。以武帝的性格，必不能忍一個女子在他眼皮子底下進了翰林，發現之後必會勃然大怒，或許會發展成像之前官場中的幾次大動盪一樣，牽連一群人。

而沈未也正趁這個時候打量著阮慕陽。

「多謝嫂夫人。沈未不才，往日還要張兄多照料才是。」
有一瞬間，她們各自帶著審視與探究的目光相觸，又都收了回來。
那刻她們心中的震盪與感嘆只有她們自己才知道。
「天色不早了，他今日喝了不少酒。嫂夫人，你們早些休息吧。」
阮慕陽點了點頭。本想著她一個女子獨自一人回去不大放心，想讓寒食送一送，可是張安夷卻先開口了。
「讓莫見送你回去。」
說著有沒有心不知道，但是知道沈未是女子的阮慕陽心中卻是介意的。她不動聲色地將到嘴邊的話收了回去。
沈未朝張安夷笑了笑：「多謝。」
他走後，阮慕陽與莫聞一起將張安夷扶進了房裡。她不知道他是不是故意的，總是往她身上倒，男子高大的身軀將她壓得幾乎走不動。
阮慕陽越來越氣，進屋後便讓莫聞退出去了。
看不下去他這副笑咪咪臉上泛著紅的樣子，心中窩著的火更大了，奈何又說不出來，阮慕陽的語氣不由地有些冷：「一身的酒氣，我去讓人打水來。」說完，她便朝門外走。
可是還沒到門外，她的手腕就被拉住。
張安夷不知什麼時候站了起來拉住了她，還順手將門關了上。
阮慕陽被嚇得不輕，忍不住想要發作，可是下一刻張安夷便懶懶地靠在了牆角的柱子上，依舊笑咪咪的。

他總是一副溫潤如玉的模樣，喜怒不浮於色，難得見到他這樣，阮慕陽覺得又是好笑又是可愛，心裡的氣一下子全消了。

「誰讓你不能喝還要喝的？還要替別人擋酒。」阮慕陽的語氣是冷的，聲音裡卻不由自主地帶上了嬌軟。

張安夷依舊是懶懶地靠在柱子上沒有反應。

莫不是站著睡著了？

阮慕陽走近，看著他。

張安夷在男子中算是白淨的，雖然五官英挺冷峻，卻因為有一雙彎彎的眉毛中和這股凌厲，叫他平日看起來溫潤無害，這副外表欺騙人極了。此刻，深紅色主子襯得他看起來又白了幾分，懶散上挑的唇別有一副勾人的模樣。

這完全不女氣的長相清俊極了。

阮慕陽細細地看著，見他依舊沒反應，大約是因為心中始終介意著沈未親昵地叫他字的事情，便鬼使神差地輕輕叫了一聲：「淵在？」叫出口她就臉紅了。這偷偷摸摸叫人家字的樣子算什麼？

好在她叫得極輕。

她的輕聲細語裡帶著別樣的嬌軟，像是顆顆玉珠敲在人心尖上，淅淅瀝瀝的，纏綿極了。

忽然，腰被摟住，在阮慕陽還未來得及驚呼之時，便被迫與張安夷換了個位置，靠在了紅柱上。

半是驚慌半是羞澀，阮慕陽問：「你不是喝醉了嗎？」喝多了怎麼還能有這麼大的力氣？

「確實有些醉了，卻被夫人撩醒了。」張安夷緊貼著她，俯下身用鼻尖帶著暗示性地輕蹭著她的臉，含著笑意聲音低啞地說，「慕陽，再叫一聲我的字來聽聽。」

他溫熱的氣息拂過她的臉、她的唇，帶著淡淡的酒香與檀香味，好聞極了。氣息每過之處，必然讓阮慕陽白皙的肌膚染上淺淺的紅色。

竟然是裝的？感覺自己被戲弄了的阮慕陽又是羞又是惱，抿著唇不肯開口，只是瞪著他。

見她這副不情願的樣子，張安夷也不在意，反而眼中的笑意更濃。驀地，他動作溫柔卻強硬地將膝蓋擠進她腿間，大腿頂著她腿根處，迫使她分開了雙腿，然後唇在她臉上淺淺地啄著，帶著誘哄的語氣說：「再叫一聲『淵在』。」

男子與女子的力量懸殊極了，阮慕陽根本反抗不了。這樣的姿勢讓她臉上更紅了，身子也控制不住地軟了下來。可是她存著幾分與他較勁的意思，硬是不肯開口。

張安夷惡意地動了動腿，引得阮慕陽輕顫，咬住了唇，一副任他欺凌就是不願意開口的樣子。

她本就生得漂亮，渾身又帶著超越年齡的端莊與嫻靜，長相與氣質的矛盾很容易讓男人對她升起征服欲，想要看她承歡身下的模樣。

張安夷忽然腿上用力頂了一下，惹得阮慕陽再也控制不住皺著眉嬌吟出聲。看著她面色潮紅的樣子，張安夷的眸色更深了，唇邊的笑意變得莫測，別有深意地說：「慕陽，我當了三個月的苦行僧，今夜定是要讓妳哭著求我，叫我『淵在』的。」

說罷，他重重地吻上了她的唇。

阮慕陽生得嬌弱，張安夷只靠身子和一條腿便讓她動彈不得。他一邊帶著幾分蹂躪的意思吻著她的唇，一隻手從她的衣襟中伸入，另一隻手則在她腰上停留了一下，隨後向下探去。

存著幾分讓她臣服的心思，張安夷的手極盡挑逗。

阮慕陽哪裡受得住他這樣撩撥，只覺得腿心溼熱，難耐得瞇著眼睛緊緊皺著眉頭，連腳趾都蜷曲起來了。沒多久，一股酥麻自下而上，沿著脊柱蔓延至全身，她的身子顫抖了起來，眼中噙著淚水叫出了聲。

一陣難以言喻的快意與折磨之後，阮慕陽的身子軟了下來，大口地喘著氣。

此時，她已然是一絲不掛、泥濘不堪，而張安夷，衣著整齊，除了手被她弄溼了。

待她平息了一些後，他還是不肯放過她，將她抱了起來，讓她的雙腿纏在了自己腰間。

然而，長夜漫漫，金榜題名之夜註定不會就此平息。

第二日一大早，渾身酸痛連嗓子都發疼的阮慕陽幾乎是咬著牙才起來的。

張安夷素來睡得很淺，她一動便睜開了眼睛。

「不再睡一會兒？」他的聲音帶著晨起的沙啞，十分好聽。

可是聽著這阮慕陽不由地想起了昨夜後來他在她身上時說的那些葷話，羞惱了起來。有學問的人說起葷話來真是花樣百出，尤其他還是連中三元的新科狀元。

腿間依然酥麻著，阮慕陽鬧起了脾氣，語氣有些冷淡：「我還有許多事要做，二爺自己睡吧。」

張安夷自然知道她這般羞惱時為何，笑了笑，帶著幾分嬌慣與寵溺說：「夫人昨夜辛苦，我來替夫人更衣。」說著，他便也起來了。

他這句話說得滿含深意，阮慕陽覺得自己又吃了虧，可正要拒絕的時候，張安夷竟真在床頭用手指挑起了粉紅色的肚兜要替她穿。

瞧著自己最貼身的衣服被他拿在手中把玩著，阮慕陽的臉更紅了。

張安夷卻是一副正經的樣子，將她身上的錦被拉開，替她穿了起來。金榜題名之夜極盡纏綿，第二日一大早新科狀元更是體貼地替夫人穿衣，如此香豔之事他卻做得一本正經，嘴裡以一副閒聊的語氣說道：「昨夜酒確實喝多了，還請夫人不要計較。」

在阮慕陽身後替她繫著腰間的帶子，指腹輕輕地劃過她腰間的肌膚，他的目光在她腰處的痕跡上停了停。

原本注意力全在張安夷手指拂過的地方的阮慕陽不禁挑起了眉毛。這是事後與她認錯？

她不語。

將她的小衣穿好後，張安夷將她轉了過來，目光又在她胸前的起伏上停留了一瞬，然後似是不願意這份春光被掩去，慢慢地拿來中衣替她穿上。「我向來是不能喝酒的，但是夫人會喝，日後還要仰仗夫人替我擋酒。」

他們成親那日謝昭帶人鬧洞房時，阮慕陽喝了一杯烈酒卻連眉頭都沒皺一下。

他替別的女子擋酒，現在又要她來替他擋？

阮慕陽心中笑了笑，情緒複雜。

好不容易穿好衣服洗漱完畢，阮慕陽去了老夫人那裡問昨日擬的名單有沒有要改的地方。

果然是有要改的。

阮慕陽不願去找王氏幫忙，將名單拿回來後，看見閒在屋子裡的張安夷，心中有了計較，將名單丟給了他。

張安夷知道她還在氣昨晚的事，自然沒有推脫，只是揶揄地說道：「讓新科狀元當槍手擬賓客名單，整個光華怕是只有夫人有這個能耐了。」

結果，他擬的這個名單在老夫人那裡順利地通過了。

因為張安夷再過不久便要進宮入職，所以辦宴席的時間有些趕，好在一切都很順利。

新科狀元的宴席即使去不了也要湊湊熱鬧的。這日是在老尚書致仕之後張家最熱鬧、來的人最多的一次。

從門客不絕到門庭冷落漸漸被人遺忘，再到今日這般熱鬧，其中冷暖只有張家自己知道。

男賓那邊有張安夷的二叔張復以及大哥張安延款待，女眷這裡則有季氏王氏等人給阮慕陽幫襯。

阮慕陽的娘家人自然是要來的。

「父親，母親。」

趙氏看見阮慕陽如今紅光滿面的樣子，高興極了，拉著她的手。

阮中令與趙氏夫婦如今越看張安夷越順眼，心中感嘆阮慕陽命好，嫁的是個蒙塵的明珠。若是當時沒有陰差陽錯嫁過來，如今張家的門檻怕是早就被踏破，就連洛階、徐厚這樣的權臣怕是也想張安夷做女婿的，哪裡還輪得到阮家？

與他們夫婦二人說過話後，阮慕陽看向了阮慕汐，臉上的笑意漸漸收了起來。

此時的阮慕汐，在大庭廣眾之下竟毫不掩飾地看著張安夷。

「五妹妹。」

阮慕陽的聲音讓阮慕汐回過了神。

她看向阮慕陽，眼中帶著氣憤與不甘。明明張安夷應該是她的夫婿，如今的狀元夫人應該是她，卻偏偏被她搶了。阮慕陽搶走了她原本應該得到的！

現在她嫉妒得發瘋！發狂！

將她的眼神看在眼中，阮慕陽勾了勾唇，向她靠近，用只有她們兩個人能聽到的聲音說：「五妹妹可還記得我們打的賭。待這陣子忙完了，我便要替五妹妹物色親事了，定不會讓五妹妹失望。」

在旁人眼裡，這是阮家姐妹相信相愛關係密切的樣子，可是阮慕汐聽了，猛然僵住了身體。

阮慕陽看著她的反應，滿意地後退了一些。阮慕汐心術不正，身為庶女卻眼高於頂，上一世嫌張安夷沒有功名嫌張家落寞，與旁人私通，這一世在張安夷成了自己的夫婿後竟然肖想姐夫，之前在張家更是處處與她作對。她怎麼會饒過她？

阮慕汐恨極了。

她阮慕陽搶了她的良人，如今憑什麼在這裡威脅她？

她不會任由她擺布的！

這次的賓客名單是經過老夫人再三確認的，來的都是平日裡與張家有來往的人家和親戚，雖然人不多但是很熱鬧。

一些沒收到請帖的有著幾分討好新科狀元的意思，派人送來了禮。

張安夷的同窗來了不少，沈未自然也來了。

此次殿試金榜題名的張安夷的同窗除了沈未之外還有兩人，不過他們並未有幸入得翰林，一個即將去外地赴任，一個則進了戶部。

這幾個都是朝廷新貴，未來無可限量，自然是大家追捧的對象。

阮慕陽遠遠地看著在男人之中遊刃有餘、舉止落落大方毫無女子忸怩之感的沈未，心中沉重。這些人可知道他們賣力恭維討好的沈未實際上是一個女子？

門房的聲音讓阮慕陽回過了神。

「永安王到。」

她看向門口皺起了眉。謝昭又不請自來幹什麼？

在場的賓客有一大部分都是張安夷成親那日也來的，也看到了謝昭差點鬧了喜堂去牽阮慕陽的手。

若不是今日謝昭出現，他們都快忘了狀元夫人與謝昭的一段香豔傳聞。

他們不約而同地看向阮慕陽。

身為皇子，身分高貴，謝昭從不在意旁人的目光，更不會覺得自己不受歡迎。他徑直走向老尚書以及阮中令道：「本王不請自來，特來恭賀四表妹夫高中狀元，希望老尚書與舅舅不要責怪本王唐突登門。」說著，他用餘光看了看站在不遠處的阮慕陽。

自進門那刻起，他便看到她了。只不過是幾個月沒見，她的變化很大，身上多了一股成熟的韻致與嬌媚，顯然是被男人滋潤得很好。

「自然不會。」老尚書客套地笑了笑，隨後邀請謝昭入座。

謝昭今日像是真的只是來道喜的，什麼動靜也沒鬧出來就這樣入座了。

起先心已經提了起來的阮慕陽有些驚訝，但是後來想想覺得也是，如今張安夷是新科狀元，朝廷新貴，張家再也不是他謝昭想胡鬧便胡鬧的地方了。若是將來張安夷能夠入內閣，到了聖上身邊，他怕是還要反過來巴結他。

整個宴席之中，阮慕陽忙著招呼人沒有停下來過，好不容易沒人找她了，便想回穿雲院喝一口水休息一會兒，可誰知還沒走多遠，便被人攔住了。

「四妹妹，別來無恙？」

竟是謝昭。

「王爺。」阮慕陽下意識地朝後退了一步與他保持了些距離。他們所站的地方是個拐角處，雖然別人看不到，但是隨時都有可能會有人走過來。

離得近得，謝昭將她眉目間的風情看得清清楚楚。而她這樣的風情卻是別的男人調教出來的。

見謝昭看著自己不說話，阮慕陽道：「王爺可是迷路了？前廳在南面。」

打量著她的謝昭忽然說道：「多日不見，四妹妹倒是變了，變得膽子大了。」從前極喜歡看到阮慕陽見到自己時慌張的樣子，可如今他發現，她眼中除了那一分怕旁人走過瞧見的緊張之外，平靜極了。

好像慢慢地，她不怕他了。

此次見到謝昭，阮慕陽的確沒那麼驚慌了。如今的張家不再是之前沒落的張家了，她的夫婿是新科狀元，而她是狀元夫人，不再是原來那個背後最大的不過是阮家的阮家四小姐了。

這只不過是開始，她相信日後謝昭一定不敢像現在這樣輕佻地對她說話。她將慢慢有實力與他抗衡。報仇，指日可待。

謝昭忽然覺得這樣的阮慕陽更加有趣了。

就在這時，忽然從拐角處傳來了另一個聲音。

「不知二嫂與王爺在此處做什麼，莫不是在說什麼悄悄話？」

阮慕陽驚訝地看過去，只見張安玉懶洋洋地從拐角處走了出來。他是湊巧撞見還是跟著她來的？

張安玉目光中帶著嘲諷看著阮慕陽，不屑極了，彷彿這一次，她與永安王暗通款曲被他抓了個正著一樣。

「原來是張家的四少爺。」謝昭臉上帶著笑容。

他不解釋，阮慕陽卻要解釋的：「四弟誤會了。我與王爺不過是恰好遇到。」

張安玉怎麼會相信？他是跟在阮慕陽身後過來的。謝昭來張家時，他下意識就想到了阮慕陽，便時刻注意著謝昭的動向。見謝昭離席後，他便去尋了尋阮慕陽，正好遠遠地看到她離開，便跟了過來。結果便看到了他們兩個在一起。

他冷哼了一聲說：「哦？竟然這麼巧。莫不是王爺迷路了，二嫂也迷路了？」他這番話說得毫不客氣，連謝昭也一起諷刺上了。當真是年輕氣盛的混世魔王。

阮慕陽皺起了眉。張安玉被寵壞了，這性子遲早是要吃虧的。

謝昭倒是從張安玉的目光看出了什麼。他不但不生氣，反而別有深意、目光曖昧地看了阮慕陽一眼，想要把張安玉的猜測坐實了。

他是故意的。

這在張安玉眼裡無異於是當著他的面眉目傳情。他看著阮慕陽，眼中帶著厭惡說：「二嫂離開這麼久，也不怕人找嗎？」他雖然胡鬧，卻也是知道輕重的，要是現在讓人發現了阮慕陽與永安王之間的關係，那張家將再次顏面掃地，淪為笑柄。

雖然不滿張安玉的態度，但這確實是一個離開的好機會。

正當阮慕陽要走的時候，謝昭卻先行一步了。走了兩步，他又回過頭看向張安玉道：「四少爺真是有趣之人。」

這在年輕氣盛的張安玉眼裡無異於是挑釁，挑釁他，也挑釁張家！

謝昭走後，阮慕陽見張安玉被有意地引導之後對自己誤會更深了，即使沒有也要解釋一番，畢竟不解釋就相當於真的默認自己紅杏出牆。她耐著性子上前一步：「四弟——」

張安玉卻後退了一步，與她保持了一些距離，眼中帶著厭惡與鄙夷道：「真髒。」

阮慕陽的身子僵了僵，所有人耐心都被他這句話打消了。他憑什麼這樣誤會她？他可知道她是如何反抗的？恨不能跟謝昭一起死！

「口無遮攔！」極大的怒意湧上，阮慕陽抬起手。

這一次，她的手沒有落下去。

張安玉抓住了她的手腕，懶散地說道：「二嫂以為，我還能被妳打第三次？」說罷，他狠狠地甩開了她的手，笑得得意。

阮慕陽不是意氣用事的人，一次沒打到，不會下手去打第二次。

恰好這時有腳步聲和說笑聲傳來，她整理了心緒，深吸了一口氣走了出去。

第二十九章　斷腿之交

宴席過後沒幾日，張安夷便正式去翰林院任職了。

而阮慕陽這裡，自從張安夷中了狀元之後便開始請帖不斷。她嫁進張家也有小半年了，先前從未有人給她發過請帖。

世態便是如此炎涼，當你跌落谷底的時候，能扶你一把的人沒有幾個，而當你站上了高峰之後，那些曾經對你棄之不理的人便像是失了憶一般，忘記先前的冷漠，對你熱絡起來。

阮慕陽上一世身為永安王妃，一開始巴結她的人不少，參加過的宴席不在少數，對於上京這些世家貴族和官宦之家是非常熟悉的。這些請帖雖然看起來只是簡單地請她去赴個宴、賞個花，實際上背後是有很大的用意的。

如今的朝廷之上，兩大權臣洛階和徐厚並稱宰輔，以他們為首的兩大陣營更是涇渭分明，處於中間誰也不依靠的便是那些天不怕地不怕、靠一張嘴混飯吃的御史言官。

內廷之中，則是司禮監掌印太監高嚴一人獨大。

阮慕陽收到的請帖也不外乎洛階和徐厚這兩大派系的。

現在張安夷剛剛進翰林，身為新科狀元必然是大家注意的對象。他此刻還未在朝中站穩腳跟，不宜輕易站隊。阮慕陽不知道他有什麼打算，也不敢輕易去赴宴。

她只盼著張安夷不會站在徐厚這邊。因為徐厚支持謝昭。

謝昭雖然如今還是一副閒散王爺的樣子，整日與上京子弟廝混，但是再過不久便會露出狼子野心。而洛階站的是東宮太子，可是太子體弱多病，雖然名正言順，但是並不被看好。原先還有個手中握著兵權的永靖王可以與他們在朝中三分天下，可是如今永靖王謝昕依然被軟禁在永靖王府，大勢已去。在不久之後，永靖王將徹底消失在武帝晚年皇位爭奪拉開帷幕之前，伴隨著的是朝中的巨大動盪和重新洗牌。

上一世，阮家上下便是死於那場動盪之中。

挑來挑去，阮慕陽看到了一個有意思的帖子，決定去赴宴。

沒想到朱夫人去年還氣勢洶洶地來張府找張安玉算帳，今年便給她送帖子來了，還真是個直來直往的有趣人。

待張安夷從宮中後，阮慕陽把決定去赴朱夫人的宴的決定告訴了張安夷。

張安夷走到案前拿起了阮慕陽今日畫的禽鳥，眼中含笑看著，就像是先生在檢查學生功課一樣。不知道什麼時候開始他們便養成了他每晚檢查她白日畫的圖的習慣，還經常給她些指導，對她的畫作出評價。而每每當他盯著自己的畫的時候，阮慕陽還會沒出息地緊張。畢竟在他面前，她的畫就像是孩童一樣稚嫩。

「可是都察院右僉都御史朱大人家？」張安夷像先生一樣在她的畫上做了批註之後抬起了頭。

阮慕陽點了點頭，因為還未從方才指點畫作之中回過神來，語氣裡帶了幾分像是面對先生考校功課時一樣的緊張，問：「可有什麼不妥？」

張安夷亦覺得她這樣像極了學生，還帶著一種平日裡難得一見青澀與小心，可愛極了。他眼中含著笑意，揶揄地說：「沒有，夫人這樣做妥極了。」

他這般語氣換來的自然是阮慕陽似瞪非瞪的一眼，光華流轉，看得張安夷眸色深了深。

隨後，他又開口道：「如今朝中局勢複雜，我又剛進翰林，目前不準備急急忙忙偏向哪一邊。」

這跟阮慕陽想的一樣。

但是她並不知道張安夷內心深處的想法。

他不是想觀望一段時間再站隊，也不是想像御史言官那樣兩邊都不戰，而是想兩邊都交好。

「原先還擔心夫人接旁人的帖子去赴宴，叫別人以為我站隊了。現在看來，夫人心思剔透。」張安夷滿是笑意地看著阮慕陽。她平日裡端莊得體，沉靜得有些超越了年齡，卻從來不是老成無趣之人，只有等他慢慢地、耐心地去探究，才能看到斂去光芒的明珠重新璀璨起來。

阮慕陽被他誇得臉紅了。若不是經歷過生死，重活了一世，她看事情也不會這麼通透的。

她驀然想起了上一世的此時。那時候的她已然從新婚的甜蜜之中清醒了過來，發現了自己被冷落的事實，整日愁容滿面。那樣的悽惶宛如就在昨日，感慨於落寞縈繞上心頭，最後將她這一世的心包裹得堅硬萬分。

這一世，她一定會過得很好。

張安夷將阮慕陽無端低落起來的情緒以及那悠遠得彷彿經年之久的目光看在眼裡，不動聲色地探究著。

又似看不得她這副模樣，他終是開了口：「時候不早了，早些休息吧。」

如今他已經高中，自然不用再睡在榻上了，也更加得寸進尺了。

床帳拉下後，他將她摟進了懷裡，安撫一般地抱著她。可是慢慢地，他的那雙手便開始不老實了起來。

張安夷在黑夜中吻上了她的唇，細細地咬著。一番溫存後，翻身將她壓在了身下。

動情之時，他的力量惹得阮慕陽身子輕顫，極大的快感從腿心充斥全身。

四月初三，在提前與老夫人說過後，阮慕陽帶著點翠琺瑯還有寒食去赴宴。

在準備上馬車的時候，她看到了張安玉帶著福生和另一個小廝牽著馬走了過來，顯然也是要出門。

「二少夫人，您這是要出去？」自打阮慕陽將朱家的事處理過去後，福生便對她有好感極了，平時見著了便是「二少夫人」長「二少夫人」短的。

看見阮慕陽，張安玉也有些意外，卻只是抬了抬眼皮，臉上帶著不屑，不願意跟她說一句話。

阮慕陽也只是看了他一眼，沒有說話。她雖然說脾氣好，但是張安玉屢次誤會她與旁人暗通款曲，還說了那麼多難聽的話，換做是誰都是忍不下去的，心裡也是生氣的。她朝福生笑了笑說：「朱大人家的長孫滿月，朱夫人給我發了帖子，正要去慶賀。」

聽到這裡，張安玉又抬了抬眼皮。

福生的眼睛亮了起來，高興地想要開口說什麼，卻忽然被張安玉輕輕踢了一腳，沒好氣地說：「哪那麼多話？送你去穿雲院要不要？給我把馬牽出去，走了！」

見阮慕陽面色不變，福生心道二少夫人性子就是好，抱歉地朝她笑了笑便去牽馬了。

張安玉看得心裡更加不滿，跟在福生身後往他腦袋上敲了幾下，語氣裡帶著慣有的懶散說：「平時怎麼沒見你這麼能笑？」
見他們離開，阮慕陽在點翠與琺瑯的攙扶下上了馬車。
寒食與車夫坐在車外。
「四少爺這脾氣怪嚇人的，夫人以後還是少與他照面為好。」點翠不知道阮慕陽與張安玉之間誤會，只當張安玉記恨著當初阮慕陽在朱夫人面前打了他一巴掌還讓他下跪的事。
阮慕陽點了點頭。她巴不得不要與這位四叔照面。
一直隨著馬車車簾飄起看著外面的琺瑯忽然說：「夫人，看。」說著，她微微的掀起簾角。
阮慕陽和點翠看過去，只見斜前方，張安玉騎在馬上，身後跟著兩個小廝，一副上京紈絝的樣子，得意極了。
「怎麼會是四少爺？」點翠低聲地問。
琺瑯回答道：「四少爺跟我們一直同路。」
阮慕陽心中有了不太好的預感，但是轉而一想又覺得不太可能。
朱家怎麼可能邀請把小公子腿打斷了的人去，就算他們真請，憑張安玉的性子，因為這件事挨了巴掌下了跪，也一定不會去。
直到馬車在朱府門口停下，外面傳來張安玉懶洋洋的聲音：「二嫂磨磨唧唧的還不下車，難不成還要朱家的人親自來請嗎？」
阮慕陽才知道自己料錯了。
這朱家和張安玉都是奇人。結了那麼大的梁子，差點一條腿賠一條腿，過了個年就像沒事了一樣，一個請，一個願意來。

看到阮慕陽從車上下來，微微皺著眉，目光中帶著幾分打量和疑惑，張安玉得意地笑了笑。

福生笑著說道：「二少夫人，先前我便想說，咱們四少爺接了朱家公子的帖子，也是來赴宴的，咱們同路。」

張安玉抬眼看向福生警告說：「再話多真給你送穿雲院去了。」

福生訕訕地住嘴。

都察院的言官御史們雖然權力極大，連洛階和徐厚這樣的權臣都拿他們沒辦法，但是鮮少有人來討好他們向他們行賄。因為誰向御史們行賄就相當於找死，第二天鐵定被告到聖上那裡。言官御史們大多清廉，家中沒有別的大臣那般富裕，再加上朱大人是寒門出身，也沒有鋪張的習慣，滿月酒辦的排場比起別的官宦之家，排場沒有那麼大。

進去之後，男女眷是分開坐的，有一道屏風攔著。

阮慕陽和張安玉坐的位置剛好就隔著一道屏風，能隱約看到一道聲音，聽到說話的聲音。

阮慕陽之前鮮少出現在這樣的場合，許多人瞧著她眼生，可是見她舉止端莊，自有一種旁人打擾不得的安靜，紛紛猜測她的身分不低。

「許久不見，二少夫人的氣色越來越好了。」朱夫人知道阮慕陽會來的時候很驚訝，她也知道阮慕陽自從成了狀元夫人之後收到了多少帖子，沒想到應了她的邀約。要知道這是她成了狀元夫人後第一次赴宴。

因為不抱期望，所有當結果大大超出預期的時候，朱夫人便有一種受寵若驚的感覺，覺得自己以前因為孩子小打小鬧跑上門實在做得太過分，心中不由地愧疚了起來。

阮慕陽笑著道：「還未恭喜朱夫人得了長孫，以後要當祖母了。」

朱夫人有多難纏大家都是知道的，難得見她對個年紀輕輕的夫人如此和顏悅色，大家不由地對這個婦人的身分更好奇了。

這二少夫人不只是哪家的二少夫人。

屏風另一旁，張安玉正聽著屏風另一側阮慕陽說話，忽然手臂被拉了拉。

「張四，那說話的就是你二嫂？聽我娘說你二嫂是個厲害的人物，那日她去張府找你算帳，張家的長輩都不在，迫不得已把她請過來。人家看著柔柔弱弱端莊得不得了，結果上來就給你了巴掌，打得你懵了，還乖乖聽她的話跪下認錯了。是不是啊？」這人便是朱家的小公子朱少時，也正是去年被張安玉打斷腿的那個。

兩人不打不相識，最後竟然成了玩在一起的朋友，也算是斷腿之交。

今日也是朱少時請的張安玉。

此時的朱少時滿臉好奇，隔著屏風看不清阮慕陽的模樣，恨不得整張臉貼上去。隱隱看到阮慕陽的聲音，他嘟囔道：「看不出來啊——」

被提到了痛處，張安玉皺起了眉，極不願意承認被打的事兒。

可是這事已經因為朱少時那張大嘴巴傳開了，他張安玉被新進門的嫂子打得不敢還手，不知道被笑話了多少次。

他不耐煩地把貼在屏風上的朱少時拉了起來，一臉嫌棄地說：「瞧你那沒出息的樣兒！有什麼好看的。」因為被打的事，這些日子他只要出門便會有人跟她提起阮慕陽，偏偏這些人根本不知道阮慕陽的真面目，他為了張家的面子，也說不出口他二哥被帶了綠帽，只能都憋在心裡，別提多難受多煩躁。

被拉回來的朱少時看著張安玉彆扭的樣子，幸災樂禍地笑了笑說：「該！打斷了本少爺的腿只換來了一個巴掌，便宜你了。」

這句話又戳到了張安玉的痛處。

他何止在她那裡挨了一個巴掌？

整個席間，張安玉都不高興極了。

另一邊，自從知道阮慕陽是張家的二少夫人，是狀元夫人，大家便熱絡了起來。

阮慕陽雖不喜這樣的追捧，應付起來卻是得心應手。

「二少夫人當真是好福氣，張家的二少爺自小便是上京出了名的神童，八歲時候寫的詩便被人收錄進了呈給聖上的詩集裡，現在果然不凡，成了本朝最年輕的連中三元的人。」一個婦人說道。

其他幾人立即附和了起來。

女眷這幾桌裡，唯獨阮慕陽在的這桌最熱鬧。

「夫人過獎了。」無論旁人如何的熱絡，如何的誇獎，阮慕陽臉上始終只帶著柔柔的笑容。

果然不凡？

她記得三年前張安夷會試落榜之時上京之人都是如何嘲笑他的，後來每每提起他也是一副看笑話的樣子，說他是傷仲永，甚至還有人壞心地叫他「張解元」。

如今卻像都忘記了一樣。

這世道就是這樣，誰站在高處大家都捧誰。

宴席之後，大家各自坐著聊天。阮慕陽獨自坐在角落，偶爾應付兩句前來搭訕的人。驀地，她的目光落在了一個大概十三、四歲的姑娘身上，然後站了起來。

「夫人，您要去哪兒？」點翠問。

阮慕陽道：「點翠，妳去瞧瞧我們馬車上可帶了能換的衣服。」

「夫人衣服弄髒了？」點翠將阮慕陽身上打量了一番，發現並沒有，有些不明白。

「妳快去就是了。」

點翠去了後，阮慕陽帶著琺瑯朝朱家園子裡走去。

朱少時比張安玉小一歲，也更加好動，在席上坐了好久早就坐不住了，便對張安玉道：「走，我帶你去看我小姪子。」

「又不是我姪子，有什麼好看的？」張安玉顯然興致不高。

「那你跟我回我院子，前些日子我搜羅了不少好玩的東西。」朱少時又道。

張安玉也覺得這宴席上太過無聊，便答應了。

兩人剛剛走出前廳，張安玉便看到了一個熟悉的身影，眸光閃動。

見他忽然停下了腳步，朱少時疑惑地問：「怎麼了？」

「我忽然想起來有些事要找福生，你先去，我認得你院子，一會兒去找你。」此時張安玉已經收起了那股漫不經心。

朱少時看了他兩眼，覺得他有些奇怪，但是沒想多：「那你快些。」

待朱少時走後，張安玉折了回來，朝方才看到有人影出沒的地方走去，神色凝重。

此時，阮慕陽正跟著那個小姑娘，想著如何開口把她叫住，卻被忽然出現的人嚇了一跳。

「二嫂真是本性難改，到哪都要偷偷摸摸的，這又是要與誰去私會？」張安夷方才看到的身影便是阮慕陽。她帶著一個丫鬟鬼鬼祟祟地往朱家園子裡走，實屬不正常。他一下子就想起了之前她在張家私會謝昭的事情。

怎麼哪兒都有張安玉？

阮慕陽氣得不輕。

她正要開口時，前面那個小姑娘聽到了動靜忽然轉過了身，厲聲問：「你們是誰？為什麼要跟著我？」小姑娘年紀不大，脾氣卻大極了。

阮慕陽看著她有些發白的臉，笑了笑說：「這位姑娘，我只是看妳不舒服，跟過來看看。」說著，她看了她的裙子一眼問：「妳可是肚子疼？」

那個小姑娘似乎是難受極了，聲音裡帶著一絲哭腔：「妳怎麼知道？」

阮慕陽上前。

張安玉愣了愣，這才意識到他錯怪了她，有些尷尬。

就這樣離開太沒面子，開口道歉他又做不出來，想了想便上前想看看有什麼能幫忙的。

當看到那個小姑娘裙子上的一塊鮮紅的時候，他再次愣住了。

看到張安玉走過來，盯著人家的裙子發愣，阮慕陽氣得再也控制不住，大聲呵斥道：「誰讓你過來的？還不趕緊轉過去？」

張安玉亂七八糟的書也不是沒看過，也聽身邊的紈絝子弟講過一些，當然知道那鮮紅是什麼。被阮慕陽這麼一罵，他沒反應過來，竟乖乖地後退了幾步，轉過了身道：「失禮了。」

先前阮慕陽便是因為裙子上一塊鮮紅注意到了這位小姐，跟過來只是想找個機會提醒一下，畢竟這種女兒家的事情太私密了，要是大庭廣眾之下被人發現，這位小姐便要無地自容了。

如今看她慌張的反應，阮慕陽才意識到這是初潮。

這位小姐方才順著張安玉的目光也看到了自己裙子上的血跡，嚇得都要哭出來了：「我這是怎麼了，忽然流血，是不是要死了？」

張安玉站得不遠，聽到她的話動了動唇，卻沒有開口，臉上發紅……

只聽阮慕陽安慰道：「不是什麼大事，妳的丫鬟呢？」

那小姐支支吾吾地說：「方才被我罵走了。」

當真是個脾氣不小的。

阮慕陽對琺瑯道：「妳去跟朱夫人說一聲，借一間屋子。」

隨後，她又想起了什麼，可是琺瑯要去找朱夫人，沒有人指派了。她看向不遠處背對著她們的張安玉說：「四弟，你幫我去瞧瞧點翠到哪兒了。」

本以為這樣指使他，以他的性子必然又要諷刺她兩句，卻沒想到他竟然二話不說就去了。

這個混世魔王又吃錯藥了？

問朱夫人借了間房後，阮慕陽告訴這位小姐這是葵水來了，是每個女子都要經歷的，又教她用用了月事帶，把自己帶來的衣服拿給她換。

待這位小姐磨磨蹭蹭地出來了，朱夫人立即道：「洛小姐，妳的丫鬟都在找妳呢！」

聽到「洛」這個字，阮慕陽敏感地抬了抬眼。這位小姐雖然年紀不大，但是脾氣不小，氣勢也大，一定不是一般人。而放眼上京，姓洛之人中最高貴的便是內閣宰輔洛階。

看朱夫人的態度，此女必定就是洛階的孫女了。

果不其然。

她便是洛階的孫女洛鈺。

洛鈺如今十四歲，穿著阮慕陽的衣服有些大了，不太合身。她看了看門外的眾人，雖然紅著臉對阮慕陽說：「多謝這位夫人。」

阮慕陽笑了笑：「洛小姐客氣了。」

看到自己的兩個丫鬟慌張的樣子，洛鈺氣不打一處來：「還不扶本小姐回去！」

走過張安玉身邊的時候，洛鈺看了她一眼，立即移開了目光，匆匆地走了。

從朱府離開的時候，阮慕陽與張安玉依舊是一路。她坐著馬車，他騎著馬，只是張安玉比來的時候沉默多了。

回去之後，阮慕陽沒有把洛鈺之事放在心上。

幾日後，恰逢張安夷進翰林後第一個休沐。

見他一個早上都極為悠閒，阮慕陽忍不住問：「二爺今日不出門？」

張安夷今日穿著一身天青色的長衫，眼中浮著淺淺的笑意，滿院生出的春色都不及他眼中的風光和煦。「難得休沐，自然是要在家陪著夫人的，順便考校一下夫人的功課的。」

誰要他陪了？誰讓他考校了？

真當自己是先生了嗎？

阮慕陽不禁想起了好幾晚他鬧著她、俯在她身上翻來覆去地折騰，啞著聲音非要她叫他一聲「先生」的情景。

她是怎麼都叫不出口的。

感覺到他別有深意的目光，阮慕陽忽略了臉上的熱度轉移了話題說：「趁著二爺在，我想去二爺的書房拿兩本書回來看看。」

「我的書房夫人想去便去。」張安夷看著極為守禮、即使成親之後成為夫妻也從不逾矩的阮慕陽，輕嘆了一聲說，「夫人不必同我這般客氣。」

他這一聲輕嘆就像一隻手輕輕揪住了阮慕陽的心，只讓她覺得心揪了起來，有些難受。

她不知道要怎麼回答。

張安夷太高深了，阮慕陽覺得自己始終無法將他看透，或許也是因為自己心中藏著祕密，與他相處時也總帶著幾分小心，生怕被他看透。她這一世要妻憑夫貴，自然是要與他相敬如賓的，難道錯了嗎？

張安夷卻似乎不在意她的反應，神色如常地牽起了她的手說：「正好我也要去書房看會兒書，走吧。」

阮慕陽鮮少踏入張安夷的書房。這個書房的布置沒有一絲女子的氣息，簡單之中透著高雅，豐厚的藏書之中透著神祕，就如同他本人一樣。走進書房，就像被他的氣息包圍了一樣。

「夫人想看什麼便拿什麼。」像是為了讓她熟悉書房，張安夷在案前坐了下來，並沒有去引導她，告訴她哪裡放了什麼，有意地讓她去尋找。

阮慕陽點了點頭，從最外面一排書架開始一點點找著。

張安夷不愧是丹青之中的大家，在他的指導下，她的畫技終於能見人了，便想著再找些這方面的書再看看。

高高的書架阻礙了天光，除了張安夷的案前，其他地方並不亮堂。阮慕陽緩緩穿梭於書架之間，從亮處到暗處，再到亮處，獨屬於女子的柔軟與輕盈與書的古樸與厚重交錯，深處寧靜之感。她仰著頭，頸項的曲線完完全全地展現了出來，漂亮極了。

坐在案前的張安夷不動聲色地看著。

找著畫技類書的阮慕陽被書架上的一本書吸引，停下了腳步。

那是一本詩集。

阮慕陽本對這些不感興趣，卻在其中一頁停了下來。

這便是當初收錄了張安夷八歲時所作的詩的那本詩集。阮慕陽看著的便是張安夷八歲時所做的詩。

就如同當時給這個院子取名「穿雲」一樣，那時的詩亦是意氣風發。可想而知年少時的張安夷心中是何等的凌雲壯志。

那時候的上京，誰不知道張安夷？

而如今的他，還不到二十歲的年紀卻像是被歲月磨平了稜角，斂起了鋒芒，將所有的志向、情緒都掩藏在了溫和的笑意之後，再也不見一點當時的影子了。

忽然，手中的書被抽走，阮慕陽抬起了頭。

看到這個男人唇邊溫和的笑容，她覺得有些心疼。

張安夷看了眼手中的詩集，目光中閃過一絲複雜幽深的情緒，如同白雲蒼狗，快得難以讓人捕捉到。「夫人對詩也有興趣嗎？」

「只是偶然看到這本詩集，想看看二爺小時候寫的詩。」因為看到他溫潤的笑容，心裡軟得不行，沒了遮遮掩掩的心思，阮慕陽回答得很坦然。

她難得的坦然與直接取悅了張安夷。他的目光愈發柔和，笑意之中藏的是風光霽月與無限的繾綣。「這本詩集已經是好些年前的了，如今也只剩下這一本。」似是有些感慨，他的聲音悠遠了起來。

阮慕陽這才想起來，纂修這本詩集的大人後來被武帝殺了。那位大人曾也是武帝身邊的紅人，後來任大理寺卿。八年前，一場貪污案在朝中掀起了巨大的波瀾，幾乎每日都有大臣掉腦袋，冤殺不計其數。朝中的大臣每一日上朝之前都要和家人訣別，若是當日能安全回來，便要感謝又多活了一天。

那位大人原是奉聖上之命親自督辦這場案子的，後來卻也被拖下了水，人頭落地。

這本詩集亦無人再敢流傳。

張安夷有些感慨是自然的。這位大人於他有知遇之恩。若不是這位大人收錄了他的詩，他也不會年少便名動上京。

「世事無常。」阮慕陽主動撫上了他的手背。

張安夷側頭看向他，因迎向了有光的地方，漆黑的眸色亦亮了起來，語氣柔和極了：「是啊，世事無常。好在我有了夫人，不再孤寡。只盼著繁華落盡、風光不再之時，夫人亦在我身旁。」

阮慕陽垂了垂眸，鼻子莫名地發酸。

她這一世最大的心願便是復仇，前途艱險萬分，最後下場會如何還說不清。她真的能陪著他到最後嗎？

即使她真的報了仇，也沒有累及自己，可那時他發現了真相，還會對她這般百般寵愛呵護嗎？

見阮慕陽躲開了自己的目光，張安夷眼中微動。

好在這樣的氣氛沒有維持多久。

「二爺，夫人，有帖子送到了穿雲院。」門外，莫聞道。

張安夷與阮慕陽走向了書房門口，並肩站著。

「誰的？」張安夷問。

莫聞將帖子遞了上來說：「是洛大人的孫女，洛二小姐派人送來的，說是請夫人賞花。」

看著帖子的張安夷抬起了頭看向阮慕陽。

阮慕陽沒想到洛鈺會她發帖子，也是十分驚訝。她將當日在朱府無意幫了洛二小姐的事告訴了他。

張安夷剛剛入翰林，並不著急站隊，可是她卻無意幫了洛階的孫女，是不是打亂了他的計畫？

第三十章 了一個心願

「要不我把帖子回了說有事去不了？」莫聞下去後，阮慕陽問。

看著阮慕陽有些緊張，張安夷朝她笑了笑，執起她的手包裹在手中說：「夫人不必緊張，既然洛二小姐請了便去吧。」說著，他拉著他回到了書房裡。

阮慕陽細細地揣測著他這句話的意思。

她去赴洛鈺的賞花宴，即使什麼心思都沒有，在旁人眼裡也是張安夷與洛階接近了。

他不阻止，難道是經過觀望之後有心投靠洛階？

若是這樣就再好不過了。

阮慕陽小心地試探道：「洛小姐的性子雖有些刁蠻，但是透著可愛之處，看來洛家教導有方。洛大人是本朝鴻儒，若能得他指導一二定是受用不盡。」

張安夷忽然轉過身看向她。

對上他那笑意如雲霧一般繚繞的眼睛，察覺到了他的審視與探究，阮慕陽心中一跳。

張安夷鬆開了她，回身關上了書房的門。

隔牆有耳，許多話不能亂說。即便已經很謹慎了，也要防止有心人拿去做文章。

阮慕陽摸不清他的心思，不知他是生氣了，怪她思慮欠周，還是她的話說到了他心中，他正有這種想法。

「如今洛大人和徐大人並為宰輔，夫人以為兩位大人如何？」書房的門被關上，原先照進來的陽關被隔絕在外，轉身回來的張安夷背著光，表情有些不清晰。

阮慕陽本想裝作不懂糊弄過去，但是為了日後打算，決定不再逃避。若是張安夷以後能經常與她說些朝中之事，於她未來也更加有利。

她沉下了心，看著他晦暗不明的表情，緩緩地說道：「兩位大人皆是位高權重，論行事作風也是半斤八兩，如今太子體弱，朝中以徐大人為首的大臣一直提議另立太子，是不是別有用心不知道，但洛大人始終不曾參與其中，想來是更忠於聖上的決斷，更加名正言順一些。」

整個書房裡只有她柔和之中帶著謹慎的聲音。

說完後，她看著張安夷，想聽聽他是什麼態度。

在他的引導下，她已經開始不知不覺地亮出些底牌了。

始終看著她，眼底帶著審視的張安夷伸手撫上了她細嫩的臉，手指輕輕摩挲著。他似乎特別喜歡這種細膩的感覺。伴隨著微動的手指，他開口說道：「夫人說得不錯，只是無論兩位大人如何位高權重，這天下終是聖上的天下。這些年，折在聖上手裡的權臣還不多嗎？」

武帝晚年多疑，嗜殺。

阮慕陽被他的手指撩得臉上漸漸熱了起來。

「況且，徐、洛兩位大人並為宰輔多年，誰都未坐上首輔之位，可見不相上下，都不簡單。這些話以後莫要在旁人面前說。」張安夷的聲音中帶著感嘆與幽怨，高深極了。

有些話只能他們夫妻兩人之間說。

他這番話雖是說了不少內容和見解，卻處處透著中庸之道，並為表明偏向任何一方。見他沒有再說下去的意思，阮慕陽忽然意識到自己被誆了。

他將她的想法套了出來，讓她暴露了對朝堂的關注。

而她一點都猜不透他的心思。這讓她產生了深深的無力感和警惕，原先因著他的動作心中產生的旖旎消散。

張安夷到底是僅僅想知道她對朝堂是否有關注，還是因為她先前的話對她有了別的懷疑？

這時，張安夷忽然用手覆上了她的眼睛，將她的視線遮擋了起來說：「有時我竟覺得夫人這雙眼睛裡藏著太多東西，看不透。」

阮慕陽心中一驚。

她將張安夷遮在自己眼睛上的手拉了下來，抓在了手中，然後露出了一個極嫺靜的笑容說：「二爺說得哪裡的話。我是二爺的妻，自然是一心為著二爺的。」

聽了她這番話，張安夷將她的手反握在手中，伸出另一隻手再次撫上了她的臉，眼中露出了柔和的笑意問：「夫人可還記得第一次來書房的情景？」

「怎麼會不記得？」那時候她發現他帶著女扮男裝的沈未回來，兩人還進了書房。她坐立不安，偷偷跟了過來，結果被阮慕汐叫破，最後以借書的名義進來了。再然後，她被他困在書架前……

想到這裡，她的臉紅了起來。

原先縈繞在兩人之間的探究和沉悶慢慢消失了。

對上張安夷別有深意的目光，阮慕陽心頭一跳。

隨著張安夷走近，她下意識地朝後退。

他每進一步，她便退一步。

最後，她的後背碰到了書架，退無可退。

張安夷站到了她跟前，再次將她困在了書架前。

阮慕陽立即緊張了起來，身子都繃直了，語氣中帶著羞惱說：「這可是白日，你身為讀聖賢書的人，不能——不能——」

張安夷卻笑著俯下了身子，靠近她的耳邊，與她耳語道：「夫人可知，自除夕那夜之後，我當起了清修的和尚在書房裡溫書，卻因食髓知味，總是想起夫人的樣子。想著來日高中必是要將夫人帶進這書房。」

他溫熱的氣息拂過阮慕陽的耳朵，說話時開開合合的唇繾綣地摩挲著她的耳廓，惹得阮慕陽身子起了反應。

怎麼能這麼荒唐？

隨後，張安夷微微後退了一些，又低下頭用額頭抵著她的額頭，然後慢慢靠近她的唇，低啞著聲音問：「夫人可否圓了我這個心願？」

知道以阮慕陽的性子一定會拒絕，不等她回答，他便吻上了她的唇，將她所有的話都含在了口中輾轉揉碎化為唇齒交融之聲。

背後靠著的是堅硬的書架，身前緊貼著的是他寬大火熱的胸膛，他似乎是故意貼得這麼緊，擠得她胸前難受極了，阮慕陽只覺得所有的力氣都被他卸了一般，毫無反抗之力，只能讓他這樣荒唐下去，任他解開了她的腰帶，將她的衣服拉下了肩頭。

慢慢地，阮慕陽不知身在何處了。

忽然，張安夷將她橫抱了起來，原本鬆散搭在她身上的衣服徹底滑落。

身體忽然騰空，阮慕陽嚇得立即環上了他的脖子。唇被吻得晶亮，兩頰潮紅，她的聲音嬌軟極了：「去哪？」

張安夷低頭將她這副模樣看在眼裡，眸色頓時更深了。

「案上。」

走到案前，隨著他的手一揮，所有的書掉在了地上。肌膚忽然觸碰到了冰涼，阮慕陽抖了抖。

深色案几將她原本就白皙的肌膚襯得如雪一般，張安夷的呼吸忽然粗重了起來。

頭一次在這種地方，還是在案上，阮慕陽心中抗拒不安，張安夷將她抱在懷裡，好生溫存哄騙了一番。

青天白日，房門緊閉的書房外空無一人，若是靠近細細聽一聽，便能聽到本該靜謐的書房裡傳出來的不是朗朗讀書聲，而且兩人低低的喘息。

好一番溫存過後已是幾個時辰過去，雙腿發軟、渾身通紅的阮慕陽穿著衣服。當看到深色的案上留下的痕跡，她立即移開了目光，臉上燙得像火燒一樣。她憤恨地瞪著已然是衣冠楚楚、溫潤如玉的新科狀元道：「這些你自己收拾！」

撫平了衣服上的褶皺後，阮慕陽打開了書房的門走了出去，除了臉上帶著歡好後的風情外，一派端莊嫻靜。

至於張安夷是如何動手收拾一片狼藉的書房的，就不得而知了。

而日後要把人家再騙進書房也是更加難上加難了。

回到房裡，阮慕陽叫來了琺瑯說：「明日一早，二爺走後給我準備湯藥。」

琺瑯先是愣了愣，隨後想起阮慕陽去了張安夷書房那麼久，立即明白了。她的臉紅了起來，說：「是，夫人。」

幾日後，阮慕陽去赴了洛鈺的賞花宴。

洛府的牡丹在上京是一絕。每年四月，牡丹盛開之時，洛府都會請上京貴族中的女子前來賞花。上京女眷都以能赴洛府的牡丹宴為榮，但是幾乎沒有人能年年去。說來這還是洛階洛閣老定下的規矩，每年洛府的牡丹宴由洛家的嫡出小姐輪流辦，每位小姐只請與自己交好的。最開始牡丹宴是洛階的女兒們輪流辦的，女兒們都嫁出去了，就輪到了孫女。

今年正好是洛鈺，洛階的嫡親二孫女。

上一次在朱府便可見洛鈺性格嬌蠻嬌憨，不太好相處。所以洛鈺的閨中密友並不多。

阮慕陽到了才發現，來的都是與洛鈺年紀相仿，大多是十三四歲的小姐，唯獨她一人大了她們三四歲，還是成了親的。

「張二少夫人。」起初看見她，洛鈺想起了上一回在朱府那麼丟人有些不好意思，但隨即便自在了起來。

阮慕陽朝她笑了笑：「洛二小姐。」隨後，點翠與琺瑯將準備好的禮送到了洛家人手裡。

「之前的事謝謝妳。」

阮慕陽發現洛鈺雖然刁蠻，卻不是不講道理的，摸透了她的性子便很好相處。

同樣被邀請來的還有九個小姐，其中四個是洛鈺的表姐妹，另外五個都是官家小姐。阮慕陽注意了一些，都是洛階這一派的。

加上洛階的孫女，一共正好兩桌人。

洛鈺不愧為洛階的孫女，文采極好。幾位小姐就這院子裡的牡丹吟詩作賦，阮慕陽便在一旁看著。

忽然，幾個人走了過來。

「祖父。」

「參見洛大人。」

竟是洛階回來了。

上一世阮慕陽在宮中見過洛階一次，卻看得不清楚。洛階如今已是花甲之年，鬚髮皆摻雜著白色，身材瘦削，遠看像是個嚴肅的老人。但畢竟是一朝宰輔、在朝堂中翻雲覆雨的人物，那雙眼睛沒有因為年邁而渾濁，精神極了，身上那種不怒而威的氣勢叫人的心忍不住就提了起來。

大概是因為阮慕陽一個婦人在一群十三、四歲的小姑娘中間太顯眼了一些，洛階一眼便看到了她。

「這位可是張修撰的夫人？」

張安夷如今是翰林修撰。

阮慕陽沒想到洛階會與自己說話，立即點了點頭道：「回大人，正是。」感覺到洛階的目光，她只覺得像有一座無形的山壓在了自己頭頂，重的喘不過氣來。

這便是宰輔的風範，叫人望而生畏。

將阮慕陽的緊張與挺直的脊背收在眼中，洛階點了點頭，露出了一絲讚賞的笑容，說：「是個性子沉穩的。鈺兒平日裡被嬌慣壞了，需跟著妳好好靜一靜。」

阮慕陽有些意外。洛階的意思竟然是希望洛鈺與自己多走動？

面對的是洛階，她不敢把事情想簡單。洛階對她另眼相看，多半是因為張安夷。可是張安夷的心思，她實在猜不透。

便是洛鈺平日裡再刁蠻，也不敢在洛階面前放肆。她乖巧地道：「是，祖父。」

阮慕陽穩住了心神：「洛大人過獎了，洛二小姐嬌憨可愛，天性純真，實屬難得。」

又與洛鈺叮囑了幾句之後，洛階便離開了。大家像是都對洛階心存畏懼，他走後還有一絲拘束，慢慢地才放開。

阮慕陽卻因為方才的幾句對話思量了起來。

如今最得武帝信任的是司禮監掌印太監高嚴，但是高嚴畢竟只是宦官，還要看洛階、徐厚這樣的權臣才行。徐厚是永安王與阮妃這一派的，只會是阮慕陽的阻礙，絕不能交好，唯一能與他們抗衡的便是洛階這一派。

若是張安夷的立場再是這樣曖昧不明，她便要考慮依靠自己了。而洛階的孫女洛鈺，是她意外的收穫，也是她的機會。

至於將來會如何，還未可知。

洛家的牡丹宴一過，很快就到了五月。

張家自張安夷高中狀元之後又迎來了個好消息，王氏有身孕了。

王氏嫁進張家已有兩年多的時間，肚子卻始終沒消息。好在張家的家規不准張安延納妾，老尚書也是極其反對納妾的，李氏即使著急抱孫子也沒有辦法。要是換做別的人家，婆婆早就不知道給納了幾房妾室了。

終於要有重孫了，老尚書和老夫人都很高興，派人往京州送了信。

大家都要往沾雨院送東西，阮慕陽也不例外。

「我送個銀鎖會不會太早了些？」除去一些普通的東西，阮慕陽挑來挑去決定再送一把銀鎖。銀鎖是雙魚的花式，日後男孩女孩都能戴。介於與王氏私下的那些糾葛，她不敢送容易被人抓住把柄的補藥要過，雖然她知道王氏還不至於拿自己的孩子來誣陷她。

總是要謹慎些的。

張安夷剛剛從宮中回來，官服還未來得及脫下。平日裡他穿得簡單，如今一身官府，更是俊朗極了。「夫人做事一向周到。」言下之意便是沒有意見了。

阮慕陽也覺得看了看去還是這個合適，便叫點翠拿來了紅布，細細包了起來，明日去沾雨院的時候送過去。

她坐在桌前，微微低頭，手中拿著紅布，認真包著的樣子格外嫺靜。

銀鎖還未包好，阮慕陽忽然覺得背後一重，是張安夷從後面擁住了她。

害怕下人們進來的時候看見，她微微掙扎了一下：「小心叫人看見。」

張安夷低下頭在她頸間嗅了嗅，低聲說道：「夫人，若是日後我們有了孩子，一定極漂亮。」

阮慕陽手中的動作停了停，臉上的表情也凝了凝，好在張安夷站在他背後並未看見。

她一直在偷偷喝著避子的湯藥。原先她是沒想過要孩子的。

張安夷聲音裡隱約含著的憧憬與柔情讓她心中驀然痛了起來，歉疚極了，忽然不忍心拒絕這個男人，覺得跟他生個孩子也挺好的。他們的孩子一定是好看的，若是男孩，一定要讓他跟著他讀書，若是女孩，便寵著、嬌慣著，日後給她找個好人家，讓她一世無憂。

只是前路未卜，大仇未報。

等一切恩怨了卻，他發現了她嫁給他的目的不純，是為的利用他，他會如何對她？必然是會恨她的。那時候若是他們已經有了孩子，孩子要怎麼辦？她一人可以下堂，可以被休，可以任他處置，可是孩子是無辜的。

她大概已經慢慢愛上他了吧。

想到以後，阮慕陽眼睛有些酸脹，喉嚨發澀，好不容易才控制住了情緒，聲音裡帶著笑意說：「是啊，二爺生得這般英俊，又自小不凡，我們的孩子一定不會差的。」

她這番話讓張安夷在她耳邊的動作越來越溫柔，語氣寵溺地說：「我希望生個女兒，像夫人這般。」

阮慕陽垂下了眼睛。

若是日後他發現了她的真面目還願意這般寵著她，她定然替他生兒育女，用餘生好好補償。

次日，阮慕陽同老夫人以及陳氏和季氏一道去了沾雨院。

陳氏自打張安朝會試落榜，便不再與阮慕陽親近了。

阮慕陽只能由她去了。

人逢喜事，王氏的氣色比平日裡還要好。

「雲秀，妳現在懷了身孕，還是要多加小心才是，管家太過辛苦，這些日子妳還是歇一歇，讓慕陽幫妳吧。」老夫人說。

管家之權一直是王氏不願意放手的。如今懷了身孕，不得不放開，還給的是阮慕陽，她心裡更加不高興。

原先穿雲院在張家是連庶出的張安朝都比不過的，如今因為張安夷中了狀元，一人得道雞犬升天，已然威脅到了沾雨院長房長子的地位，若是管家之權再讓阮慕陽拿走，那麼往後張家便是穿雲院的天下了。

「祖母，我只是懷了身孕，大夫說我的身子很好，沒有事的。」王氏道，「如今二弟妹也不清閒。」

阮慕陽在一旁不說話，眼觀鼻鼻觀心。

如今穿雲院算是苦盡甘來了，她不爭，王氏也不敢虧待了。

老夫人活了那麼多年，對這些小輩們的小心思自然是看得通透的。她道：「這頭三個月是最關鍵的，這三個月妳先由慕陽幫著吧。」

話說到這份上了，王氏也不能拒絕了。

此後，阮慕陽便幫著王氏管家，平日裡偶爾再去赴一些宴席，也不清閒。

當然，洛鈺那裡她也一直來往著，沒有斷掉。她跟洛鈺的來往從來沒有瞞過張安夷，他看在眼裡，什麼也沒說。

一日，宮中來了人。來的是阮妃娘娘身邊的小高公公。

「張二夫人，娘娘說身為姑姑，張修撰中狀元時理應送來賀禮，卻因為在宮中不方便一直耽擱到了現在。如今娘娘想起了先前託夫人畫的花樣，讓奴才來問問畫得怎麼樣了，順便前來恭賀。」

阮慕陽笑了笑道：「阮妃娘娘太客氣了，慕陽受寵若驚。前些日子因為一些事耽擱了，花樣還未畫完──」

小高公公立即道：「娘娘說不著急，只要夫人記著了就成。」

這擺明了就是催她畫花樣為假，前來送禮是真。

阮妃說來是阮慕陽的表姑姑，有這一層親戚關係在，籠絡一番也是正常的。只是她絕對不會與阮妃親近。而張安夷對徐厚的態度，她還不清楚。

至於百鳥朝鳳的花樣，阮慕陽先前在張安夷的教導下，小有所成，不日便真的能畫完了。

王氏剛被診出來懷了身孕時給京州寄去的信終於在一個月後有了回信。

信中除了表達了高興之外，還寫明李氏因著京州的天氣病了，已經病了有大半個月不見好轉。

張吉與李氏去京州時帶的丫鬟小廝並不多，很多都是後來到了京州再買的，自然比不得家生子，必須要派人去照顧。

婆婆病了，媳婦侍疾是天經地義的事情。

老夫人將王氏、阮慕陽以及陳氏叫了過去。

將三個孫媳打量了一番後，老夫人開口道：「妳們也知道妳們的母親病了。京州那邊的人照顧的不夠周到，還是得自己人去才好。」

「是啊，母親病了，我這個做媳婦的理應去的，可是偏巧這時候有了。」王氏著急地說道。

「雲秀，妳還是照顧好身子最重要。」說著，老夫人的目光看向陳氏，見她一副畏縮、上不了檯面的樣子，搖了搖頭，最後看向了阮慕陽說，「慕陽，還是妳去吧。妳與妳母親見得少，這次去照料正好熟悉熟悉。至於管家的事，先交給妳二嬸。」

王氏勾起了唇，陳氏鬆了口氣。

確實沒有比她更合適的人了，阮慕陽沒有拒絕的理由。

見阮慕陽沒有一絲不願意，老夫人在心中點了點頭。

實際上，阮慕陽不願意極了。這次去京州至少也要兩個月，而那時候，距離上一世朝中發生巨大動盪、永靖王被關入死牢，阮家滿門受到牽連不遠了。

如此關鍵的時候，她卻要離京。

她甚至想到了裝病，但是這個時候裝病太明顯了，明擺著就是不願意去照顧李氏。這不僅會讓她好不容易在老尚書和老夫人心中好起來的印象再次崩塌，還會讓人覺得張安夷不孝順。

張安夷從宮中回來便看見阮慕陽坐在桌邊愣神，皺著眉的樣子。

「怎麼了？」

他的聲音讓阮慕陽回過神來，收起了愁容，站起身替他換下官服。

「前幾日京州來信，母親病了，二爺聽說了吧？」

張安夷點了點頭，並未表現出擔憂的樣子。

他雖然還如同往常一般，眼中帶著淺淺的笑意，阮慕陽卻無端覺得此時的他很淡漠。

也是，先前她便看出來張安夷與張吉與李氏不親近了。他自小被老尚書帶在身邊，當然是與老尚書和老夫人更親近一些。而且剛進門那幾天，她也感覺到了張吉與李氏對他們二人的冷淡。當日敬茶時，張安夷說要入翰林，最不相信、最反對的便是張吉與李氏。

八歲便成了上京人盡皆知的神童，十六歲在萬眾矚目中落榜後飽受嘲笑，張安夷年紀輕輕便嘗盡了人情冷暖，對這些自然是很敏感的，看得也比旁人通透。

幸而炎涼的世態並未讓他變得冰冷，所有的經歷變成了磨石，磨去了他少年時意氣風發，留下的是永不褪去的溫潤光澤。

只是世人皆被他的溫和所惑。

阮慕陽收起了心中的感慨說道：「我要去京州侍疾。」

張安夷看向她，語氣裡難得地透著一絲類似不滿的情緒：「祖母的決定？」

聽出了他的不滿，阮慕陽心中生出了些許甜意，說：「大嫂懷了身孕，三弟妹又——膽子小，只有我最合適了。」

張安夷沉默了。

顯然他也知道只有阮慕陽最合適。

「近日兩淮下起了雨，路上怕是不太好走。」張安夷輕輕地嘆了口氣，執起了阮慕陽的手說，「我與夫人成親以來還真是不易。」

阮慕陽深有同感。成親不到一年，她先是被叫進了宮中，現在又要去京州。

這樣的開始是不是註定他們日後必定是虎狼當道，不得安寧？

「好事多磨，少則兩月我便回來了。」阮慕陽道。

想起了方才心中擔憂的事，她又道：「二爺如今在翰林雖做不了什麼，但是朝中局勢必然看得清楚。若是——若是這些日子我爹要做糊塗事或者遇到了什麼，還請二爺提醒一番。」

她毫無由來的這番話讓張安夷眼中再次帶上了探究。據他所知，如今朝中太平，並未有會發生什麼的先兆。

「夫人可是在擔心什麼？」

阮慕陽心中警惕了起來，故作輕鬆地笑了笑說：「說來不怕二爺笑話。這些日子我總是眼皮跳，心中不安，覺得會出什麼事一般。」二爺自己也要多加小心。」

張安夷沒有再多問：「好。」

可是即便是這樣，阮慕陽還是放心不下。在去京州之前，她特意給趙氏寫了一封信，讓寒食送去了阮府。

帶著點翠琺瑯還有寒食，再加上幾個護衛與婆子，阮慕陽便踏上去京州之路。

被張安夷說中了，往南走了十來日便開始一直是陰雨天。

等快靠近兩淮的時候，雨越下越大，路越來越難走。

在離揚州城還有半日路程時候，阮慕陽的馬車深深地陷進了泥裡。

雨像是從天上灌下來的一樣，讓人眼前都看不清楚了，任車夫和護衛怎麼推，馬車依舊紋絲不動。

眼看著天色越來越暗，點翠著急了起來：「夫人，再這樣下去我們天黑之前到不了揚州城了。」

阮慕陽不清楚下面的情況，想了想乾脆掀開簾子下車。

點翠和琺瑯立即跟著出來替她舉傘。

下了車，阮慕陽一腳便踩進了泥裡。看了一眼她才發現馬車陷得遠比她想的深。

「夫人，這馬車不知道什麼時候能弄出來，咱們今晚到不了揚州城了，他們說附近有個寺廟，咱們去那裡面住一晚吧。」寒食抹著臉上的水說道。

雨下得那麼大，撐著傘根本沒有用，阮慕陽的衣服很快就被淋溼了大半。

看著護衛與車夫渾身溼透的樣子，她當即點了點頭說：「今夜先去寺廟吧。」

正當他們收拾了東西，準備離開的時候，遠遠地走個人影搖搖晃晃地走了過來。

那人沒有撐傘，渾身溼透，狼狽極了。他們原本以為是個乞丐，可是等人走近，才發現是個模樣俊朗的小公子，大約十五、六歲的樣子。

「夫人，這人怎麼不撐傘呀。」點翠低聲在阮慕陽耳邊道。

阮慕陽搖了搖頭。

那人搖搖晃晃地從他們旁邊走過，路過阮慕陽的時候，忽然停了下來，轉過身看向了她。雨下得這麼大，此時的阮慕陽也有些狼狽，頭髮被淋溼貼著臉，有一縷更是沿著頸項蜿蜒入了領口，而身上，溼了的部分緊貼著她的身體。

不想那人看了一眼便沒再把目光收回去，像是一直黏在了阮慕陽身上一樣。

以為是登徒子，琺瑯與點翠立即擋到了阮慕陽身前。

「放肆！」點翠冷著聲音叫道。

可誰知她的話音剛落，那人便直直倒了下去，倒在了阮慕陽腳邊，濺了她一身泥，把大家嚇了一跳。

看他暈過去了，寒食問：「夫人，這人怎麼辦？」

點翠想也不想地說：「登徒子救什麼？就讓他在泥水裡淹死吧！」

阮慕陽低頭看向倒在腳邊、臉上都是泥水的男子皺起了眉。

第三十一章　有夫之婦

「夫人，這人似乎是喝醉酒了。」寒食說。

阮慕陽皺了皺眉，看著毫無小下來的雨勢，道：「把他一起帶進寺廟吧。」

入了六月，兩淮一帶便下起了大雨，已經整整下了大半個月了。途徑的商旅被困的不少，全都被大雨阻攔，暫住在了寺廟之中。

見過住持，添了香油錢後，阮慕陽便去了給客人的廂房。

她一個女眷，不宜拋頭露面，連齋飯也是送進房裡的。

天漸漸黑了下來，阮慕陽站在窗前瞧著外面幾棵在雨中搖曳的青竹，驀然想起了穿雲院。

這時，點翠走了進來，一臉氣憤地說：「夫人，果然不該救那個登徒子。聽說他好不容易酒醒，便一直要求見夫人，說什麼也不肯離開。」

阮慕陽先前一時心軟，見那人倒在泥地裡神志不清一臉落魄的樣子，才叫人把他帶了過來，卻不想自己竟然看走了眼，惹上了一樁麻煩。

她皺著眉道：「叫他們將門守好，別讓他靠近。再給他些銀子將他打發走吧。」

男女授受不親，此人一醒來便要見她實屬無禮。

「是。」

誰知那人在外面鬧得越來越厲害，引來了許多住客駐足，讓阮慕陽再也無法忽視外面的動靜。

連續問了點翠兩回後，阮慕陽拿起了一個面紗戴在了臉上，將自己的臉遮了個大半，又放下了廂房之中的紗簾，隨後道：「讓他進來吧。」再這樣鬧下去不是辦法。她倒要看看那人非要見她做什麼。

得了允許，尹濟將身上的衣服理了理，得意地朝寒食笑了笑，隨後走進了廂房之中。

酒醒後換了身衣服，收拾了一番後，他就跟換了個人一樣，亦是風度翩翩。

一走進廂房，他鼻尖便聞到了一股淡淡的香味，淺淺的，說不出來是什麼花的味道，卻好聞極了。房中幽禁，他左右看了看，最終在紗簾後看到了一個身影。有紗簾掩著，他看不清楚，只能隱約瞧見一個綽約端莊的身形。

尹濟心中一陣惋惜。

原先喝得多，他只記得昏過去之前見到了一個極美的女子，醒來那個身影始終在腦中浮現，卻記不清那女子真容了。原以為終於能一睹尊容了，卻誰知還隔著一層紗。

「這位小姐，在下尹濟。白日裡在雨中得小姐好心相救，特來拜謝。」他此番話說得極為有禮，與先前在門外胡鬧的樣子判若兩人。

阮慕陽心中也是覺得好笑。竟有人是這樣氣勢洶洶來道謝的。

點翠不喜歡此人極了，不用阮慕陽開口她便道：「什麼小姐？我們家夫人乃是——」

「點翠。」在點翠險些自報家門時，阮慕陽叫住了她。

阮慕陽心中對此人十分警惕，對他先前在門外胡鬧的樣子更是不敢小瞧，生怕將身分暴露出去後被這人糾纏上。畢竟她是個婦人，於名聲不好，容易落人口實。

尹濟垂了垂眼睛，眼中帶著幾分遺憾與惋惜。

竟是有夫之婦嗎?

不過這聲音聽起來年紀不大，自帶一種端莊與防備倒是好聽極了。

「原來是夫人，在下失禮了。」尹濟道，「不知夫人夫家何處?來日在下報恩也好知道尋到哪裡去。」

這就要報恩了?阮慕陽不想真的幫人幫出了一樁麻煩來。

「公子客氣了，不過是舉手之勞，不比記掛在心中。若真想感謝，便向這寺中捐些香火錢吧。」她將他的話堵的死死的。若要報恩便去捐香火錢，不用在這兒盯著她了。

她先前在雨中也是看他模樣似乎比她還要小一點，才決定幫一幫的。

尹濟自然能聽出她話中的深意，也不多做糾纏：「自然是要的。」

隨後，他又道：「夫人可是要去揚州?正好我也要去，待雨停了我們正好一路。」

這明擺著的搭訕讓阮慕陽再也聽不下去了，聲音越來越冷，明顯的拒人於千里之外：「還是不必了吧。」

尹濟也不覺得尷尬，只是笑了笑。

阮慕陽的運氣不錯，連續下了大半個月的雨竟然在她來的第二日中午便停了。只是天陰沉沉的，沒有轉晴的態勢，隨時都有可能再下。她當機立斷決定趁著雨還沒下下來的時候動身去揚州城。

同她想的一樣，想趁著雨停時趕路的人不少，寺廟之中一下子熱鬧了起來。

原先陷在泥裡的馬車今早寒食他們也帶人弄出來，停在了寺廟之中。

看著東西都收拾妥了後，阮慕陽便要與琺瑯出廂房，卻被從外面進來的點翠給攔住了。

「夫人，那個尹濟就在我們馬車旁，想與我們一道走!」點翠被尹濟氣得不行。

「此人怎麼這般厚顏無恥？」琺瑯皺起了眉。

那怎麼辦？她們還出不出去？

阮慕陽想了想，對琺瑯道：「把我的面紗拿來。」他一日在馬車那裡等著，她難道便一日不出去了？錯過了這個時候，等雨繼續下起來她又得被困上幾日，別說到底京州了，就連什麼時候能進揚州城都說不定。

待將面紗戴好後，阮慕陽在點翠與琺瑯的陪同下走出了廂房。

馬車旁，除了寒食和護衛車夫外，果然還多了一人。

昨夜為見到真容，尹濟心中始終有幾分遺憾，打定主意想見見簾後的女子是什麼模樣。此時終於見她出來了，端莊貴氣的衣著下難掩窈窕的身姿，沒看見臉便能讓人覺得她氣質不凡，不敢褻瀆。

再看向她的臉……

尹濟心中再次遺憾了起來。

得，又戴著面紗了。

越是看不到便越想看，心中越執著。

阮慕陽卻連看也沒看尹濟一眼，低著頭，點翠與琺瑯用身子將她擋住，扶她上了馬車。

馬車緩緩駛出了寺廟。因為雨剛停，地上還沒有乾，所以很難走，走得很慢。

尹濟不知道從哪裡弄了匹馬，跟在了阮慕陽的馬車旁邊，一路逗著寒食。

寒食這兩日也是被他煩透了，語氣裡帶著無奈說：「我說這位公子，您就別跟著我們了。」

尹濟此時完全不見了兩日前的落魄，臉上甚至還帶了笑容：「誰跟著妳們了？這是通往揚州城的唯一條路，妳們家夫人走了便不准旁人走了？」
寒食無言以對，只好轉過頭不去看他。
「夫人，他到底是什麼人？」點翠問。
她們三人坐在馬車裡，將外面尹濟與寒食的對話聽得一清二楚。
「不管怎麼樣，我們還是小心點。」阮慕陽也看不出來。原先見他醉倒在泥地裡，失魂落魄的，以為是受了什麼打擊，可誰知他醒來後卻完全變了一副模樣。能醉成那樣原先的落魄定然是真的，而如今他這副模樣也不似假的。
若不是尹濟看著只有十六、七歲的樣子，比自己還要小一點，阮慕陽定然要覺得他不簡單了。
通往揚州城的路，原本應該有商客來來往往，卻因為連著許多天的大雨，鮮少有人。
似乎有些安靜得過頭了。
原本正在逗著寒食的尹濟臉上的笑容慢慢落了下去，看向四周。
見他忽然不說話了，寒食有些奇怪地看向他：「怎麼了？」莫不是又有什麼壞水？
「我的家裡人來迎我了。」
「家裡人來你皺眉幹什麼？感覺跟仇家來了一樣。」寒食一臉莫名。
尹濟嘆了口氣，看了眼被車簾掩得嚴嚴實實的馬車，輕嘆了一聲說：「這回怕是要連累你們家夫人了。」
在寒食還沒聽明白的時候，忽然有五個蒙面人從四處衝了出來。
寒食被嚇了一大跳，立即大叫道：「什麼人！快保護夫人！」

馬車裡的阮慕陽聽到了動靜，心提了起來。

怎麼會有刺客？

點翠與琺瑯從沒遇到過這樣的情況，嚇得抱在了一起，連馬車的車壁都不敢靠近。

「夫人！怎麼辦？」點翠緊張得都要哭出來了。

阮慕陽亦不知道怎麼辦，只能躲在馬車裡。

這一次出來，為了防止遇到什麼意外，特意來帶了四個會武的護衛。據張安夷說，這四人武功不低。動物是最敏感的，馬感覺到了危險，嘶鳴了起來。阮慕陽跟點翠和琺瑯躲在馬車裡不敢動，只聽見外面刀劍相碰的聲音，驚心動魄。

過了一會兒，馬車外的打鬥聲漸漸平息了下來。

馬車裡她們三人卻誰也不敢出聲，誰也不敢去看外面的情景。

直到寒食的聲音響了起來：「夫人受驚了，那些人被打跑了。」

隨後，尹濟帶著歉意的聲音也在馬車外響了起來：「連累夫人受驚，這些人是衝著我來的。」

他話音剛落，馬車的車簾便被一隻細嫩的手掀了起來。

「知道會連累，你便不該跟我們一道走。」無端受到了牽連，差點遇險，阮慕陽心中帶著怒意，語氣冰冷。好在隨行的人沒有受傷的。

她依舊帶著面紗遮了半張臉，眼睛裡帶著明顯的冷意。

尹濟聽了也不生氣，反而後退了一步，向她作了個揖，一改先前無賴的樣子，語氣認真地道：「對於此事在下實在抱歉。在下乃平江知府連瑞之子，夫人若是路上遇上了什麼困難可以找我。」

說到這裡，他似是想起了什麼，眼中閃過一絲落寞，語氣中帶著幾分自嘲道：「差點忘了，我現在是養子了。」

因為他忽然的自嘲與話語裡透露出來的內容，阮慕陽原先那些到了嘴邊的冷硬的話說不出來了。「那些人為什麼要殺你？」

尹濟笑了起來，年紀輕輕便是一副蒼涼的樣子道：「那些啊，是我本家的人，也許正是我同父異母的兄弟們，大概是不想我回去。」

原來是一出私生子認祖歸宗，手足相殘的戲碼。

沒了先前無賴的樣子，阮慕陽竟然覺得尹濟沒這麼討厭了。見他年紀不大便要經歷手足相殘，她忽然想起了另一個年紀輕輕便經歷世態炎涼的人——張安夷。他當年落榜被人恥笑大概也是這個年紀。阮慕陽的心忽然柔軟了起來。

「你便準備這般顧影自憐下去嗎？」阮慕陽平靜地闡述著事實，「回到家中無異於羊入虎口，你若是還是這副樣子，還不如就此找個地方隱姓埋名活下去好，或者回去投奔你的養父，好歹是平江知府。」

尹濟皺起了眉：「怎麼聽著這麼窩囊呢？」

「要麼窩囊地活下去，要麼強大起來，將來把那群人踩在腳下。」阮慕陽頓了頓，聲音變得悠遠了起來，「這世上，不是你吃別人，便是別人把你吃得骨頭都不剩。」不論是像他那樣想要好好活下去，還是像她這樣想要報仇，都需要讓自己強大起來，站在高處。

這字字句句鏗鏘地砸在了尹濟心上，震盪極了。這番話雖說得殘酷，卻是不爭的事實。

只是，這話不應該是一個婦人能說出來的。

尹濟打量著阮慕陽道：「沒想到夫人瞧著嫻靜端莊，心裡竟是這般的狠，當真是漂亮的皮囊下一副冷硬心腸。」

阮慕陽的睫毛動了動。她的心腸冷嗎？或許吧。

「今日連累了夫人在下心中實在抱歉，感謝夫人今日的救命之恩，他日夫人若有難處，尹濟定當效犬馬之勞。」

尹濟說得認真，阮慕陽心中卻沒當回事。

「為了防止再次牽連夫人，在下還是先走一步。走之前還想請問夫人府上何處，來日好回報。」這一次，尹濟臉上再也沒有了輕佻與無賴，說得認真。

阮慕陽道：「報恩便不必了，救你也是為了自保，陰差陽錯而已。」

她一個有夫之婦路上救了個男人，說出去總是於名聲不好的。她不告訴他身分，不讓他看見自己的臉，也是不想再與他有任何糾纏，惹上麻煩。

「若是真有緣，日後自會相見。」只不過她在上京，他在兩淮一帶，要再見根本不可能。

「夫人好小氣。」尹濟臉上再次露出了笑容。他瞧著阮慕陽始終被面紗遮著的半張臉，心生遺憾道：「既然夫人什麼都不肯透露，那在下便叫妳『冷心夫人』了。」

阮慕陽挑了挑眉。這是說她心腸冷硬？

「聽夫人的口音應當是上京來的，他日或有相見的機會。各位，告辭。」說罷，尹濟騎上了馬先一步走了。

直到離開，他都沒有見到她的容貌，不知道她的身分。

寒食小聲問：「夫人，您說他這一路回去還會被人刺殺嗎？」

阮慕陽看著越來越遠的身影，搖了搖頭說：「我們已經幫了他一回了，總不能將他一路護送回去。剩下的就看他造化了。」

除了揚州城外這一段路發生了些意外，接下來的一路都很順暢，七日之後，阮慕陽一行人終於到了京州城。

京州雖與上京只有一字之差，卻遠沒有上京繁華。

阮慕陽到的時候張吉正在府衙辦公，迎她的是府中的管家張伯。

「這便是二少夫人吧？二少爺高中狀元，老奴還未恭喜。」

「張伯客氣了。」阮慕陽讓琺瑯將準備好了的荷包遞給張伯後道，「母親的病好些了嗎？」

張伯見阮慕陽雖成了狀元夫人卻是一副親切客氣的樣子，心中歡喜：「夫人病了那麼久，前兩日終於好些了——」似想到了什麼，他欲言又止。

阮慕陽沒有注意到：「那我便先去看看母親吧。」

說完，她吩咐了寒食一聲，讓人把馬車上的東西卸下來，便讓張伯帶路了。

這是一個二進的宅子。阮慕陽注意了一下，宅子裡的下人並不多。

「夫人，二少夫人來了。」

阮慕陽一進屋子便聞到了一股藥味。

「來了啊。」李氏倚在床上，臉上帶著病態。因著先前在上京時她對阮慕陽並不熱絡，此時見了阮慕陽，她臉上的神色有些不自然。

畢竟她身為張安夷的親生母親也沒想到過他能中狀元，還是連中三元。
如今被打了臉，自然是彆扭的。
阮慕陽將她的表情看在眼裡，並不作聲。她只當她們是普通的婆媳一般，聲音中帶著幾分關切道：「母親的身子可好些了？上京裡祖母他們都掛念著母親呢。」
李氏笑了笑說：「這兩日好些了，還勞妳專程來一趟。」
或許是因為李氏如今不知道該以什麼態度來面對阮慕陽，所以語氣裡帶著幾分客氣，並不熱絡。
「這位便是二表嫂？」忽然，坐在床邊的一個女子問。
阮慕陽先前只當是個照顧李氏的丫鬟，並未多看。「這位是？」她打量著這個女子，大約十五六歲的模樣，目光柔柔的像是含著水一樣，說起話來也綿綿的。
「這是姝兒，是我表妹家的女兒。他們一家在平江，聽說我病了，姝兒便特意來照顧我。」李氏道。
鄭姝看著阮慕陽，眼中帶著幾分好奇。
阮慕陽笑了笑：「原來是表妹。」
「表嫂生得真好。」鄭姝如今正是少女最嬌憨的年紀。隨後她又道：「想想我都好些年沒見過兩個表哥了。二表哥如今成了狀元，不知道是什麼模樣了。」
這話阮慕陽實在不知道怎麼答，便笑了笑。
聊了一陣後，李氏道：「好了，我有些累想休息一會兒，姝兒照顧了我這麼久，也去休息一下吧。好不容易來了個跟妳年紀差不多大的，妳能同妳二表嫂處到一塊。」
鄭姝便帶著阮慕陽在宅子裡走了一圈。顯然她對這裡非常熟悉。

晚上，張吉從府衙中回來，阮慕陽特意去拜見。

看見阮慕陽，張吉便想起了中了狀元的張安夷，也想起了去年在上京時他對張安夷的態度是怎麼樣的，有些尷尬。

將家中事大概問了問，得知老尚書與老夫人身子骨都很健朗、王氏和肚中的孩子也都很好之後，張吉道：「如今安夷中了狀元入朝為官，妳平日裡肯定也不清閒。大老遠從上京過來，可見妳是有孝心的。待妳母親身體好些，妳便回去吧。」

阮慕陽笑了笑道：「侍奉母親是應當做的事，只要母親的身子能早日好起來。」

李氏不在，即使是在前廳，公公與兒媳也該避嫌。說了沒幾句張吉便讓阮慕陽下去了。

阮慕陽覺得張吉與李氏這對夫妻行事有些好笑。明明兒子中了狀元，他們不像有多高興，提起來語氣總是淡淡的，對她雖是客客氣氣的，卻帶著一種疏離。

或許是在為從前對待張安夷的態度而愧疚吧。

這樣的性子，怪不得老尚書對張吉這個長子一直不是特別喜歡。

鄭姝格外的勤快。每日大清早，張吉去府衙後阮慕陽便去李氏房中照顧，鄭姝亦每日都去，從來不會比她晚到。而且，鄭姝待阮慕陽也極為熱情，熱情到阮慕陽有些招架不住。

在她們兩人的照顧下，李氏的身子一天天好了起來。

李氏說阮慕陽大老遠從上京來到京州，整日連門都不出，都麼在京州好好逛過，鄭姝便說要帶阮慕陽去看桃花。

阮慕陽記得臨來京州前，她情緒有些低落，便問張安夷京州有哪些好玩的。

前兩年，張安夷一直在外遊歷，光華大半的地方都去過。

她記得他目光溫和地看著自己說，等她到的時候京州正好桃花開了，可以去看桃花。

那時，一路的車馬勞頓被他說的旖旎動人了起來，她到了，桃花開了，彷彿像是專程為她的到來而開一樣。

來了總要去看看桃花的。

桃花要去山中看，她們特意去了京州外的一座寺廟後山看。

寺廟的黃牆與琉璃瓦襯得桃花格外粉嫩嬌俏，可是阮慕陽卻沒了看的興致。

她沒想到張安夷遠在上京還招了這麼一朵桃花。

「連中三元是多厲害啊！大家都在說二表哥從小就是神童，不看書都能考上狀元，這是真的嗎？」鄭姝三句話不離她的二表哥張安夷。

「從哪聽別人說的？」阮慕陽好笑地說，「就算天賦非凡也是要看書的。」

鄭姝又問：「二表哥那麼有學問，二表嫂平日裡會覺得與二表哥說不上話嗎？」

阮慕陽想了想，大約是沒有的。她雖然在娘家時讀書就不如其他幾個姐妹，但好在張安夷沒有像有些做學問的人一樣掉書袋子，亦沒有自視清高，他們平日裡相處也是很融洽的。不知為何，她忽然想起了沈未。

沈未能考到二甲第一，又跟張安夷是同窗，想必他們兩人之間討論學問會多一些。

阮慕陽沉默了下來，鄭姝卻一點眼力勁也沒有，偏偏哪壺不開提哪壺，問：「二表哥會不會更加欣賞讀書多的女子？」

都問到這個份上了，鄭姝的意圖再明顯不過了。

「表妹倒是格外關心他。」

鄭姝的臉紅了起來。

自從知道鄭姝的心思後，阮慕陽便減少了跟她的來往，可是她像是感覺不到她的疏離一樣，還是整日要黏上她。除了對張安夷存了不該有的心思之外，她真的沒有哪點不好，做事勤快，待人熱情，阮慕陽被她纏得沒脾氣了，只好隨她去。反正李氏的身子好了，她馬上便要動身回京了。

平日裡阮慕陽與鄭姝去陪李氏，都是阮慕陽坐在一旁安靜地聽她們二人說話的。

一日，鄭姝與李氏不知怎麼聊起了上京，李氏笑了笑對鄭姝說：「妳要是想去上京，這次就跟妳二表嫂一同去上京，正好在穿雲院住幾日。」

「真的可以嗎？」鄭姝臉上帶著顯而易見的欣喜。

阮慕陽因為李氏不知是心血來潮還是早有想法的提議而看向她，正好對上了她的目光。鄭姝對張安夷的心思再明顯不過，李氏讓還未出閣的鄭姝跟著她去上京住到張家而且住到穿雲院，到底是什麼意思？

李氏將目光移開。

阮慕陽氣笑了。

她沒想到李氏真有這樣的心思！

怪不得她整日讓鄭姝與自己好好處，原來竟是有讓她去給張安夷當妾室的打算嗎？她原先對張安夷不聞不問，現在張安夷好不容易中了狀元，她以為李氏作為母親終於能關心他一下了，沒想到竟然是這

樣關心的。

她把張家的家規置於何地了？

看著鄭姝滿臉憧憬的樣子，阮慕陽不語。

原本到了正午兩人便要離開的，今日，阮慕陽單獨留了下來。

房中只剩她們婆媳二人，阮慕陽也不想跟李氏拐彎抹角了。「母親讓表妹跟我去上京是有什麼打算？」

她直視著李氏，目光裡再也沒有了往日的嫻靜與溫柔。

李氏心虛地移開了目光笑了笑說：「如今安夷中了狀元，進了翰林了，日後一定有出息。到時候應酬多了，家裡的事情也多了，怕妳一個人忙不過來。姝兒是自己人，能幫幫妳也好。」

「原來母親竟然這般替我著想。」阮慕陽笑了笑，笑意並未達到眼底，「母親難道忘了張家的家規？」

「家規是家規，妳看朝中的大臣，誰沒有個妾室？而且——」李氏似乎想說什麼，但是又沒說出口。

阮慕陽替她說了下去：「母親是不是想說，雖然家規是家規，但是當年父親不是也納了個妾？」她語氣裡帶著淡淡的嘲諷。她不知道李氏是怎麼想的，竟然想給張安夷納妾。都是女人，她難道忘了當年張吉從外面帶回來了個女人和孩子時什麼感受嗎？

能做出這樣的事，她當真是糊塗極了。

李氏的臉色立即變了，氣極地說：「放肆！」

但是阮慕陽並不怕她。

從嫁進張家到現在，她與李氏不過只相處過幾天，毫無情分可言。雖然她對張安夷總是不冷不熱的，但是阮慕陽念及她是張安夷的母親，來京州後侍奉她也從未懈怠，可這不代表她可以隨便往穿雲院塞人。

阮慕陽忽然溫順了起來，低眉順眼地對李氏說：「母親，這事恐怕祖父不會同意的。張家的家規擺著，慕陽不敢隨意違背，也不敢帶表妹回上京。」雖然她知道即使把鄭姝帶回去了，老尚書也不會同意，但是她不想給自己添堵。

若是把鄭姝帶回去，她與張安夷之間多了個人，即便張安夷對鄭姝看都不看一眼，依然會影響他們之間原來的關係。

眼看著再過不久朝中就要發生震盪，阮慕陽不想節外生枝還要分心防家裡的人。

「女子要三從四德，要賢慧。」李氏拿婦德壓她。

阮慕陽軟硬不吃，恭敬地道：「慕陽不敢違背祖父，違背家規。」

說什麼她都不會鬆口的。

不論李氏說什麼，阮慕陽都是平平靜靜地搬出老尚書與張家家規，一副刀槍不進的樣子。李氏害怕就算她硬是把人塞進了馬車，阮慕陽也做得出路上把人扔下來的事，只好作罷。

而鄭姝似乎知道了阮慕陽不願帶她回京的事情，第二日眼睛紅紅的，像是哭了一場，之後便再也不對她像先前那般熱情了。

阮慕陽動身回上京那日，恰逢張吉休沐在家。

他與李氏還有鄭姝三人將她送上了馬車。

「路上小心，回去記得告訴妳祖父與祖母不必掛心京州這邊。」張吉似乎不知道李氏的打算，也不知道她與阮慕陽之間的矛盾。

「父親放心。」阮慕陽笑了笑又看向李氏道，「母親千萬要保重身子，免得我們這些小輩在上京擔心。」

李氏不語。

阮慕陽又看向鄭姝道：「這些日子辛苦表妹了。」

「表嫂客氣了，照顧姨母是我應該的。」鄭姝笑得有幾分勉強。

「哪裡是應該的。」阮慕陽道，「這些本該是我與大嫂做兒媳的做的事。」她話中有話，就是想讓鄭姝知道，她與他們不是一家人。

鄭姝再也笑不出來了，那雙彷彿含著水一樣的眼睛裡帶著恨意與不甘。

「告辭。」阮慕陽登上了馬車。

終於能回上京了，點翠有些激動：「夫人，咱們終於能回去了。」

「是啊，終於要回去了。」阮慕陽的聲音伴隨著馬車車輪的聲音，顯得格外柔軟。

從上京到京州和在京州的時候都發生了不大不小的事情。她忽然想起了先前碰到的尹濟，不知道他是在同父異母的兄弟的暗算下死了，還是有幸活了下來。

「路上還有在京州時發生的事情都不要說出去。」阮慕陽提醒道，「這次來京州很順利。」

不管是路上遇到的尹濟，還是在李氏身邊照料的鄭姝，她都不打算告訴別人。

尤其是鄭姝，她不想讓張安夷知道。

第三十二章　從此，平步青雲

終於回到了上京。

一到張府，阮慕陽去拜見了老夫人，將李氏身體好起來的事情告訴了她，然後又象徵性地去看了看王氏。

已經有身孕三個月了，王氏的肚子已經顯了出來。

阮慕陽也得到了個好消息。張安夷由洛階舉薦給了聖上，擔任了《光華崇帝實錄》的纂修。能為先帝纂修實錄是一件非常榮耀的事情，他的《光華崇帝實錄》將傳閱後世，作為史料。

兩個多月未見，再次見到張安夷，瞧著他溫和地對自己笑著，阮慕陽覺得心中發軟。

「還未恭喜二爺。」

一別兩個多月，夫妻之間自然是繾綣極了。

張安夷撫摸著她的側臉，笑著道：「夫人像是瘦了些。路上可還順利？」他並沒有問起李氏的病情，想來也是知道李氏的身子好了阮慕陽才回來的。

感受著臉頰處輕柔的癢意，阮慕陽道：「自然是順利的。最近二爺在宮中可還一切順利？」

「自然。」

阮慕陽垂了垂眼。很快一場波瀾即將被掀起，如今朝堂上的寧靜只是最後的寧靜了。

「不知夫人在擔心什麼？」張安夷不知問的有心還是無意。

對上他那雙被笑意遮著，望不到眼底的眼睛，阮慕陽笑得越發動人：「沒什麼，就是去京州前眼皮總是跳，心裡還是不放心罷了。」

「夫人可曾想我？」已是到了歇息的時候，昏黃的燭火讓房中的氣氛旖旎了起來。

感覺到他慢慢靠近，手撫上了她的腰間，阮慕陽的身子緊繃了起來，有幾分羞赧地逃著他越來越熱的視線道：「自然是想的。」

大約是真的因為分別了太久，心中思念著他，在他的溫存之下，她的心防像是暫時卸了下來，柔軟的一塌糊塗。她鼓起了勇氣問：「二爺可曾想我？」

「可以讓夫人知道一下我有多想。」張安夷低低笑了一聲，隨後將她推倒在床上，俯身吻了下來。

唇齒交融，他極有耐心地逗弄著她的小舌，一雙手則在她身上一會兒重一會兒輕地揉著，讓她的身體慢慢回憶起往日的溫存，在他掌中熱起來。直到阮慕陽在他手中顫抖了起來，渾身潮紅，隱忍了許久的張安夷才扶著她的腰將她徹底貫穿。

想來他真的是想極了，像是要阮慕陽切身體會一下那種思念，弄得她哭了好幾回。

第二日，張安夷神清氣爽地起來進宮纂修《光華崇帝實錄》，而阮慕陽則渾身酸痛、看著自己身上的痕跡氣了良久，才起身去吩咐琺瑯與點翠將從京州帶回來的特產分給各個院子。

跟老夫人說過之後，阮慕陽分別向洛府與朱府送了一些。

恰逢洛鈺去隨著母親去了城外的寺中不在，阮慕陽便派人送去了。而朱夫人那裡，她親自去了趟朱府。

沒想到阮慕陽去了趟京州，帶了些東西回來還想著自己，朱夫人心中自然是高興極了，覺得阮慕陽不但知曉分寸，處理起事情來井井有條，心也寬，是個值得深交的人。

原先還在心底的一些成見徹底沒有了，她們也算是不打不相識。

「聽說張修撰前些日子擔任了《光華崇帝錄》的纂修，聽說那些入了內閣的閣老們原先在翰林的時候也都做過纂修，以後妳的日子要好來了。」朱夫人笑著道。

阮慕陽笑了笑。

是的，而且張安夷進入翰林不到半年便做了纂修，旁人基本上都要將近一年才有機會。

朱夫人又問：「我聽我們家老爺說兩淮一帶前些日子一直在下雨，差點淹了，妳路上好走嗎？」

「是碰上了大雨，走得有些艱難。」

「妳也不容易，一個侍郎家的小姐，以前沒出過上京吧？」

阮慕陽點了點頭，問：「想來朱夫人應該去過的地方多一些。」

「咱們不是上京人，自然是在上京外住過的。那也是從前的事了，自從我們老爺進了都察院，便每日忙忙碌碌，沒個消停的。」朱夫人說起這些有些感嘆。

「哦？朱大人最近也很忙嗎？」阮慕陽試探地問。

朱夫人性格潑辣，卻是個沒心機的：「是啊，尤其是這幾日，不知在於其他御史忙什麼，整日早出晚歸的。」

阮慕陽的心提了起來。

看到御史們要有動靜了。

從朱府回來後，老夫人稍微問了問情況，又對阮慕陽說：「妳也那些東西送去阮家。妳這一趟去京州一去就是兩個多月，妳爹娘怕也是記掛，回去看看吧。」

通常女子嫁出去後，若是無事是很好能往娘家跑的。跑多了婆家的人會介意。

阮慕陽本就打算著找個藉口回去的，如今老夫人這樣一說，她得了允許，便能回去了。她心下有幾分感慨，看著老夫人的目光也越來越親了，真的就像她祖母一般慈祥。「多謝祖母。」

阮慕陽特意挑在了阮中令休沐在家那日回了阮家。

趙氏見了她，差點心疼得抹眼淚。

嬌養在家，長這麼大連上京都沒出過，卻一下子獨自去了京州，怎麼能叫當母親的不心疼？

阮慕陽安慰道：「我這不是好好回來了嗎？」

「看著都瘦了。京州這麼遠，那陣子還下雨，不知道妳吃了多少苦。」趙氏問，「妳去了之後，妳婆婆對妳怎麼樣？她的病好些了嗎？」

趙氏知道侍疾是有多累人的。

阮慕陽不想讓趙氏擔心，便道：「我到的時候她的身子已經開始好轉了，還有旁人在幫襯著，我就每日早期去照顧照顧，還算輕鬆。」若是讓她知道李氏還給她安排了個鄭姝要帶回來，她怕是要更加擔心了。

李氏嘆了口氣道：「還好妳公婆常年在京州，妳們相處的時間少，見面總是客氣些的。」

客氣？阮慕陽不知道李氏若是不跟她客氣，會不會不經過她同意，直接把人送來上京。

「是啊，娘，我都回來了，您就別擔心了。」阮慕陽安慰了李氏好一陣後問，「父親此時可在書房？我有些事找他。」

李氏看了看她，知道阮慕陽心中想法多，便也沒問原因，只是道：「應該是在的，妳去吧。」

阮中令果然是在書房的。

「父親。」

「前些日子去京州可還順利？」阮中令照例是問了問阮慕陽去京州的事情，心中有些疑惑她單獨來找他。

阮家的子女，只有兩個兒子是他帶在身邊教的，女兒們都是由李氏約束著，他只是偶爾過問一下，是以他們平時話又很少。

大約說了一下京州的事情後，阮慕陽猶豫了一下，小心著自己的措辭低聲道：「父親，前幾天我去了趟朱府，從朱夫人口中聽說最近朱大人他們似乎在忙著什麼，要檢舉六部的人。」

阮中令身為工部右侍郎，與六部脫不開干係，立即皺起了眉：「哦？可有說什麼事？」

「不是特別清楚，不過隱約聽朱夫人提起了齊有光這個名字。」

齊有光是戶部侍郎。

聽到這個名字，阮中令似乎立即想起了什麼，面色變得凝重了起來。

書房透著一股嚴肅的氛圍。

阮慕陽看著阮中令的反應，發現他果然是知道內幕的。

畢竟六部休戚相關，同氣連枝的不少。

阮家上一世便栽在這場風波裡，此時終於有機會改變，阮慕陽的心狂跳了起來，手心不由地冒出了汗。這場風波開始時大家遠沒有想到後續會發酵得那麼一發不可收拾，六部將近一半的官員都被殺了。

怕阮中令小看了這件事，她隱晦地提醒道：「父親，以聖上的性格，再想想以前發生過的事，若是茲事體大，聖上必然徹查到底——」

為了緩解心中的緊張，她深吸了一口氣繼續道：「事關六部，若是聖上徹查到底，恐怕波及甚廣。」

阮慕陽的話讓阮中令想起了八年前因為一樁貪污案，朝中大臣人人自危，過了今日恐活不過明日的情景。

阮慕陽看著阮中令晦暗不明的神色說：「父親應當早做打算。」

她的聲音不大，亦沒有男子談起朝政時那種凝重之感，她的聲音裡帶著女子才有的嬌軟，極為平靜的語氣讓人無端感覺到了幾分肅殺。

她的一詞一句都敲在了阮中令心上，迴盪之大，久久不能平息。

「父親是不是知道些什麼？」阮慕陽看著他的神色小心地提醒說，「若是父親知道什麼，何不暗中檢舉，換以自保？」

阮慕陽的話讓阮中令嚇了一跳，忽然問：「可是張安夷在宮中聽說了什麼？」

他自然不會覺得這些是一個在後宅的婦人會知道的，更不覺得一個婦人能想這麼多，甚至給他提醒。

或許以張安夷的名義，她的話才更有分量，不會讓他輕視。

阮慕陽沒有否認，只是一字一句更加有力：「父親，若真的茲事體大，還請早做打算。而且曾經能勸著聖上的皇后娘娘重病，臥床不起，到時候怕是誰都控制不了局面的。」

實際上，皇后娘娘將在事情發生後不久去世。武帝與皇后伉儷情深，對皇后十分尊敬，皇后的離世亦讓他心中悲痛，戾氣更重。

皇后仁慈心善，每每武帝要殺大臣，她便會出面阻止。這些年被皇后保下來的肱股之臣不在少數。皇后離世後，武帝將變得更加嗜殺多疑，再也沒有人能阻止。武帝晚年的血雨腥風便是在皇后離世後拉開序幕。

見阮中令沉默不語，神色越來越凝重，阮慕陽深吸了一口氣，說出了最後要說，也是最嚴重的話：「畢竟，不小心便會被連累，甚至滿門抄斬。」

滿門抄斬。

這四個字太重了。

阮中令在朝廷有些年頭了，也見過不少同僚被殺，從阮慕陽口中出來的這四個字驚得他一身冷汗，後頸發涼。畢竟伴君如伴虎，尤其是在武帝身邊。

然而阮慕陽並不是危言聳聽，上一世，阮家便是這個下場。

除了身為永安王妃的自己，其餘，滿門抄斬。

一個不留。

而那時候的她，毫無辦法，只能看著親人一個個人頭落地。

如今在書房將這一番話說出來，不僅阮中令聽得心中狂跳，阮慕陽亦是如此。除了緊張和恐懼之外，她覺得自己的身上的血液也跟著熱了起來，灼得額頭和脊背都冒出了汗，心中像有什麼在激蕩，即將噴薄而出。

她有機會重來一次，必不能讓阮家重蹈覆轍！

有她在，她的父母，她的兄長與姐姐，還有阮家上下，都會過得很好，從此，平步青雲！

從阮中令書房出來後，感覺到了外面的陽光，阮慕陽心中舒了口氣。

七月的太陽仍是有些毒的，她此時卻覺得身上被照得很暖，剛剛好。

在準備去向趙氏告辭的時候，阮慕陽遇上了黃氏與阮慕汐。

「四小姐回來了。」黃氏臉上帶著假笑。

如今阮慕陽是狀元夫人，無人再敢笑話她一個嫡女低嫁。

阮慕汐眼中帶著恨意，似乎與她有深仇大恨一般。

阮慕陽看在眼裡，挺直了脊背勾了勾唇。身為姨娘和庶女，還心術不正，註定是要被她踩在腳下無法翻身的。

在上一世的這個時候，阮慕汐早就與阮中令的上司、工部尚書家的庶子珠胎暗結。阮中令發現後大怒，覺得面上無光，草草將她送去了工部尚書家給人做妾，對她再也不聞不問。

本來就是庶女，現在變成了庶子的妾室。若不是她心術不正，憑著侍郎小姐的身分，也能與楚氏的兩個女兒一樣嫁個嫡出的，去做當家主母。

在即將到來的風波之中，工部尚書亦被牽連其中。

這樣說來，阮慕陽陰差陽錯還救了她一命。

「五妹妹今日看起來氣色極好，像是會有喜事發生。」阮慕陽的笑容裡暗含指意，「原先說替妹妹相看親事，如今我已有些眉目了。」

阮慕汐一下子被刺激到了：「我不要！我的親事，憑什麼聽妳的？阮慕陽！妳算什麼東西？」黃氏在一旁愣是沒拉住她，臉色極差。

阮慕陽好笑地看著她：「五妹妹要耍賴？」

隨後，她話鋒一轉，聲音裡帶上了幾分冷然，嘲弄地說道：「如今我的身分，要給妳指一門親事還難嗎？我勸五妹妹還是莫要頂撞我。」

阮慕汐氣得緊緊握著拳，死死地等著她：「阮慕陽，妳還要不要臉？搶了我的夫婿，現在還想害我？」

她的話音剛落，黃氏狠狠地打了她一巴掌，皺著眉道：「還不住嘴！」

阮慕汐捂著嘴巴，眼中出現了淚水，委屈極了。

「黃姨娘，五妹妹這般口無遮攔的需要好好管管，不然日後嫁人了是要吃虧的。」阮慕陽挺直了脊背，高高上上的模樣讓人不敢直視。

她如今就是要告訴她們，嫡庶有別！

從阮家回來後，阮慕陽看似在平靜地過日子，實則每一日都在等待。

父親對她的話已經足夠重視，她也提示了可以透過暗中檢舉擺脫干係，相信她的父親能一步一步到工部侍郎，必然是知曉輕重懂得分寸的。

暗中檢舉這個辦法是阮慕陽想了許久才想到來的最保險的辦法。

阮慕陽自京州回來後便四處走動著，在旁人看來不過是一些人家的來往，但是卻被兩個人看在了眼中。

其中一個便是整日盯著她，要抓她紅杏出牆證據的張安玉。

「二嫂，這是朱夫人託我帶給妳的。」張安玉鮮少來穿雲院，即便是來了也是一副極為瞧不上的樣子，尤其是對著阮慕陽。

他拿來的是朱夫人自己做的一些糕點。那時候正巧他去找朱少時玩，朱夫人便叫他帶了回來。

「有勞四弟了。」阮慕陽已然習慣了他嘲弄的樣子，也不放在心上說，「聽說二嬸愛吃糕點，四弟拿一些回去給二嬸吧。」

張安玉冷哼了一聲算是答應了。

隨後，他又打量著阮慕陽道：「沒想到以二嫂的性子，竟然與朱夫人走得這樣近了。」他話中有話。

有時候，只要以惡意的眼光去看一個人，那麼她做什麼都是動機不純的。

顯然張安玉便是這樣看阮慕陽的。

阮慕陽心中動了動，笑著道：「四弟將朱小公子的腿打斷了，如今朱小公子不還是不計前嫌，與四弟玩著嗎？」她不去解釋，而以一種巧妙的方式把話推到了他身上。

聽出了她話中暗諷自己將人腿打斷的事情，張安玉心中憤怒，冷哼了一聲：「我不與妳這樣的女人計較。」

看著張安玉離開，點翠一臉疑惑地說：「四少爺為何總是這樣針對夫人？」

阮慕陽勾了勾唇：「大約是因為這個年紀的少年都是刺蝟吧，興許等再過個幾年，他長大了就好了。」

平靜的日子下，暗潮慢慢湧動了起來。朝中官員似乎也嗅到了一絲危險的味道，紛紛小心了起來。

直到一日，張安夷在平日應該到家的時候沒有回，到了夜裡依舊沒有從宮中回來，阮慕陽便知道武帝晚年的腥風血雨終於要開始了。

八月初二震驚朝野的齊有光案終於爆發。

都察院御史朱大人、王大人、徐大人等一同告發山東布政使司洪亮德等與戶部侍郎齊有光合謀貪污，私分了臨沂、菏澤等府的賦稅，私分了湘西的秋糧，還在徵收賦稅的時候巧立名目，徵收車腳錢、口食錢、庫子錢等，前後與同黨貪污了一千二百多萬石糧食，相當於大半個國庫！

武帝震怒，下令徹查此案，一個同黨都不放過。

朝中上下人心惶惶。

這一夜，阮慕陽等到天快亮，張安夷才回來。

「是二爺回來了嗎？」

以為阮慕陽是被吵醒了，張安夷帶著一身的疲憊走到床前撫了撫她的臉頰道：「吵醒夫人了。」

他不知道阮慕陽是一夜未睡，睡不著。

「二爺怎麼回來得這麼晚？」看著張安夷下巴上出現的青色鬍渣，阮慕陽有幾分心疼。

「朝中發生了大事。」張安夷一邊脫下自己衣服一邊道，「我回來洗漱一番，換身衣服便要回宮中了。」

他的語氣裡難得的帶了幾分凝重。

阮慕陽立即從床上起來，服侍他更衣。

她體貼極了，什麼都不問，動作輕柔得幫他緩解乏意。她不問，既是因為已然知道發生了什麼，也是因為看到他累極了，不忍心再讓他煩神。

重新洗漱一番後，除了神色中有些疲憊外，張安夷又是一副清俊的模樣。

「時候還早，夫人再睡會兒吧。」看著阮慕陽躺在，在她額上落下了一個吻後，張安夷看了看她，眼中閃過一絲難明的意味，轉身離開了。

接下來幾日，註定京中大半的人無法入眠。

事關六部，齊有光案由都察院及大理寺負責。

經過徹查，竟然發現六部許多官員都與齊有光私下有往來，恐都是他的同黨。

當初御史們檢舉齊有光時並未想到竟然牽連了這麼多人。

大理寺與都察院的人發現茲事體大，立即彙報給了武帝。得來的只有武帝一句含著冷意的話。殺，全殺，一個都不准放過。

大理寺卿與都御史害怕被遷怒，不敢懈怠，勒令下面的人狠狠地查。

於是，兵部尚書、刑部侍郎、工部尚書等，六部官員有將近一半入獄待審。

阮慕陽每日在穿雲院，白日裡讓寒食去阮府打探消息，晚上不動聲色地自張安夷那一處得到事情最新的進展。即便早就料及，她依然覺得驚心動魄。

然而，事情還不會就此平息。

張安夷每日回來便見到阮慕陽神色凝重，欲言又止地向他打探消息。想到阮中令也在六部，便每日向她透露一些。

工部尚書被聖上下令處斬這晚，張安夷回來之後安慰道：「放心，妳父親那裡沒事。」

說到這裡，他驀然想起了前些日子阮慕陽毫無由來的擔憂，目光一下子深了起來，不動聲色地帶著幾分探究。

整個工部幾乎全軍覆沒，唯獨侍郎阮中令相安無事。確實有些奇怪。

張安夷一向是極細心的人。

得知阮家無事，阮慕陽心中鬆了口氣。

上一世，工部尚書被查，整個工部自尚書到員外郎，幾乎全軍覆沒。這一世，好在無事。

也是直到最近阮慕陽才想明白她父親明明是謝昭的舅舅，卻被謝昭誣陷暗害的原因。謝昭狼子野心，而她父親卻始終對他約束著，讓他難以施展，即便是舅舅，也終究觸怒了謝昭，成了他的束縛和絆腳石。

因為查得厲害，查到官員大理寺便用刑讓招出同夥，將同僚供出來的官員不計其數，阮中令那暗中的檢舉告發以及事後的極為合作的態度便顯得沒有那麼突兀了。

「我父親沒事就好。」阮慕陽抬眼，對上了張安夷的眼睛，捕捉到了他眼中的一絲探究，心下有些緊張，「二爺在看什麼？」

只是瞬間，張安夷眼中便被溫和的笑意填滿，說道：「自然是在看夫人，天生麗質。」

阮慕陽的臉紅了紅，壓下心中無端冒出來的心虛與愧疚。

她縱然是有事瞞著他，他又何嘗沒有事瞞著她？比如沈未之事。

費盡心機嫁給了他，她心中原本就帶著愧疚，想要在能大仇得報的情況下好好補償他，如今心中又生出了點別的出來，更不想將他拖下水，卻也因為他的那份高深以及自成親開始便沒由來的對她好，她始終看不透他，覺得不太真實。

八月初十，又是個會被載入史冊的日子。

皇后薨。

武帝傷心不已，追加皇后錢氏為孝靜貞惠溫穆任和佐天聖顯皇后，諡號孝靜皇后。

從少年夫妻到如今，武帝與孝靜皇后一起走了過幾十個年頭。即便後宮嬪妃那麼多，武帝對她始終存著幾分敬重與掛念。也唯獨孝靜皇后敢勸武帝，敢從他刀下救人。

「恭送孝靜貞惠溫穆任和佐天聖顯皇后殯天！」舉國悲痛一代賢后的離世。

阮慕陽知道，更加厲害的腥風血雨即將來了。

因為孝靜皇后殯天，大臣與皇子服喪，齊有光案被擱置了一個月。

本以為這件事會就此平息，可誰知一個月後，武帝便下令將原先入獄的六部官員統統處斬。

武帝變得比原先更加嗜殺，連敢阻止的人都沒有了，朝中上下人心惶惶。

他下令大理寺與都察院繼續徹查，不放過任何一個漏網之魚。

再往下查，地方的經辦官員、各個府縣以及府縣再往下，被查到的也都被殺了。

涉及此案被殺的大大小小官員，達到上百之多。這其中罪有應得的有，被冤殺的也不少。一直藏在暗處不顯山露水的謝昭趁著這個時候與徐厚合謀誣陷了許多官員，清除了很多障礙。而這些大多是洛階的勢力。

洛階自然也不是吃素的，後來就變成了兩個權臣之間的較量，皆是損兵折將。

這還不是全部，經大理寺徹查，兵部尚書與永靖王謝昕一直暗中有來往。這件事更加是觸及到了武帝的逆鱗。

一個手中握著兵權的皇子，還要那麼多錢，除了養人員還能做什麼？

分明是野心勃勃！意圖謀反！

被軟禁在府中的永靖王被武帝招入宮中。

從一個貪污案變成了謀反案，這是那些原先檢舉齊有光的人沒有想到的。朝中大臣提心吊膽，就連上京的茶館客棧都高掛四個大字——勿談國事。

然而在穿雲院之中，阮慕陽卻與張安夷經常聊起國事。不知是有意還是無意，張安夷整日都會從宮中帶回些消息來給她。

剛好都是阮慕陽想聽的。

朝中官員被殺了不少，就連內閣中也有一位被查出與齊有光有干係，被武帝下令處斬。

內閣空缺，又是多事之時，在翰林院當修撰的張安夷便被調去了文淵閣幫忙擬寫聖旨以及奏摺。雖未得聖上正式冊封，卻已經隱隱有了要進內閣的趨勢。

進了文淵閣便相當於成了聖上身邊的近臣，知曉的消息自然是不會少的。

「二爺，你說永靖王真的意圖謀反嗎？」隔牆有耳，阮慕陽問得聲音很低。

上一世，永靖王謀反之事被坐實，可是她知道其中有謝昭在動手腳，不知道謀反之事是確有其事還是被誣陷。

倚在床頭，神色中帶著疲憊的張安夷看向她，反將問題拋給了她：「夫人以為呢？」

朝中動盪，聖旨一道接著一道。張安夷剛入內閣，這些自然就是他的工作。這些日子他是累極了。

這些日子，阮慕陽越來越緊張。因為她察覺到了張安夷有意無意地引導她說話，而她因為想知道，偏偏又不能不說，自己好像正在慢慢落入他所編織的網中，隨著時間，終將無所遁形。

這讓她感覺很不安。

「二爺怎麼問起我了？我一個後宅的婦人知道什麼？」阮慕陽不動聲色地把問題推了回去。

張安夷溫和的目光在燭火下泛著暖意，彷彿將眼前人捧在了心尖上一般。

「這些日子我發現夫人對朝中之事十分感興趣。」說到這裡，他頓了頓，看著阮慕陽有些緊張的樣子又道，「卻也頗有見解。」

他誇讚的語氣中帶著嬌慣讓阮慕陽覺得這像是夫妻之間的繾綣：「我在家讀書時便不如幾個姐妹，如今像是終於找到些長處了。」

張安夷笑了笑，像是對她這番話很是贊同，隨後語氣慢慢嚴肅了起來：「永靖王之事出的蹊蹺，不知其中真假，但肯定有推波助瀾之人。」

「二爺以為是誰？」阮慕陽的心提了起來。

「太子承了孝靜皇后的仁慈心善，不會做出這樣的事。能從這件事中得到好處的，唯獨其他幾位王爺了。」說到這裡，張安夷的話語變得隱晦了起來，「想必夫人也想到了。」

竟然被他看出來了。阮慕陽的心狂跳了起來，卻也不遮遮掩掩了：「那二爺認為，永安王此人如何？」

先前回門，以及後來的入宮，謝昭對阮慕陽存了如何的心思他們夫妻二人皆心中有數，卻又無法把事情拿到檯面上來說。

「永安王此人……」張安夷眼中的笑意慢慢慢慢化為風雲湧起，深邃得看不清，「心狠手辣，隱藏甚深。但如今太子體弱，永靖王再無翻身之時，縱觀其他皇子，唯獨剩他了。若是為君，還未可知。」

若是為君，還未可知？

如此說來，若是謝昭適合為君，為了天下，為了江山，他會認謝昭做君王？

如果她偏偏要讓他死呢？

阮慕陽垂下了眼，心中發涼，因此也錯過了張安夷提起謝昭時眼中閃過的冷意。

第三十三章　找個機會殺了她

隨著永靖王及其親信被聖上賜死，持續了三月有餘的齊有光案漸漸平息了下來。

朝中大臣被殺了許多，整個光華元氣大傷。

平息之後便是休整，填補各個空缺的職位。此時亦成了兩大權臣洛階與徐厚的較量。朝中大臣重新洗牌，兩人皆是損兵折將，接下來比的就是誰能把更多的門生與親信提上來了。

所以這場風波雖然讓許多官員落馬，卻也成了一些一向默默無聞的官員的機會。

這一次被提拔上來的官員中，許多便成了武帝晚年腥風血雨的中心人物。

翰林院修撰張安夷填補空缺，正式入文淵閣，依舊擔任《光華崇帝實錄》的纂修。內閣大臣共六人，以洛階徐厚並為宰輔，張安夷在其中資歷最淺，卻因為齊有光案的機緣巧合，成了光華最年輕的閣老。

原先他在翰林院所負責的事務由庶起士沈未接手。

原工部右侍郎阮中令升為工部尚書，正二品。

而原先從永靖王手中收回，一直握在武帝手中的兵權亦被分給了幾個皇子。比起外人，武帝仍然更相信自己的兒子，只不過永靖王之事讓他心有餘悸，皇子們只有調兵之權，卻無權統兵。幾位皇子中，又以謝昭最受重用。

這也是謝昭狼子野心的開始。

所有在齊有光案中活下來的官員皆相當於劫後餘生，慶幸萬分，又因為國喪期間，禁止民間娛樂、大肆宴請，世家官家的後宅便興起了去上香祈福、感恩佛祖保佑之風。

阮中令不僅躲過大劫，還升了兵部尚書，趙氏自然是要去上香的。恰逢阮慕陽亦有去上香的打算，便與趙氏約了同一日去上京外的平海寺上香。

早上臨出府前，阮慕陽特意去見了一下老夫人。

「是該去的。已經是十一月了，一到寒天我的腿腳就不好，妳大嫂王氏又有身孕，行動不便，只能妳去了。」老夫人對阮慕陽去上香之事自是十分贊同。

阮慕陽道：「祖母放心，孫媳會替祖母向佛祖上一炷香，保佑張家平安。」

老夫人心下滿意。

從老夫人處出來後，阮慕陽便帶著點翠、琺瑯還有寒食出府了。

可是到了平海寺，她除了見到趙氏之外，還見到了一個意料之外的人——阮慕汐。

「四姐姐。」阮慕汐笑得格外俏麗。

見趙氏沉著一張臉，並不想帶她，顯然是她纏著要來的，阮慕陽語氣冷淡地問：「妳怎麼來了？」

阮慕汐道：「母親來為父親與阮家祈福，我身為女兒，自然要盡孝心的。」

阮慕陽知道自己母親身為主母，雖然黃氏和阮慕汐囂張，定不會被她們拿捏著帶阮慕汐過來，唯一的可能便是她求到了父親阮中令那裡。

「五妹妹倒是有孝心。」阮慕陽勾了勾唇道，「也是，五妹妹來年便要嫁人了，盡孝的機會不多了，是該珍惜珍惜。」

此話一出，阮慕汐臉上的笑凝了凝，不再說話了。

如今阮慕陽不再只是阮家的嫡出四小姐，也不是簡單的低嫁入張家、張解元的夫人，而是以整個光華國最年輕的年紀入內閣的張安夷的夫人，若是尊敬一些，如今該叫她一聲「閣老夫人」了。

這讓阮慕汐越來越感覺到兩人之間的距離，似乎任她如何，都不能再影響到她了，自己拚盡全力去折騰，最後可能只換來她皺一下眉。這讓她感覺到深深的無力感和對將來的絕望。

她將永遠壓著她。

如今民間禁止娛樂，寺廟倒是成了最熱鬧的地方了。

好在平海寺在上京之外，比起在上京之中的皇覺寺，清淨了不少。

進入大殿之中，看著地上映出的影子，阮慕陽心中生出一股肅穆之感。

她們三人各執一炷香，在佛前跪了下來。

阮慕陽原先一心只想保護阮家，報仇雪恨。如今阮家保下了，只剩報仇，她心中卻生出了別的想法。

從前，她想著為了報仇，只要不牽連家中，可以把自己搭進去，只要謝昭死了，自己死也無妨。可是現在，她不但想要報仇，還想保全自己，好好過將來的日子。

會不會太貪心了？

大殿外，三個皆是十五六歲模樣、衣著不凡的少年走過。

其中一人停下了腳步，看了看大殿之中道：「張四，那不是你二嫂嗎？」

張安玉看過去，只見一個纖細的身影虔誠地跪在佛祖腳下，安靜地祈求著什麼，脊背挺得筆直。空曠寧靜的大殿之中，女子的身影被襯托的更為嬌弱，卻又因為挺直的脊背瞧著堅定有力極了，彷彿什麼都不會把她壓垮一樣。

難得沒有帶著惡意，張安玉的眸光動了動，隨後移開道：「什麼我二嫂，你看錯了。」

朱少時一臉莫名：「我看著就是啊。」

「盯著人家女子看，你想什麼呢？不怕你爹娘發現揍你？」說著，張安玉拉著朱少時離開了。

替老夫人也上了香，替張家祈福後，阮慕陽離開了大殿。

上完香，趙氏去求籤，找方丈解籤，而她是不信的。

求了如何？

若是上上籤還好，若是下下籤呢？

她這一世本本就是來報仇和改變命運的，即便是下下籤，她也要給改了。

不論如何，都將是上上籤！

從大殿出來，阮慕陽的心緒不知為何久久不能平靜，便想起了寺中的靜心池邊坐坐。傳聞曾有高僧在池邊參透了佛法，修成正道。

「夫人，我去給妳拿披風。」琺瑯道。

因著水氣重，靜心池旁要更冷些，是以也沒什麼人。

阮慕陽點了點頭。

「四姐姐。」

聽到阮慕汐的聲音，阮慕陽皺了皺眉。

她跟過來幹什麼？

像是沒有意識到阮慕陽的不喜，阮慕汐笑著走到了她身旁，與她並肩看著靜心池幽綠的水面問：「四姐姐方才許了什麼願？」

阮慕陽自然是不會搭理她的。

阮慕汐自顧自地道：「我許的是這一世嫁的良人。將欺負過我、看不起我的人都踩在腳下。」這番話的意味再明顯不過，說話時，她眼中閃過冷意與堅定。

「說來，妹妹的良人我已經物色好了。等明年國喪過了，母親便會讓人去說媒。」阮慕陽笑了笑，似乎覺得她這番話好笑極了。

被欺負？被看不起？

還不是她自己找的。

她嘲弄的樣子更是惹怒了阮慕汐。

她能給她安排什麼好的親事？她彷彿看到了自己未來淒苦絕望的樣子。她恨極了阮慕陽，若是親事真的要被她拿捏在手上，她恨不得去死，跟她一起死！

阮慕陽替她物色的這門親事說來也不是很差。

對方是跟張安夷一同參加會試的學子，會試榜上有名，去了太常寺任太常寺協律郎，正八品。此人家中不富裕，卻意志堅韌，為人有想法，與母親相依為命終於熬出了頭。她母親一個寡婦能把兒子帶大，讓他讀書，參加科舉自然也是個厲害的角色，心卻不壞。

阮慕汐以工部尚書家的庶女嫁過去，也算是低嫁，若是安安分分過日子，他們母子兩人也不會虧待她，而若她還像如今這般心術不正，怕是有得苦頭吃了。

去拿披風的琺瑯還未回來，靜心池邊的風吹得讓人有些冷。

阮慕陽無心在與阮慕汐多言，轉身正要叫點翠一道回去，忽然腳下被絆了下失去了平衡。

她下意識地去抓旁邊的阮慕汐，卻被她反手一推。

看到她臉上露出的幾近瘋狂的笑容，阮慕陽意識到是她推了自己。

「夫人！」點翠驚叫著撲過來，可是來不及了。

電光火石之間，阮慕陽最先想到的便是不能便宜了阮慕汐，要將她一同拉下水，可是沒有拉到。

身子頓時墜入了冰冷的池水之中，此時阮慕陽心中只有一個想法。她這一世與水八字不合，已經第二回落水了。

點翠被嚇懵了，趴在池邊說道：「夫人不會水！快來人啊！快來人啊！」

見沒有人來，點翠正準備自己跳下去，忽然身旁閃過一個身影，跳入了水中。

冰涼的池水灌入口鼻，阮慕陽的身子上像是掛了鉛一樣，任她怎麼掙扎都浮不上水面。刺骨的寒冷讓她的手腳慢慢僵硬了起來，動不了了。

就在她慢慢沉入池底，即將失去意識的時候，倏地腰上多出了一隻手將她托了起來，帶著她游向水面。

隨著離水面越來越近，借著天光，阮慕陽終於看清楚了救自己的人。她勾起唇笑了笑，想開口，胸腔中劇烈的疼痛與窒息感襲來，讓她失去了意識。

那兩個字到了嘴邊沒叫出來。

拿著披風回來的琺瑯看到點翠趴在池邊望著池水哭，嚇了一跳：「夫人呢？怎麼回事？」

點翠含著眼淚，憤恨地看了眼站在一旁的阮慕汐。

阮慕汐一臉委屈地說：「點翠，妳可別血口噴人。四姐姐她不知為何腳下絆了一下，我伸手去拉她沒拉住，險些還被她一同拉進了池子裡。」

就在這時，水面忽然劇烈變化了起來，隨後，一個人浮上了水面，掀起了巨大的水花。

點翠與琺瑯臉上露出了喜色：「四少爺！」

不錯，下水救人的正是張安玉。

無意走到這裡，正好聽到阮慕汐在問阮慕陽方才許的什麼願，他便停了下來，誰知便發生了後來的事情。

在點翠與琺瑯的幫助下，張安玉將阮慕陽拖上了岸，交到了她們手中。

琺瑯立即將取來的披風包在了阮慕陽的身上。見阮慕陽的臉被凍得發青，一點知覺也沒有，點翠紅著眼睛不停地叫道：「夫人、夫人！」

張安玉看著一動不動的阮慕陽，神色難辨，道：「掐她人中，使勁拍她的背。」他此時也是狼狽極了，渾身溼透，不停地在往下滴水。十一月的天已經很是凍人了，可他卻像沒有感覺一樣，只是看著阮慕陽。

終於，阮慕陽動了動，吐出了水。

張安玉暗暗鬆了口氣，對點翠琺瑯道：「妳們將她帶去廂房之中，不要聲張。我派人去知會阮夫人。」他像換了一個人一樣。

平日裡的混世魔王也有不胡鬧的時候，且考慮周到。被嚇得還沒回過神的點翠與琺瑯自然是照著他的話辦的。

吩咐完之後，張安玉看向了一旁神色難明，面色難看的阮慕汐，勾起了慣有的懶散的笑容，朝她走了過去。

張安玉眼中的惡劣與冷意讓阮慕汐心生害怕，覺得他什麼事都能做出來，不由地慌張了起來，一點點後退道：「張安玉，你想幹什麼？四姐姐她是自己掉下去的。」

在混世魔王面前，阮慕汐身邊那兩個丫鬟自然是不夠膽的，光被他看一眼便腿都軟了。

「妳真當我是瞎的？」張安玉邪氣地笑了笑，走到阮慕汐面前，忽然一腳踹在了她的小腹上，將她踹飛跌倒在地。

阮慕汐抱著肚子，極為狼狽地躺在地上。她覺得羞恥極了，卻疼得起不來，只能任著他居高臨下。

張安玉眼中沒有一絲憐香惜玉之色，目光更加冰冷。渾身溼透的樣子讓他看起來多了幾分狠意，更像是什麼都做得出來的混世魔王了。他不屑地說道：「這是爺第一次打女人。我張家的人豈是妳區區一個庶女能暗算的？好大的膽子！若是再有下次，我就將妳綁上石塊，丟進那池子裡！」

說罷，他看了眼在琺瑯懷中的阮慕陽，對點翠與琺瑯說了聲「好好照顧二嫂」便離開了。

正在方丈聊天的趙氏忽然得到了一個面生的小廝的消息說阮慕陽出事了，心中疑惑。待到了廂房看到臉色青白的阮慕陽，她嚇了一跳。

「怎麼回事！」

點翠紅著眼睛道：「夫人，是五小姐幹的！」

阮慕陽裹著披風，凍得渾身發抖，渾身無力，心中冰冷極了。

阮慕汐是要她死，那就別怪她狠了。

另一邊，朱少時與顧軒看見才出去一會兒就渾身溼透、陰著一張臉回來的張安玉，都是嚇了一跳。顧軒是光祿寺少卿顧大人的兒子，也是土生土長的上京公子哥，整日與張安玉一道胡混。

「張四，你去游泳了？」朱少時問。

能跟張安玉玩的好的，嘴自然都是損的。

「閉嘴。」

朱少時與顧軒是了解張安玉的，見他的表情自然知道這時候的他惹不得，便訕訕地閉嘴了。

在福生的伺候下，張安玉在寺中的廂房裡換了身乾衣服。

待他換好衣服出來，有哪家的夫人還是小姐在靜心池落水的消息也傳了出來，卻沒有說是誰。

朱少時和顧軒立即聯想到了張安玉一身溼透回來的情景，曖昧地笑了起來。顧軒擠眉弄眼地說：「張四，原來你是去英雄救美了啊。人家小姐被你救了就沒有以身相許？」

「如果人家是夫人呢？」朱少時在一旁補充。

隨後，兩人一起感嘆了起來：「若是夫人，便可惜了。」

張安玉冷著一張臉不語。

出來上香出了這種事，趙氏自然是氣極，不會放過阮慕汐，當即便派婆子將她看管了起來，帶回阮家處置。

阮慕陽換了身乾衣服後，也匆匆回了張府。

畢竟在外落水於名聲不好，也怕老夫人擔心，阮慕陽便吩咐點翠與琺瑯不要驚動老夫人，直接回了穿雲院。

回去之後，阮慕陽洗了個熱水，終於覺得身上能動了，但是還是虛的厲害。

晚上，張安夷從宮中回來，便看到阮慕陽虛弱地躺在床上的樣子。

「怎麼回事？」他叫來了點翠，聲音較往日有些冷。

點翠無端地覺得心中慌張了起來，低著頭道：「二爺，夫人今日去平海寺上香，落水了。」

聽見動靜，阮慕陽睜開了眼：「二爺回來了。」

張安夷走到床邊坐下，摸了摸她發白的臉，眼中帶著疼惜問：「怎麼會落水？」

點翠與琺瑯退下去，將房門關了上。

知道這件事瞞不過張安夷，阮慕陽便大致說了一下，包括最後被碰巧路過的張安玉所救。

因為虛弱，她的聲音不大，張安夷便安安靜靜地聽著。自打入了內閣後，他看起來便更加高深。長得是一副翩翩君子清俊的模樣，性格卻像是被歲月錘煉過一般，溫和得老成，像是即使泰山崩於前，他依舊是這副溫和的性子。

床頭的燭火下，他渾身似散發著淡淡的暖光，可那雙被笑意掩飾的眼底卻帶著冷意，漆黑的暗潮能把人吞沒，那種殘酷與漠然與他平日裡的樣子截然相反。

或許，這才是真的他。

「那還要多謝四弟。」

這次確實多虧了張安玉。在水中看見他的時候，阮慕陽很是意外。

只聽張安夷放慢了語速，聲音中帶著幾分難明的意味道：「夫人這個庶妹做的實在是過了些。」

「是啊。」阮慕陽垂了垂眼，掩去了眼中的狠意。她要阮慕汐在下半生每日都後悔今日不知天高地厚而做的一切。

隨後，她抬起眼，又是一副嫺靜溫柔的樣子。躺著的她看不清張安夷的表情，更看不到他眼底的殘酷，只能看到他唇邊一抹淺淺的弧度。

待阮慕陽在自己懷中睡著之後，張安夷將她放下，蓋好了被子然後走出了屋子。

月光下，負手而立的他讓人不敢直視。

「二爺有何吩咐？」莫見問。

「去盯著阮家的五小姐。」張安夷的聲音不大，隔了一會兒又補充道，「找個機會——殺了吧。」

殺了吧。

他悠遠的尾音消失在了青竹的搖曳聲之中，端的是一副清俊的模樣，自成風骨。

好在這一回落水沒有著涼，阮慕陽第二日便好些了。不過靜心池的池水實在太涼，她的手腳關節處隱隱有些發疼。

午後，阮慕陽叫來了寒食，低聲吩咐了他一些事情。

寒食是小廝，出去辦事方便，本身就機靈，再加上阮慕陽有意地培養，辦事已經十分可靠了。

她要讓阮慕汐後悔自己做的事。

借著天冷想調理身體的名義，阮慕陽請來了大夫看了看，開了些藥，也意外得知張安玉得了風寒。

事後從點翠口中得知張安玉將她救上來後還踹了阮慕汐一腳，踹得她爬不起來，阮慕陽覺得格外解氣，甚至覺得他這性子有時候也不錯。

對於這位小叔，她當真不知道怎麼辦。明明整日盯著她，認定她紅杏出牆，還說了很多難聽的話，轉眼卻跳進了冰冷的池水裡將她救了上來。

他的本性卻是不壞的。

張安玉的風寒多半是因為跳入池中救了她，阮慕陽心中存著愧疚，想去看看他，可是叔嫂需要避嫌，不方便去，便讓琺瑯以張安夷的名義送了些藥材和補品過去。至於道謝，只能等有機會了。

福生把收到的藥材和補品送到了臥床養病的張安玉面前。他一下子便猜到了這些東西到底是誰送的了。

福生見張安玉不語，以為他仍然記著當初朱夫人找上門來時挨了巴掌的事，又開始替阮慕陽說好話：「四少爺，您看穿雲院真是有心。雖說這些東西是二少爺讓人送的，但是若是二少夫人不願意，也送不過來啊。所以還是二少夫人心善、人好。」

張安玉最聽不得福生在自己面前說阮慕陽好話，慢慢皺起了眉，不耐煩地說：「怎麼那麼多話？」

他憋了一肚子的事兒沒辦法說，大冷天跳進池子裡救人，結果人家沒事，自己病了，被朱少時他們笑了好久，現在還要被身邊的小廝誤會小心眼記仇。

他張安玉從來沒這麼窩囊過。

越想越氣，越看福生越不順眼，張安玉看了眼還沒來得及送去洗的衣服，對福生說：「去，給我把衣服洗了。」

福生一臉委屈：「四少爺，這是丫鬟做的事啊。」

「爺叫你去！」

另一邊，阮家。

趙氏回去後便將阮慕汐關了起來，任黃氏怎麼鬧，都不放人。

黃氏哭著告到了阮中令面前。

趙氏等的就是她去告狀，在阮中令找來的時候說：「老爺可知她做了什麼事？那日去上香，她將慕陽推進了池子裡，差點淹死！如今張安夷入了內閣，是什麼身分了？張家沒找來要人已經不錯了，老爺覺得還要姑息？」

阮中令的神色凝重了起來：「她將慕陽推下了水？」

「還能有假？正巧有張家的人看見了。」趙氏心疼地說，「慕陽不會水，她把她推下去分明是要她死！」

一個嫡女和一個庶女孰輕孰重，尤其嫡女還成了閣老夫人，齊有光案之中還提醒了他，免得他受牽連，阮中令不至於糊塗至此。

「混帳！」阮中令狠狠地拍了下桌子說，「來人！請家法！」

阮中令不顧黃氏的哭喊，親自看著婆子動手打了阮慕汐十棍。

細皮嫩肉的阮慕汐哪裡經受得住？原本張安玉那一腳就踢得不輕，再加上十棍，一下子就暈過去了。

趙氏將阮慕汐被家法懲治的消息傳到了阮慕陽那裡。

阮慕陽看完面無表情。如今這樣還算是輕的，她要的是她下半生都在為這件事悔不當初，恨她卻再也沒有辦法。

表面上這件事就這樣過去了，阮慕陽不再提，張安夷也不再問。

實際上都各自有著想法。

休養了幾天後，阮慕陽發現自己真的除了關節有些發疼外並沒有什麼別的，比起風寒還未好的張安玉，幸運多了，心中對張安玉更是多了幾分愧疚。

琺瑯看阮慕陽關節不好，便想起來給她做兩副護膝。

阮慕陽想起張安夷每日早出晚歸，忙起來甚至要到深夜。尤其是在冬天，他穿得看起來極少，完全沒有旁人臃腫的樣子，依舊清俊，即便平日裡凍慣了，她還是不放心，怕他老了落下病根，便決定替他做兩副。

張安夷每日回來都見阮慕陽拿著針線在忙碌。直到幾日後，大概有了個樣子，他才看出來。

「夫人竟還這般心靈手巧。」

誰家的女子不會做女紅？聽出他語氣裡的揶揄，阮慕陽嬌俏地瞪了他一眼，放下了手中的東西替他脫下官服。

因著剛剛從外面回來，他的官服上還帶著涼意。

「二爺整日穿的少，便想著替二爺做兩副護膝，免得來日若下病根。」阮慕陽一邊說，一邊幫他換上了常服。

她準備收回去的手被張安夷握住，纖細的手腕不盈一握，手腕內側的肌膚更是細膩得讓人愛不釋手。「夫人有心了。」

阮慕陽臉紅了紅，任由她在自己手腕處摩挲。

「夫人，今日有個好消息告訴妳。」隨著阮慕陽的注意力被轉移，張安夷的另一隻手緩緩摟上了她的腰，「妳的兄長任了東城兵馬指揮司副指揮。」

東城兵馬指揮司副指揮，正七品。

阮慕陽聽後沉默不語。

「夫人不高興？」張安夷看著阮慕陽的神色問。

阮明華是她同父同母的嫡親哥哥，也是阮中令的嫡長子。

「怎麼會？自是高興極了。」阮慕陽回過神來，發現不知何時竟落在了他的懷中。一抬頭，呼吸相觸，一切發生的都是那麼自然。

「這兩日我回一趟娘家？」阮慕陽稍微後退了一些說。

張安夷又靠近了一些。鼻尖相觸，他勾起了唇：「好。」

感覺到腰上的手由摩挲慢慢變得強烈了，他手掌撫過的地方產生的酥麻沿著脊柱迅速蔓延，阮慕陽的身子先是緊繃了一下，隨後又軟了下來。

軟在了張安夷的懷中，緊貼著，漸漸地，阮慕陽感覺到了他身體某處起了變化，正抵著她的小腹。她紅著臉微微動了動想離得遠一些，卻被張安夷緊緊地按住。

「別動。」他將頭埋在她頸間，深吸著她身上淡淡的女兒香。

「還是國喪期間，你身為皇上身邊的近臣，不可胡來。」她的聲音裡帶著細細的喘息聲，即使極力抑制，依舊帶著媚意。

雖說國喪期間不得這樣做，但是這到底是夫妻之間夜裡的事，不為旁人知。是以民間遵守的極少。朝中大臣遵守的怕也是不多，但是若是國喪期間因此生子，是要被治罪的。

伴君如伴虎，尤其是身邊的近臣，多疑的武帝更是暗中派人調查。若是被發現了蛛絲馬跡，以武帝對孝靜皇后的尊重，必定會重罰。

張安夷到底是有所顧忌的。他無奈極了，重重地在她頸間嘆了口氣。

阮慕陽紅著臉，心中有幾分不忍心。他怕是憋得難受。

「那夫人幫幫我。」張安夷忽然抓住了阮慕陽的手，語氣裡帶著誘哄道，「這樣便不算了。」

國喪期間，心中存著幾分慌張，阮慕陽緊張極了。

而越是這樣緊張，便越是讓人臉紅心跳。

房中漸漸響起了壓抑的喘息之聲。

因為阮明華升任東城兵馬指揮司副指揮，阮慕陽向老夫人稟報了一聲便回了阮家。

阮慕陽從張安夷那裡知道消息的早，她回阮家之時調任的旨意還未下來，阮明華也不在家。她沒有等邀請便回來了，趙氏心中疑惑。

這次回來，她不是為了提前回來道喜，亦不是為了去看挨了十棍子的阮慕汐有多慘，而是為了去找阮中令。

阮慕陽算準了阮中令休沐的日子。

聽到阮慕陽找他，阮中令立即想起了上一次她找他時的情景。那一次，他躲掉了一次大浩劫！

是以他下意識地就認為朝中又將有事。

「父親可知哥哥升任東城兵馬指揮司副指揮？」阮慕陽問。

提起這件喜事，阮中令臉上出現了笑意：「旨意今天才下來，妳是聽安夷說的吧。」

阮慕陽臉上沒有欣喜。

因為五城兵馬指揮司總指揮如今是謝昭！阮明華能得到副指揮的位置，顯然與他有關！他是在拉攏阮家！

「如今除了太子之外，永安王在眾多皇子之中脫穎而出，父親可是看好永安王？」阮慕陽這句話的意思便是想問他是不是想站在謝昭那邊。

阮中令沒有否認。永安王是他的外甥，又替阮明華謀了個這樣的職位，他自然沒有不幫親人的道理。

「可有什麼不妥？」

自打齊有光一案之後，他便不敢小覷阮慕陽的話。

當然不妥！

謝昭原本是想害死他們一家的，如今只不過是看他升了工部尚書，想暫時拉攏一下罷了！等到來日謝昭羽翼豐滿，依舊是要將絆腳石踢掉的！

第三十四章　真正的他

阮慕陽無法將謝昭原本想要趁機剷除阮家的事說出來，即使說出來也沒有人會信。

她在心中斟酌了一番措辭道：「父親，如今永安王在眾多皇子中最受聖上看中，可是畢竟太子才是正統，是武帝與孝靜皇后的嫡長子。以武帝與孝靜皇后的敬重，定不會輕易改立太子。」

見阮中令在思量著自己的話，阮慕陽頓了頓，聲音更加鄭重：「若是聖上始終沒有改立太子的想法，那麼日後定然會替太子剷除障礙，而永安王定然是其中之一。」

阮中令心思飛快地動著，立即明白了阮慕陽的意思，不敢相信地道：「妳是說——恐永安王成為第二個永靖王？」

阮慕陽默認。

書房裡沉默了下來。

見阮中令已被自己說服，只是還有些猶豫，阮慕陽又補充說：「以聖上如今的性格，不是做不出來的。父親，不如先與永安王保持著一定距離地來往著，再觀望觀望？父親以為如何？」她以疑問的語氣結尾，口氣重帶著詢問，亦是顧著阮中令的面子。畢竟她只是個女子，語氣太強硬了也怕阮中令心仲介懷，適得其反。

阮中令在心中權衡了一番，點了點頭道：「妳說的有道理。」

隨即他問：「這是張安夷跟妳說的？」

總不能每次都是張安夷說的，總是借著他的名義，總有穿幫的一日。

「二爺平日裡會與我說一些朝堂上的事，是女兒自己琢磨出來的。畢竟他現在進了內閣，女兒不能什麼都不懂。先前戶部的案子，至今都是驚魂未定的，我心中擔憂。」阮慕陽小心地說。

「嗯。」阮中令贊同地說，「妳如今也算是閣老夫人了，日後他的前途無可限量，妳亦不該整日局限在後宅，是該懂一些了。」

阮慕陽溫順地點頭：「父親說的是，女兒謹遵教誨。」

自阮中令的書房中出來後，阮慕陽想起了挨了十棍子、據說當時半條命都去了的阮慕汐，決定去看看。

「五小姐被關在了哪兒？」她隨意叫住了一個下人問。

如今四小姐越來越風光，下人們自然不敢怠慢，毫不猶豫便說了。

被家法懲治後，阮中令將阮慕汐關在了廢棄的院子裡半月以示懲戒。如今算算，應該是最後幾日了。

阮慕陽帶著點翠與琺瑯走進了阮家廢棄的院子裡。滿地無人清掃的黃葉透著蕭條，無人打理、隨意生長的灌木與雜草已然凋零，只剩泛著蒼白的枝幹的顏色。

一身藕荷色襖裙的阮慕陽走了進來，讓這座被廢棄的院子重新有了亮眼的顏色。她彷彿腳下生蓮，走過之處皆因著她如今越來越端莊的氣質變得貴氣了起來。

而臉色蒼白，無人搭理的阮慕汐就這樣看著她走近，心中生出了一種這一世也無法翻身了的無力感。絕望極了。

「妳是來看我笑話的嗎？」身上的傷讓她的聲音裡再也沒有了往日的嬌俏和囂張，可是柔弱間又多了一些以前沒有的淒厲。

阮慕陽面上既無得意，亦無悲憫，語氣平靜地說：「妳沒什麼值得我看的。」只是螻蟻罷了。

「妳如今的下場皆因妳貪慕富貴，心術不正。妳可知，我原先替妳相看的人家是太常寺協律郎？我給了妳最後一次機會，可是妳非斷了自己的後路。」

阮慕汐聽著，忽然笑了起來，笑得有些瘋狂。「誰要妳假好心？是妳先搶了我的夫婿。到現在還不知悔改。」

阮慕陽心中冷笑了一聲，看著她的眼睛問：「五妹妹可以捫心問問，即便是沒有我，妳會安安心心與他成親，不嫌棄張家嗎？」

她字字句句問得鏗鏘有力，問到了阮慕汐心底。心中最不願意承認的黑暗被毫不留情地戳破，阮慕汐覺得難堪極了。

「妳住嘴！」她的聲音倏地尖銳了起來，「妳怎知我不會成親？我本與他是有緣的！都怪妳！我現在只是恨，恨妳為什麼沒有死在靜心池！若是妳死了，我便能替了妳嫁給四姐夫！」

光華確實有不少姐姐死了，讓妹妹續弦的事。這麼好的女婿，阮中令定然不願意放過，到時候極力促成原本跟張安夷有婚約的阮慕汐也不是不可能。

見她仍然不悔改，阮慕陽眨了眨眼，眼底的殺意閃過。她平靜地打破了阮慕汐的美夢說：「妳以為，堂堂一個閣老願意娶妳這樣一個心術不正的庶女？妳以為老尚書看得上妳？別做夢了。」

阮慕汐似乎沒有聽到她這段話，只是捕捉到了她眼中的殺意，笑著說：「妳想殺我？我不信妳敢這麼囂張直接動手，傳出去落得一個心狠手辣謀害庶妹的名聲。」
「我確實想殺妳。」阮慕陽平靜地看著她。不過比起解一時之恨，她更想看著她下半生都被折磨著，生不如死的樣子。
認定了阮慕陽不敢殺自己，阮慕汐肆無忌憚了起來：「除非妳在阮家弄死我，不然不會有機會的。」
「那麼走著瞧，五妹妹。」
回到張家之後，阮慕陽讓寒食派人更加仔細地盯著阮慕汐，吩咐他只要一找到機會就將她之前吩咐的事情給辦了。
在張安玉受了風寒之後半個月，阮慕陽終於在去給老夫人請安的時候見到了他。
許是病還沒全好，他的氣色依舊不是太好，不過那副懶洋洋的樣子倒是一點都沒有變。
老夫人最喜歡便是這個最小的孫子，見他身體還沒全就來給自己請安，心中高興極了，拉著他仔細看著，心疼地說道：「還沒好透怎麼就出來了？天這麼冷，要是再病了怎麼辦？」
「祖母，孫兒哪有這麼弱？已經好得差不多了。」張安玉對老夫人也是真的敬重，眼中帶著親切。
季氏在一旁心疼地說：「母親，妳可不知道安玉前陣子，咳得肺都要咳出來了。稍微好些了便來給您請安了。」
老夫人聽得心中感動：「你以後啊，要穩重些了，都十五歲也不小了。好端端的掉進水裡，定是又跟別人胡鬧了。」
原本在一旁靜靜看著的阮慕陽聽到這裡，有些心虛地垂了垂眼睛。
感覺到有視線落在自己身上，她抬頭，正好對上了張安玉的目光。

她心虛地拿起了旁邊的茶杯，喝了一口茶，坐得更加端正。

看到她的一番動作，張安玉極為不屑地勾了勾唇，又恭敬地對老夫人說：「是，孫兒知錯了。」

從老夫人處離開後，阮慕陽始終走得很慢。直到終於聽到了身後傳來的腳步聲，她轉過了頭。

「二嫂有事？」張安玉開口依舊是一副惡劣的語氣，「二嫂這般等我，怕是不好。叔嫂可是要避嫌的。」

他的話語裡依舊帶著對阮慕陽的嘲弄，似乎她本就是一個特別水性楊花的女人。

阮慕陽念在他救了她，生了場大病，決定不跟他計較，任他嘲弄幾句，只要他高興了就就好。

見她不還口，張安玉覺得有些無趣，冷哼了一聲不再說話了。

這時，阮慕陽開口，誠地說：「先前在平海寺中的事還要多謝四弟。害得四弟生了場大病，我心中過意不去。」

看著阮慕陽落水後明明一副快斷氣的樣子，結果救上來之後沒幾天便好得跟沒事一樣，張安玉心中忽然彆扭了起來，覺得自己連個女人都不如，竟然還病了。就在他在意這件事的時候，喉嚨忽然癢了起來，緊接著是一陣控制不住的咳嗽。

看到他咳得臉都紅了，阮慕陽更加愧疚了：「還是再讓大夫看看吧。」

好不容易不咳了，感覺的臉上發燙，張安玉覺得丟人極了，語氣不由地又衝了起來，說：「二嫂還是先管好自己吧。連跟別人暗通款曲的事都做得出來，沒想到卻被庶妹給推到水裡差點死了，真是沒用。」

他的話戳到了阮慕陽的痛處。她挑起了眉。

壓下心中的怒意，她極溫和地笑了笑說：「多謝四弟提醒，庶妹的事我自會處理。」

她當然不會放過阮慕汐！

可是，寒食卻告訴阮慕陽，她吩咐的事遇到了困難。臨近年關，各個人家來往走動頻繁，可是阮慕汐卻始終在阮府，甚至連自己的院子都不出，讓他們沒有下手的機會。

阮慕陽思索了一番，道：「先派人繼續盯著找機會，若是她還是這樣不出門，便找幾個手腳俐落的，將人擄出來再動手。」

巧的是，那一日張安夷從宮中回來，路上問起了莫見阮慕汐的事情辦得如何了。

「阮家的五小姐像是在防著有人動手一樣，足不出戶，我們沒有就會。」莫見猶豫了一下，低聲說道，「而且，二爺，我們的人發現夫人似乎也派了人要做些什麼，不過也還沒找到機會。」

張安夷腳下停住，回身問：「夫人派了人？」黑夜之中看不清他的神色，戛然停頓的聲音讓人的心莫名就提了起來。

莫見點了點頭，心中替阮慕陽捏了把汗。這種事被發現了始終是不好的，不知二爺會如何想。

張安夷腳下又動了起來，嘴裡說：「那邊讓你派去的人先暗中觀察，看夫人想做什麼，配合就是了，不過不要讓夫人知道。」他的語氣平常極了，像是在吩咐一件普通的事情。

「是。」莫見鬆了口氣。

帶著一身的寒氣回到穿雲院，張安夷看見阮慕陽坐在燈下，渾身透著一股超越年齡的沉靜，眉目如畫，身姿纖細動人的樣子，目光亦隨之柔和了起來。所有的籌謀、冷漠、甚至陰暗都在這一刻隨著眼中褪去的深沉藏到了心底，留下來的只有大起大落又大起之後那股彷彿什麼也摧毀、影響不了的包容與溫和。

聽到動靜，阮慕陽抬起頭，目光流轉：「二爺今日回來的早，正好能趕上用飯。」

張安夷勾了勾唇：「好。」

尋常夫妻，總有小吵小鬧、磕磕絆絆的時候，而他們，或許是都存著幾分小心翼翼，將自己最溫柔美好的一面展現了出來，才能始終這般繾綣。

幾日之後，寒食來報，派出去的人終於把事情辦成了。

阮慕陽平靜地問起了細節。

「說來也奇怪，五小姐似乎得罪了別人一般。昨天有人將她擄出了阮府。看到來人身手不凡，我找的人便沒動，誰知那兩人將五小姐擄出來後便丟在了巷子裡，正好便宜了我們撿了個漏。」寒食語氣納悶地說，「也不是那兩人把人擄出來又丟在巷子裡做什麼。」

阮慕陽也覺得此事奇怪。可是想來想去，也想出來那兩人的動機。

「罷了，事情辦成了就好。記得讓那些人的嘴牢靠一點，不要亂說。」她叮囑道。

寒食笑著道：「這點放心，我找的人絕對可靠。」

沒幾日，趙氏便給阮慕陽來了信，說阮慕汐不知什麼時候偷跑出了府，後來一副衣衫不整的樣子被夏玄林送了回來。經過查驗，她發現阮慕汐竟然丟了清白。

夏玄林還一口咬定是阮慕汐投懷送抱。

這夏玄林是上京出名的人物。他的祖父輩是朝中重臣，可是夏家後來卻慢慢沒落了。處境與張家有些相似，可是不同的地方是張家家風嚴謹，老尚書健在，平日對子孫很約束，而夏家的小輩們，一個個不知天高地厚，明明夏家已經只剩一個空殼子了卻依舊要胡鬧。尤其是這個夏玄林，為人好色，名聲尤其的差，二十多歲就納了十幾房妾。而且據說他還有特殊的愛好，於這種事情上喜歡動粗，甚至有女子被他在床榻之上弄死。

阮中令知道阮慕汐的事情，氣得砸了一個杯子。

不管事實到底如何，阮慕汐的清白身子沒了，對方還是那樣一個混子，丟盡了阮家面子，傳出去更是讓阮中令顏面盡失，不僅要被御史們指指點點說他教女無方，還要被同僚笑話，丟盡名聲。

一個庶女，沒出嫁便丟了清白，最後不是被不動聲色地弄死，就是草草地讓人抬去做妾。

阮中令本想選擇前者的，可是架不住黃氏母子苦苦哀求，最後看在黃氏給自己生了個兒子的份上，讓夏玄林派人來抬走了。

就當從來沒有過這樣一個女兒。

阮慕汐這輩子就這樣完了，只能在夏家後院裡受夏玄林折磨，或是被玩膩了之後在後院淒苦地老去。

而這一切都是她咎由自取。

她給過她機會了。

看完之後，阮慕陽面無表情地將信裝回了信封，扔進了香爐之中。

隨著阮家五小姐自此消失，終於進入了臘月。

自年中齊有光案爆發以來，這是最平靜的一個月了。

上京外凌日山上的臘梅花開了。極愛賞花的洛鈺給阮慕陽來了帖子，約她臘月初八去賞臘梅，順便嘗嘗她親手做的臘八粥。

臘月初八早上，阮慕陽欣然應約。卻因為初七晚上的一場大雪，路上耽誤了一會兒，去的時候晚了一些。

到的時候竟看見洛鈺正與一位小姐發生著爭執。

洛鈺似乎氣極了，看見阮慕陽了只是看了她一眼，便繼續與那位小姐爭執：「徐妙露，這裡是本小姐先來的，本小姐先選的地兒。凌日山這麼大，妳不能去別處？」

阮慕陽看了看那位小姐。

徐妙露，內閣宰輔徐厚的長孫女。

與洛鈺同來、先前在洛府賞花宴上見過的欽天監冬官正的女兒韓若拉了拉阮慕陽，低聲說：「放心，她們是吵慣了的。」

阮慕陽想了想覺得也是，洛階與徐厚爭了這麼多年，誰都沒爭到內閣首輔的位置，面上互相恭敬，實際上已經到了水火不容的地步，恨不得一個死了，另一個馬上坐上首輔的位置。

他們的孫女自然也是不能好好相處的。

洛鈺本就性子刁蠻，阮慕陽打量徐妙露，年紀看起來比洛鈺大一些，模樣生得便有些高傲，下巴總是高高地抬著，一副目中無人的樣子，顯然比洛鈺更加難相處。

「這兒又沒有妳洛鈺的名字，憑什麼本小姐不能來這兒？」徐妙露的聲音裡也透著一股清冷，上揚的語氣透著高高在上。

洛鈺氣得挑高了眉毛，一副恨不得動手的樣子。

兩人在阮慕陽眼中都是小孩子。不想看她們再這樣吵下去，她開口道：「徐小姐。」

「妳又是何人？」徐妙露皺起了眉打量著阮慕陽，隨後又對洛鈺語帶著嘲笑說，「洛鈺，妳是不是把上京的人得罪光了，沒人願意跟妳一道了嗎？」

「妳！」洛鈺刁蠻嬌憨，最厲害的便是耍脾氣和暗中動一些小聰明，嘴上卻不夠厲害，在徐妙露這裡顯然是吃虧的。

聽著徐妙露語氣裡對她的看不上，阮慕陽拉住了恨不得衝到她臉上的洛鈺，語氣平靜地說：「我是張老尚書的二孫媳。」

如今上京不知道張安夷，不知道阮慕陽的人已經是少數了。徐妙露冷哼了一聲，語氣卻不如方才盛氣凌人了：「原來是妳。」

阮慕陽笑了笑。

在上京之中，說話再有理，做事再得體，都比不上一個身分來得有分量。

「徐小姐是專程來賞臘梅的？這片兒既然是洛鈺先來的，她定然不會走。」阮慕陽道，「若是徐小姐也覺得這處景致最好，不如留下來與我們一起。」

「不要！」洛鈺和徐妙露幾乎是同時出聲。

隨後，阮慕陽發現徐妙露眼中出現了猶豫之色。顯然此刻她正缺一個臺階下。

就在阮慕陽想著如何給她鋪一個臺階的時候，洛鈺的丫鬟忽然替她打起了傘。

就在她一臉莫名的時候，頭頂忽然有大片大片積雪從枝丫上落了下來。徐妙露毫無防備，被砸個正著。大片的雪落在她頭頂，隨後落到了肩上，看著有些狼狽。

洛鈺顯然做慣了這種事，肆無忌憚地大笑了起來。

「洛鈺！」徐妙露的臉都黑了。

就在這時，不遠處走人走來。是阮慕陽不想見到的人——謝昭。

「不想在這裡碰上了徐小姐。」謝昭穿著一身暗紅色鑲金色暗紋的圓領袍，外面罩著一件狐皮大氅，貴氣逼人。

「參見永安王殿下。」阮慕陽並徐妙露、洛鈺等人一同道。

徐妙露的臉青紅交加。

謝昭將目光落在了低著頭的阮慕陽身上，有些意外在這裡見到她。覺得許久不見，她看起來跟成熟了一些，身上那股子端莊與嫺靜叫人無法褻瀆。

雪地、臘梅，他無端地想起去年年底在毓秀宮的偏殿之中，他拉開了她的衣襟，看到雪白的肌膚上遍布的吻痕，就如同落在雪地裡的梅花一樣，叫他心生欺凌之意，只想讓她承歡身下。

察覺到阮慕陽的眼皮動了動，他勾了勾唇，叫了聲：「四妹妹也在。」

他這一聲「四妹妹」叫得親切，耐人尋味。

「與洛二小姐一同來賞花。」

若不是阮慕陽的態度恭敬中帶著疏離，怕是都要讓人懷疑了。

在場的人多，她料定謝昭不敢胡來。果然最後他的目光最後看向了徐妙露，說：「徐小姐怎麼弄得這般狼狽？」

徐妙露憤恨地看了眼得意的洛鈺。

謝昭一下子就明白了。他極體貼地說：「雪化在了身上，徐小姐這樣怕是要著涼的。」

說著，他狐皮大氅脫下披在了她身上，惹得徐妙露不好意思了起來，眼中帶著羞赧，不停地四處看著。

「今日太陽好，正是化雪的時候，路上怕是不好走，還是由本王的馬車送徐小姐回去吧。」謝昭的語氣愈發溫和，看著徐妙露的目光裡似都帶著淺淺的情意。

徐妙露自然是招架不住的，點了點頭，臉上越來越紅。

「那麼幾位小姐，還有四妹妹，本王先與徐小姐告辭了。」

看著謝昭護著徐妙露離開，一隻手在她身後虛虛地扶著，洛鈺不屑地冷哼了一聲。

阮慕陽對謝昭極了解，才不信他會對哪個女子動心。

這個男人沒有心。

他此舉的意圖再明顯不過，是想透過與徐妙露來鞏固與徐厚的關係。或者更直接地說，徐妙露成了永安王妃的人選。謝昭若是娶了徐妙露，不僅他放心，徐厚也放心。這應當是一件雙贏的事。

只不過徐妙露一定不會這麼快成為永安王妃，因為一旦娶了徐厚的孫女，那麼他的野心也就徹底暴露了出來，現在還不是時候。

「阮姐姐，妳今日上山可好走？昨天韓若說昨夜會下雪，忘了通知妳。」洛鈺與阮慕陽熟絡起來之後，便管阮慕陽叫「阮姐姐」。

韓若的父親說欽天監冬官正，負責的正是四季以及節氣，能夠推算出天氣。

「沒什麼，就是走得慢了些才來晚的。」比起徐妙露，阮慕陽更加喜歡洛鈺這樣刁蠻嬌憨，卻又講理有分寸的。

雖說剛剛她將枝上的雪搖落激怒了徐妙露，不過兩人身分相當，徐妙露那樣的人頂多嘴上說說，不能把她怎麼樣。見韓若一副見怪不怪的樣子，阮慕陽猜測或許每次嘴上說不過徐妙露，洛鈺都是靠這樣的法子找回場子的。

在凌日山上賞了臘梅，吃了洛鈺親手做的臘八粥，很快便到了過年的時候。

由於還在國喪期間，再加上過去一年朝中動盪，死去的人太多，這個年過得有些冷清，就連每年上元節都會有的燈會也取消了。

過了年，三月三上巳節這日，王氏誕下一女，取名張初靜。

老夫人與張老尚書終於有了第四代。

老夫人當即便帶著阮慕陽、陳氏還有季氏去看王氏。

生了個女孩，王氏有些失落，但是老尚書與老夫人沒有女兒，也沒有孫女，終於來了個曾孫女，也是十分疼惜的。

見老夫人這麼高興，王氏心裡也好受了些。

阮慕陽因著與王氏的關係，並沒有湊到前頭，與她一起站在後面的還有陳氏。

陳氏時不時地捂住嘴，像是在乾嘔。阮慕陽原先以為她是受不了房中的血腥味，可是見她出去了依舊是這樣，心中懷疑了起來。

「三弟妹，妳是不是有了？」阮慕陽問。

看到陳氏緊張的樣子，她知道十有八九是有了，只是瞞著不敢說。

阮慕陽的表情立即凝重了起來。

「二嫂，這件事能不能不說出去？」陳氏低聲懇求道。

與王氏不一樣，陳氏這是在國喪期間懷孕。若是放在普通人家也就罷了，只要沒有人去檢舉就沒事。而如今張安夷剛入內閣不到一年，盯著他的人那麼多，陳氏國喪期間懷孕的事若是被有心人發現，告到聖上那裡，若是聖上追究便非同小可。

到時候御史也會盯著張安夷罵，盯著張家罵。

這件事可大可小。

最為保守的辦法便是不要這個孩子。

可是同為女子，看著陳氏眼中的慌張和懇求，阮慕陽狠不下心。

「三弟妹，這事瞞不住的。」她嘆了口氣說，「還是先稟報祖父祖母吧。」

陳氏不吱聲。

老尚書知道後，果然勃然大怒，當即便指著張安朝罵道：「你怎麼這麼糊塗？朝中多少雙眼睛盯著你二哥，你可想過這件事的後果？你們還要不要命？」

崇帝時期便有大臣家中的妾室在國喪期間懷孕，被檢舉之後，那個妾室連同肚子裡的孩子一起被處死，丟去了亂葬崗。

平日裡極為沉默的張安朝立即慌張了起來，跪著道：「祖父！祖母！這件事是我糊塗！求求你們饒了水心！」水心是陳氏的閨名。

陳氏默默地流著眼淚。

「家門不幸！」老尚書氣憤地說，「這孩子不能要了。」

張安朝的身子僵了僵了。

陳氏終於哭了出來，求著老夫人道：「祖母，這也是您的曾孫或者曾孫女啊。」

老夫人雖然不捨，卻沒有開口說話，顯然是同意老尚書的辦法的。

阮慕陽看得不忍心，手搭在了陳氏的肩上，寬慰她道：「三弟妹，孩子總會再有的。」這件事只有他與張安夷夫妻二人以及老尚書和老夫人知道。

陳氏甩開了她的手，憤恨地看了她一眼，像是在怪她把事情說出來。

阮慕陽不防，差點沒站穩，好在張安夷扶住了她。

她只覺得此時的陳氏糊塗。懷孕這種事根本就是瞞不住的，等到時候被發現，弄得措手不及，說不定要搭上她的性命的時候就晚了，不如早做打算。

老尚書看不下去張安朝與陳氏哭鬧，皺了皺眉說：「好了，這事就這樣定了。」

陳氏忽然暈了過去。

鬧劇收場後，阮慕陽與張安夷便回了穿雲院。

他們前腳剛到，張安朝後腳就找了過來。

聽到莫聞來報的時候，張安夷站起身理了理衣擺道：「我這個三弟倒是清醒，知道除了找到我這裡，便沒有其他辦法了。」原先張安夷落榜的時候，在張家是連庶子都不如的，後來中了狀元，剛好張安朝又落榜，兩兄弟之間更是沒有來往。

阮慕陽意外地看向他：「二爺有辦法？」

張安夷伸手在她抬起的下巴上撫了撫，溫和的目光中帶著繾綣的情意看了看她，露出了一個高深的笑容。

出了屋子，感覺到外面帶著涼意的風，張安夷臉上唇邊那抹溫和的笑也似被吹涼了一般，消失不見了。

書房之中，張安朝懇求道：「二哥，我不想讓水心有事，也不想丟了這個孩子，肯定二哥幫幫我。」

說完，他看向張安夷。只覺得站在陰影裡，看不清神色的張安夷讓他覺得陌生，心中產生了前所未有的畏懼之感，可明明他還是他。

忽然，張安夷將身子轉向了他這邊，整張臉也清晰了起來。他的目光乍一看還像往日裡一樣溫和，可是細看之下卻發現莫測極了。進入內閣之後，他成了天子近臣，在他溫和的外表下不動聲色散發出來的氣勢讓人心生敬畏。

「跪下。」他的聲音不大，卻給人極大的壓迫之感。

張安朝幾乎是下意識地服從了他，跪了下來。感覺到張安夷的目光落在自己身上，他覺得難以呼吸。他猛然意識到，平日裡看上去沒脾氣的二哥並不是真的沒脾氣，如今這樣讓他心生畏懼的他，才是真的他！

他不只是他的二哥，更是靠近天子、接觸整個光華權力最核心的內閣大臣！

第三十五章　隨同出巡

「做出這樣糊塗的事，你可知錯？」張安夷的聲音很平靜。

張安朝只覺得頭頂的壓力更大，頭低得更低了：「二哥，我知道錯了，是我荒唐。還請二哥救救水心，救救我的孩子。」

張安夷看著他嘆了口氣。

身為張家唯一的庶子，不得老尚書老夫人重視，張安朝夫婦二人平日裡在人前總是一副低調的模樣。可這只是表面，他心中的不服氣和對世態的不滿張安夷能看得出來。而且他現在所表現出來的和善與軟弱只是因為庶子的身分，若是有一日讓他翻身，壓抑多年的情緒爆發，他恐怕會比誰都狠。

張安夷將他彎得幾乎要蜷曲到了一起的脊背看在眼裡，問：「你如何覺得我能幫得了你？」

「二哥！」張安朝猛然抬起了頭說，「二哥！我知道你一定有辦法的！祖父祖母一定會聽你的。」

對上張安朝滿含期待與乞求的目光，張安夷眼中沒有一絲波瀾。他輕聲嘆了口氣說：「我確實有辦法。不過不知道你願不願意。」

看著張安朝的眼睛亮了起來，他繼續說：「讓三弟妹去京郊的莊子上，等過了國喪，孩子生下來了再回來。」

莊子上的日子有多苦？

張安朝猶豫了一下。

只聽張安夷說：「還有，你也一起去。先前的會試落榜皆是因為你心中不靜，想著的東西太多了。兩年後又是春闈了，你去莊子上將心靜一靜，好好溫書。」

先前張安朝準備春闈的時候最介意的就是跟他一同參加的張安夷，覺得自己一定會比他好，誰知最後卻落了榜。

心中的想法被他隱晦地揭穿，張安朝只覺在他的目光下無所遁形，臉上泛紅，垂下了目光道：「是，多謝二哥。」

「好了，準備回去收拾吧。」張安夷說道，「你應該知道這是最好的辦法了。」

看著張安朝弓著背走出書房，張安夷那雙眼睛裡晦暗不明。

由他出面，再加上老夫人也是不忍心，老尚書便答應了聽他的，將這件事全權交給他處理。

看著這個自小帶在身邊長大的孫子，老尚書目光複雜地嘆了口氣說：「你大哥心眼太多，你三弟又是個糊塗分不清好歹的，你四弟還是一副小孩子的心性。安夷，這一大家子恐怕以後要拖累你、讓你操心的事太多了。」

張安夷恭敬地低著頭不語，似乎已經想到了。

「安夷，若是有一日祖母不在了，這些人恐怕也是各有心思的。到時候還望你能照顧好張家，盡量地幫幫他們。」平日裡嚴肅的老尚書看著糊塗的小輩們，心中生出了濃濃的擔憂。他這一輩子官至禮部尚書，受人尊敬、受武帝信任，一度榮耀至極，可偏偏兒子沒有一個有大出息的，孫子裡也只有張安夷經歷了那麼多磨難終於嶄露頭角。

此子將來必有大作為。

他只能將這一大家子託付給這個最出息、也是他最了解的孫子。

整個家族的重擔背負到了肩上，張安夷依然是一副溫和清俊的模樣。他脊背挺得筆直，絲毫沒有慌張和被壓垮的跡象，唯獨頭低了低，恭敬地對老尚書與老夫人說：「祖父祖母放心，我定當竭盡全力。」

他不是那種會將心緒表露出來的人，所有的擔當、困難、籌謀，都被他掩藏在了眼底，留下的只是面上的輕描淡寫。

也偏偏是這副高深的模樣，給人一種胸有成竹之感。就如同成親第二日新婦敬茶之時，他拒絕了老尚書給他安排官職，要參加會試、入翰林的時候一樣。只是以後再也沒有人會質疑他了。

三日之後的清晨，張安朝與陳氏在張安夷的安排下，悄無聲息地坐著馬車離開了張家。

四月，武帝宣布巡行山東、湘西，頒詔天下。

詔內恩款十三條，且諭，一應沿途供用，皆令在京所司儲備，毫不取之於民。凡經過地方，百姓須各安生業，照常寧處，毋得遷移遠避，反滋擾累。

並且，武帝公布了隨行人員。

內閣裡，洛階徐厚年事已高，再加上還要他們處理一些朝中日常事務，便帶了宋學士，還有年輕張安夷。

後宮之中，在列的只有阮妃與一個貴嬪。

因為太子體弱，再加上武帝有意要培養，便將他留在了京中坐鎮，皇子之中獨獨帶了永安王謝昭。

除這些之外，還有司禮監掌印太監高嚴以及一些朝中官員。

因為齊有光一案殺了太多大臣，如今填補進來的大多是年輕官員。這些年輕官員之中許多人都是沒有派系的，武帝有意培養他們，這次巡行帶的官員普遍也偏年輕，沈未也在其中。

此次巡行之地也很有深意，皆是涉及齊有光貪污一案的地區。這些地方雖然遠在京外，但是受到的動盪不比上京小。武帝此番為的是問俗觀風、觀民察吏、加恩士紳以及培植士族。

因為加恩士紳和培植士族亦需要女眷，所以代表後宮的阮妃在列，除此之外還有許多臣婦隨行，阮慕陽身為張安夷的夫人，也有幸在其列。

這將是武帝此生這最後一次巡行了。

臨行前一日晚上，阮慕陽檢查著準備好的行李，心中感慨。

上一世的這個時候，她正在永安王府中淒慘度日，借酒消愁，甚至還試圖挽回謝昭的心。而現在，她竟然有機會隨行武帝巡行。

果然只要願意去嘗試，命運是可以改變的。她忽然很珍惜這樣再活一世的機會，想以後過得更加好。

將阮慕陽那超越了年齡和時間、毫無由來深沉看在了眼中，一身常服的張安夷走近問：「夫人在想什麼？」

阮慕陽回過神來，露出了一個溫柔的笑容道：「我在想，如今我也算是妻憑夫貴了。」

被她這番話取悅，感覺到了她對自己倚仗與依靠，張安夷在阮慕陽身邊坐了下來，一隻手攬上了她的腰說：「夫人太過謙虛，說來一開始還是我高攀了。」

現在京中人都說她阮慕陽運氣好，雖然沒做成王妃，卻嫁了個閣老。

聽出了他語氣裡的揶揄，她瞪了他一眼。

這一眼與她平日裡端莊嫻靜的樣子截然不同，帶著幾分勾人的味道，眸光流轉，看得張安夷眸色深了深。

阮慕陽卻不自知，想起了去了莊子上的張安朝和陳氏夫婦，倚在他懷中說：「三弟妹如今有孕在身，莊子上比不得家裡，不知道在那裡如何了，照顧的人周不周到。今天老夫人還隱約提起了這件事。」老夫人雖然看著嚴肅，對張安朝這個不是嫡出的孫子很冷淡，但畢竟都是張家的子孫，心中也是關心著的。

到了春日，衣衫輕薄了起來，隔著薄薄的衣物，張安夷感受著懷中的溫香軟玉，手在她腰間慢慢地遊走了起來，嘴裡卻還是一副正經的語氣說：「他們帶去的人不少。我也吩咐過了，想來是不會受什麼苦的。」

阮慕陽點了點頭。感覺到他的手越來越不安分，立即動了動想遠離一些，卻被他禁錮住，一同倒在了床榻之上。

「明日便要動身南下了。」阮慕陽身上發軟，聲音裡也帶著嬌氣。

張安夷伏在她身上，手沿著她的腰際慢慢向上，說道：「放心，勞累不到夫人。」

國喪未過，阮慕陽想著他不會如何，可是還是覺得羞赧。雖然說了不會做，可是她卻也因此見識到了他的各種花樣，她全身上下幾乎每個地方都沒有逃過他的手心……有時候她覺得這些更加羞人，也更加折磨她。

身體被溼熱的感覺包圍著，阮慕陽覺得難耐極了，手無助地抱住了他的脖子。修長的雙腿在錦被的襯托下，白花花的細嫩極了。

隨著張安夷的作惡的手越來越向下，她的聲音漸漸變得細碎了起來。

渾身發軟，滾燙的身體唯獨貼著他才能感覺到一絲涼意，可這像是飲鴆止渴，一絲舒適的涼意後迎來的是更難耐的熱。

她幾乎都要哭著求他了。

忽然，外面傳來了敲門聲。

張安夷與阮慕陽的動作的都停了停。

只聽莫聞小心翼翼地道：「二爺，有人找。」

「不見。」張安夷回答得毫不猶豫。趁著停下來的間隙，他目光幽深地看著阮慕陽眼中帶淚，乞求地看著自己的樣子。他的氣息急促了起來，低頭吻上了她的唇。

他的強勢讓她只有任他擺布、臣服他的份。

意亂情迷間，阮慕陽聽到門外再次響起了莫聞的聲音。

「二爺，是沈公子。」

聽到「沈公子」這三個字，阮慕陽忽然清醒了過來，如同一盆涼水澆下，眼中恢復了清明。

感覺到伏在自己身上的張安夷有要起來的意思，她下意識勾住了他的脖子，還存著幾分繾綣的眼中不自覺地帶著懇求。

張安夷只當她是被他撩得難受，低頭在她唇上吻了吻，眼中帶著幾分揶揄，溫柔地說：「夫人竟然這般黏我了。」

阮慕陽也沒有否認，只是主動地回應了他幾下。

唇齒交融，發出了讓人臉紅的聲音。

阮慕陽咬了咬牙丟棄了往日裡的端莊，壓下了心中的羞澀，伸出腿勾上了他，眼中帶著幾分纏綿，聲音柔弱無力地說：「二爺能不能不去？」

她破天荒這麼主動的動作張安夷的呼吸更加粗重了，也更加隨了他的心。他勾起唇，貼著唇與她低聲呢喃道：「夫人這是在要我的命，再這般留我，怕是明日動身雖聖上巡行都要起不來了。」

雖是這樣說，但是張安夷一向是自制力極強的人。

在阮慕陽唇上又吻了吻後，他拉開了她勾在自己脖子上的手，語氣裡帶著嬌慣，哄著她說道：「沈四空這麼晚找我怕是有事，我去一下。」說著，他站直了身體理了理衣服。

溫熱的身體離開，阮慕陽瞬間覺得身上和心中都發涼。

溫存了這麼久，她幾乎已是衣不蔽體，而他只是掉了腰帶、衣襟稍微有些凌亂罷了。這也如同他們兩個的關係一樣，似乎永遠都是他在不動聲色地做著主導，而她始終看不透他、猜不透他。

看著張安夷出去，阮慕陽木然地坐了起來，將衣服披在了身上，心口像被什麼堵住了一樣，一股酸意直衝眼眶。

她透過算計才嫁給了他，卻在他的嬌寵之中慢慢淪陷，像是把心也丟了。

現在這副模樣，這是她該有的。

前來找張安夷的沈未被莫見帶去了張安夷的書房，等了許久才聽到有腳步聲傳過來。

冷著張臉轉過身，看到張安夷那張白淨的臉上帶著些紅，眼中的餘溫未退，渾身帶著一股平日裡沒有的繾綣和吸引力，沈未立即猜想到了他磨蹭了這麼久才出來是為何，紅著臉移開了眼睛，皺起了眉。

張安夷卻是一副坦然的樣子，露出了平日裡的溫和，問：「沈兄這麼晚找我有什麼事？」

沈未忽然冷笑了一聲，那張英氣的小臉上滿是嘲弄，語氣尖銳地說：「張二，我找你什麼事，你難道不知道？」

……

張安夷離開後許久沒有回來。

其實有同僚晚上來找並不是什麼奇怪的事，可偏偏阮慕陽知道沈未是女子，知道沈未入朝為官是欺君！她覺得張安夷八成是知道沈未是女子的。若是這樣，張安夷便是包容她欺君、甚至是幫著她一起欺君！欺君是要被砍頭的，什麼樣關係才能讓張安夷不顧性命幫著她欺君，想來必然是很親密的。

他們之間到底有什麼祕密？

大約過了半個時辰，張安夷終於回來了。

聽到開門的聲音，阮慕陽閉上了眼睛。

第二日，武帝此生最後一次巡行開始。隨行的宦官宮女、大臣以及婦人近百人，隊伍浩浩蕩蕩。經河間、獻縣、平原、禹城，隊伍於一個月後至濟南府。

休息了一日後，武帝便帶著皇子和大臣接見山東巡撫以及濟南知府等大臣，詢問民情、考察政績。因為齊有光貪污一案，整個山東從知府到巡撫幾乎都換了一遍。是以山東的官員們面見聖上的時候心中仍是帶著忐忑，恐被上一任遷怒。

走走停停一個多月，對於阮慕陽這樣的婦人們來說是有些吃不消的。好在她們除了要與一些地方官員的女眷往來之外，並無別的事。

可是阮慕陽卻得了阮妃單獨召見。

如今阮中令是工部尚書，張安夷入了內閣，她即是工部尚書之女，又是閣老夫人，阮妃終於要拉攏她了。

「參見阮妃娘娘。」

孝靜皇后殯天之後，後宮中的事務都由阮妃代為處理。以武帝對孝靜皇后的尊重來看，是不準備再立皇后了，可以說阮妃如今行使的便是皇后的權力，統領六宮，只差一個皇后的身分了。

歲月的痕跡在阮妃臉上並不明顯，沒有抹去她的美豔，而是賦予她了讓人不敢直視的高貴。

「快起來。」看到阮慕陽，阮妃的臉上露出了笑容。

「是。」阮慕陽表現得十分恭敬。

自從在宮中時有一日謝昭去請安後，阮妃便對她有些冷淡，如今卻又親切了起來。

「如今不在宮中，妳不必如此拘謹。論起關係來，妳還得叫本宮一聲姑姑。」阮妃笑著道，「我答應妳父親在路上要好好照顧妳，走了一個月，身子可有什麼不適？」

「多謝娘娘關心，慕陽的身子很好，倒是娘娘要注意。」阮慕陽雖然沒有叫她一聲「姑姑」，卻也沒有自稱「臣婦」，言語雖然沒那麼親切，卻也不疏離。

有分寸，不逾矩，卻也不是不得變通，會得罪人的那種。阮妃心中點了點頭，隨後問道：「今日叫妳來還有件事，就是想問問妳的百鳥朝鳳畫得怎麼樣了，待妳畫好了，本宮便讓永安王派匠人去雕了。」

原先百鳥朝鳳只是隨意吩咐下去的，如今卻成了來往最好的藉口。

阮慕陽心中有數，帶著幾分惶恐道：「前些日子耽誤了，還請娘娘贖罪。不過畫得差不多了，回去之後便讓人呈給娘娘。」從阮妃住的院中出來，阮慕陽思索著她態度的轉變大約是因為阮中令曖昧不明的態度了。

雖說阮中令是謝昭的舅舅，遲早是要站在他們這邊的，可是他如今哪邊都不偏的樣子讓阮妃心中漸漸沒有了把握，又不好明著問。

這次巡行回去之後沒多久，武帝的身子便要開始不好了，而且臨行前幾日，她聽張安夷說太子又病了，之後的情形會對謝昭越來越有利。

山東巡撫臨時準備的行宮與宮中自然是比不了的，宦官宮女也沒有宮中多，出了阮妃的院子後，路上便鮮少有人，很是清淨，也十分適合阮慕陽一邊慢慢地走著，一邊回想上一世的事情。

自阮家滿門被處死之後，她便整日在永安王府後院中以淚洗面、以酒度日，對於外面發生了什麼，現在已經記不真切了。

她只是記得上一世，在太子的病遲遲不好，身子開始不行了的武帝深知當一個君王會有多辛苦，需要一個健壯的身子，心中開始偏向謝昭的時候，謝昭便派人殺了她。

現在想想，他殺了霸占著永安王妃之位的她，應該是為了娶徐厚的孫女徐玉露，把和徐厚的關係變得更加密切。

「四妹妹，好巧。」

謝昭的聲音忽然響起，讓正在想著他的阮慕陽有種分不清現實和上一世的感覺，愣了一下才反應了過來。

看到面前臉上噙著笑的謝昭，她下意識地看向四周。

一個人也沒有。

「四妹妹害怕？」謝昭得意地勾了勾唇，看著阮慕陽如同在看毫無反擊能力的獵物一樣。現在的他比起之前當閒散王爺時，多了幾分上位者的風範，那股上京紈綺的習氣少了許多，尊貴逼人。

阮慕陽低頭道：「參見永安王殿下。」

見他的鞋忽然出現在了眼前，她下意識地後退。

謝昭勾了勾唇，根本不給她後退的機會，強勢地抓住了她的手臂將她拉到了旁邊的太湖石後，隨後低下頭嗅著她身上的香味，低聲道：「四妹妹，許久不見了。」

自去年臘月初八在凌日山再次見到阮慕陽，謝昭心中便念念不忘。

越來越高貴的身分讓她更加端莊嫻靜，不可褻瀆，可是偏偏她神色與眉眼間獨屬於少婦的風韻也更甚從前，看的他心裡有種欲望迅速膨脹。想到那樣的風情是在別跟別的男人才有的，他心生嫉妒。原本她會是他的女人。

阮慕陽躲著他鼻尖的觸碰，不斷地掙扎著。

奈何男女的力量太過懸殊。

嗅夠了她身上的香味，謝昭抬起頭來看著她，空出來的那隻手撫上了她咬得發白的唇，輕輕摩挲，目光火熱了起來說道：「五表妹被抬進了夏家，是四妹妹做的吧？沒想到四妹妹這樣端莊的模樣下竟然有一顆這麼狠的心。」

他是怎麼知道的？阮慕陽有些意外。

不過以謝昭的能力，一查就能查到了。

口。」

「四妹妹害怕了？」謝昭將阮慕陽的意外看在眼中說，「若是四妹妹求本王，本王可以幫四妹妹封口。」

阮慕陽偏過頭躲開了他的手：「多謝王爺好意，我敢做就不怕事情敗露。」一個庶女罷了，就算敗露了她也不會如何，阮中令不會跟她計較，黃氏更是沒有能力。若是讓其他人知道了，她只要將阮慕汐想殺害嫡姐、心術不正的事情說出去，便沒有人會說她的不是，頂多說她手段太狠罷了。

比起原先見他時會害怕，謝昭喜歡極了她現在這副被他威脅依然鎮定的樣子。

他的手指向下，劃過了她的下巴，流連於她頸間細膩的肌膚上，目光更深了：「跟張二在一起如何？四妹妹或許可以試試做本王的女人，保管讓四妹妹更舒服。」

他極喜歡在阮慕陽面前說露骨的葷話，看著她羞憤的樣子。

阮慕陽一邊掙扎，一邊冷著聲音道：「王爺，請自重。」

「如果本王偏不自重呢？」謝昭惡劣地說。

阮慕陽忽然不掙扎了。她直直地看向謝昭的眼中，篤定地說：「王爺不敢。」除去臉上因羞恥而產生的紅暈，她表現得鎮定極了，像是確定謝昭就是不敢。

謝昭被她的態度激怒了。

「當真以為本王不敢動妳嗎？」說著，他把手伸向阮慕陽的衣襟，一把將她的衣服拉至肩頭，露出了裡面水紅色的小衣，「真騷。」

肌膚暴露在外，阮慕陽不適地抖了抖，卻依舊沒有掙扎。

謝昭冷笑了一聲，與她較起了勁，倏地樓上了她的腰讓她貼上了自己。隨後，他注視著她的神色，用另一隻手緩緩地沿著她的頸項向下。

阮慕陽彷彿一具死屍一樣，面無表情。

他越來越過分，可是阮慕陽彷彿就是篤定了他不敢做下去，就是不動。

慢慢地，謝昭可恥地發現自己身下起了反應，而眼前被她淩辱著的女人卻一副平靜的樣子。

謝昭猛然推開了阮慕陽。

阮慕陽的被撞在了假山上，疼得她皺了皺眉。「王爺輸了。」她將自己的衣服拉了起來。明明是一副狼狽的樣子，她的語氣卻像勝利者一般。

謝昭的確不敢碰她。她如今是工部尚書之女，閣老張安夷的夫人，若是他想要登上最高的那個位置，阮中令和張安夷都是他拉攏的對象。況且，他已經不像以前一樣是個閒散的王爺了，現在的他輸不起。

若是讓武帝知道他侮辱了內閣大臣的夫人，怕是他雖不至於落得永靖王那樣的下場，也會很難再受重用了。

謝昭黑著臉看著阮慕陽將衣服整理好，恢復了端莊的模樣。

他這時候才意識到這個女人從前對他的害怕皆是因為身分懸殊，等她強大了起來，便不再害怕自己了。他甚至可以肯定，若是她再這樣下去，有一日會覺得他根本不足為懼。

可是，不會有這一天的。

抬起頭，對上謝昭陰沉的雙眼，先前極大的屈辱讓阮慕陽心中生起了一股戾氣，不由地想再對他踩上一踩。

她勾起了一抹嫺靜的笑容，目光流轉地說：「表哥若是想坐上那個位置，可以試著討好我，或許我的父親和夫君很快便會站在表哥這邊了。」

謝昭瞇起了眼睛。

阮慕陽這副有恃無恐的樣子讓他感覺到了前所未有的屈辱。他的目光變得危險了起來，語氣卻不如先前那般狠厲了，彷彿真的是普通的表哥表妹在說話一樣：「這種大逆不道的話若是讓人聽見是要殺頭的，四妹妹可不要胡說。」

他終會登上龍椅，在千萬人之上。到時候他會讓她畏懼他、哭著在他身下求他。

待謝昭離開後，阮慕陽脫力地靠在了假山上。謝昭剛剛下手很重，胸前隱隱的疼痛提醒著她方才受到了多大的凌辱。她努力抑制著自己顫抖的身子，平復著吸氣。

至少，她終於扳回來了一局。謝昭往後再也不敢隨意輕薄她了。

深吸了一口氣，確認私下無人，阮慕陽從假山後走了出來，卻沒有注意到角落裡有人正若有所思地看著她。

回到房中後，阮慕陽關上了門坐到銅鏡前，對著鏡子拉開了衣襟，發現自己的胸口上謝昭的指痕清晰可見，心中更加覺得屈辱和羞恥。

臨近傍晚的時候，阮慕陽發現外面頻頻有人走動，像是發生了什麼，便讓琺瑯去打探了一下。

這次跟隨聖駕出巡，她只帶了琺瑯一個。

沒一會兒，琺瑯神色凝重地回來了，在阮慕陽耳邊低聲說：「聽說聖上下午的時候遇刺了，現在外面正在加強守衛。」

阮慕陽心中一驚問：「聖上可有受傷？」她印象裡上一世這個時候並沒有聽到武帝遇刺受傷的事情。

果然，琺瑯搖了搖頭說：「聖上沒有受傷，倒是聽說隨行的大臣裡有人受傷了。」

聽到有隨行的大臣受傷，阮慕陽想到了張安夷也在其列，心提了起來：「有沒有說誰傷了？傷了幾人？」對於行刺的事情一概不知，她不知道受傷的大臣是一個人還是許多人，不由地替張安夷擔心了起來。

「不知道。」琺瑯安慰道，「夫人，二爺應該沒事的。」

接下來，阮慕陽便在焦急中等待張安夷回來。

敢做出行刺聖駕的事情的只有前朝餘孽。光華到了武帝這裡已經是第四代君王了，而前朝餘孽始終生生不息，不停地在南方一代作亂，甚至還擁護了一個所為的前朝皇子，立了一個組織，想要光復前朝。

如今的天下，在光華四代君王的治理下，百姓安居樂業，雖也有天災人禍，但是比起戰事四起的時期，不知道要好多少了。這些執意要光復前朝的人自然也是不得人心的。

對於這些前朝的餘孽，光華的前三任君王試過詔安、試過懷柔，始終無效，到了嗜殺的武帝這裡，便只有一個字——殺。

等到了天黑張安夷還沒有回來，阮慕陽更加不安了。

「夫人，先吃飯吧。」到了用飯的時候，琺瑯將飯送了過來。

阮慕陽卻沒有什麼胃口。

到了戌時亥時交替之刻，張安夷終於回來了。

聽到聲音，阮慕陽立即迎了上去，伸手在他身上摸了摸，又仔細地打量著，問：「二爺有沒有受傷？」

她關切的樣子讓張安夷眼中流動著淺淺的笑意。「夫人聽說了？」他低頭在她的頭髮上吻了吻說：「放心，我沒事。」

聽到他這樣說，阮慕陽鬆了口氣：「怎麼回來這麼晚？是不是聖上大怒？」

張安夷回答道：「聖上令我協助永安王徹查此事。」

「你與永安王？」阮慕陽有些意外。

讓張安夷協助謝昭徹查此事？

張安夷眼中閃過難明的意味，攬著她坐了下來說：「這麼晚了，夫人還是先睡吧？」

「你還要出去？」

張安夷點了點頭，將自己衣擺上的灰撣了撣說：「沈四空為了救聖上，手臂上受了些傷。我忙到現在才得空，去看看他。」

第三十六章　六品敕命

「沈大人受傷了？」阮慕陽驚訝地問，「還有別的官員受傷了嗎？」

張安夷點了點頭，語氣裡含著幾分與平日裡不一樣的意味說：「在場的官員之中，只有他受傷了。當時刺客奔著皇上而去，沈四空擋在了皇上前面。」

阮慕陽想像了一下當時千鈞一髮的場景，說不出話來。

沈未是一個女子，什麼樣的決心和勇氣才能讓她搶在所有男子之前擋在了聖上面前？

至少她阮慕陽如今是惜命的，做不到的。

不知道沈未這樣超脫了一般女子、毫無畏懼的做法在張安夷心裡是什麼樣的。

並未留意到垂著眼睛的阮慕陽眼中的悵然，張安夷親昵地撫過她的臉頰說：「夫人先睡吧，我去看看。」

看著張安夷離開，阮慕陽沉默了一會兒，忽然開口叫外面的琺瑯。

「夫人有什麼吩咐？」

阮慕陽眼中已然沒有了方才的低落和悵然。她吩咐道：「我出去一下，妳替我在這裡守著，不要告訴任何人，包括二爺。」

琺瑯驚訝地問：「夫人，都這麼晚了，才鬧過刺客，妳要去哪？」

「放心吧，沒事的。我去去就回。」

心中的自愧不如讓阮慕陽產生了巨大的危機感，自張安夷離開後便覺得心神不寧。大晚上去看望，孤男寡女，她心中實在膈應，想去看個究竟。

張安夷與沈未之間到底有什麼祕密？

阮慕陽尋到了沈未的住處，一路上並未有人懷疑。

好在沈未平日裡一個人獨來獨往慣了，院中連服侍的人和守衛都沒有。阮慕陽悄無聲息地靠近院中唯一亮著昏黃燭光的那間屋子。

身為官家女子，從小便被教養要落落大方，做事端正穩重，除去有一次在張安夷書房門口外，這是她做的最偷偷摸摸的事情了。

借著未關嚴實的窗戶，阮慕陽隱約看到了一個坐在床上、一個站在床邊的兩個人影，正是沈未與張安夷。

他們似乎發生了爭執，屋子裡的氛圍有些沉默。

「今日你實在不該這麼冒險。」聽到張安夷的聲音，阮慕陽愣了愣。

他的聲音裡沒有了往日的溫和，語氣彷彿變了一個人一樣。

坐在床上的沈未抬頭，清瘦蒼白的臉上帶著嘲弄之意，語氣也絲毫不客氣：「張二！要不是因為你，我至於兵行險著嗎？」

張安夷對沈未的嘲諷視若未見，依然語氣平靜地說：「妳是個女子，不論是要入內閣、或是靠近聖上身邊都太危險了，容易被發現。」

阮慕陽雖然早就猜到他知道沈未是女子，可如今聽到他這樣平靜地說出來，心中還是有些難受。

「所以你便在聖上有意提拔我兼任禮部侍郎的時候，推薦我去國子監？去教書？」沈未的聲音裡慢慢帶上了冷意，「我是男人！張二，你是在污蔑朝廷命官。」

對於沈未的脾氣，張安夷始終在包容著：「去國子監很適合妳。妳要做的事我會替妳去做。」

沈未像是被張安夷的話刺激到了，忽然跪坐在了床上，朝站在床邊的張安夷狠狠推了一把，紅著眼睛說：「誰要你替我平反？你憑什麼多管閒事？我們家的事我自己會解決！」

躲在外面的阮慕陽被沈未驀然地發難驚了一下。她原先覺得沈未除了身形瘦小了些，臉長得陰柔了些，身上已然沒有了女子的特性，卻不想看見了她這一幕。

沈未她到底還是個女子啊。

似乎她與張安夷的關係不如她想得那樣和諧。但是兩人爭執之間，沈未的毫無顧忌和張安夷的好不還口顯露出了他們之間的親密。

阮慕陽心中不是滋味，只覺得心裡像是被揪著一樣疼疼，想將什麼抓在手裡去填補心裡那種空落落的感覺。她面對張安夷的時候總是帶著幾分小心，除了床笫之前，從來沒有與他發過脾氣，更別說這樣毫無顧忌地說話了。

在沈未的話音落下後，房裡倏地安靜了下來。

即便被她猝不及防推得踉蹌了一下，張安夷面上始終一片平靜。他看著她，眼中沒有怒意，只有一絲無奈。

看到沈未皺起了眉，呼吸有些急促，他的聲音響起：「仔細妳的手。」

他就是這樣，不管遇到什麼事，不管遇到什麼人，都是一副包容的樣子，那雙被溫和的笑意遮掩著的眼睛裡深不見底，似乎能將天下一切都包容進去，溫潤謙和的樣子彷彿浸潤了千古，亙古不變。

沈未捂著手臂冷笑了起來，聲音裡帶著一絲虛弱說：「張二，我最看不得你這副虛偽無害的樣子。世人都被你的溫和給騙了，他們哪裡知道，再過幾年，怕是洛階和徐厚那樣老謀深算的人都不如你。」

沈未的這番話聲音不大，阮慕陽在外聽得隱隱約約，卻將大概的意思聽了出來。

她驚訝於沈未對張安夷的評價。

他真的如沈未說的一樣嗎？

從前阮慕陽只覺得他太高深，對她的好也有幾分沒道理和不真實，卻沒想到根本不止她想的這些。

她忽然覺得自己從來都沒有了解過他、看透過他，她與沈未口中的世人一樣活在了他給人的假象裡。

可是她已經在這種假象裡將心給丟了。

他對她到底有幾分真心？

重活這一世，即使被謝昭欺辱、被旁人小瞧、甚至在一個人獨自謀劃保全阮家的時候，她都沒有覺得像現在這樣孤獨無助，彷彿什麼都沒有了一樣。

對於沈未的評價，張安夷沒有反駁，依舊負手而立，站得如穿雲院那些青竹一樣端正，像是默認了那種評價一樣。

感覺到外面有風透進來，他看了眼窗子說：「妳有傷，吹風不好。這住處一個守衛都沒有，明日我替妳安排兩個。」

意識到張安夷要朝窗邊走來，阮慕陽知道自己再在這裡就要被發現了，匆匆離開。

阮慕陽帶著幾分恍然回到了自己的院子裡。

琺瑯看見了嚇一跳：「夫人，您這是怎麼了？」

「沒事。」阮慕陽壓抑著心中的失落，眼中再次恢復了明亮問，「我離開這段時間可有什麼異常？」

琺瑯搖了搖頭。

「好，一會兒二爺回來也千萬不要說。」阮慕陽叮囑道。

琺瑯雖然不明白發生了什麼，可是還是點了點頭。她畢竟是阮慕陽這裡的人。

張安夷從沈未處回來，發現阮慕陽還未睡，有些驚訝。

「夫人怎麼還未睡？」他走到她身邊，溫柔地撫了撫她的臉，語氣中帶著憐惜說，「路上辛苦，夫人都熬瘦了。」

他溫柔嬌慣的動作和語氣讓阮慕陽心中柔軟，險些又陷了進去。收起心緒，她極溫柔地朝他笑了笑說：「聽說沈大人病了，我有些不放心，讓琺瑯準備了一些我們帶過來的部品，明日讓二爺帶去。」

「夫人有心了。」張安夷的手指流連於她細膩的肌膚上。

阮慕陽垂了垂眼睛，試探地問：「二爺，從未聽說沈大人府上，不知沈大人府上是何處？二爺與他是同窗，又是同僚，往後兩家也可多多來往。」她回來之後想了許久也不知道沈未口中的「平反」是什麼。

她唯獨知道的是，張安夷對沈未的一切都很清楚，與她關係匪淺，不然不會說替她做她要做的事情。

他這樣輕描淡寫地將所有事擔當在自己身上，任何一個女子聽了都會心生仰慕，芳心暗許。

張安夷不動聲色地看了她一眼，眼中的溫和有一瞬間變化，又在須臾之間恢復了溫和，語氣裡帶著感嘆說：「沈四空啊……他的父母早年都沒了，沈家只剩下他一個獨苗。」

竟然沈家只剩下沈未一個人了。阮慕陽從這句話裡聽出了慘烈與血腥。

需要平反，那肯定是受到冤枉與迫害的官員了。阮慕陽飛快地在心中想著這些年全家受到牽連的官員。

然而武帝多疑又嗜殺，這些年被滿門抄斬的官員不計其數。

「怎麼會這樣？」阮慕陽面上帶著驚訝。

「天災，世事無常。」

確實是世事無常。在朝中做官，誰都不能想到以後會如何，說不定哪一日便會被牽連。

阮慕陽知道這只不過是說辭。將沈未的經歷猜得差不多了，上一世有著同樣經歷的她能感同身受。唯獨帶著這樣的決心，她才能在危機時刻搶在所有大臣和侍衛面前，以女子之身去救駕。

對沈未，阮慕陽的心情複雜了起來。

因為前朝餘孽的出現，守衛變得更加森嚴了起來。

刺客遲遲未被抓住，武帝大怒，也帶了幾分與前朝餘孽較勁的意思，宣布按照原計畫前往泰安州，敢在欽天監算好的吉時裡去祭泰山。

眾大臣阻攔，惹得武帝勃然大怒。

「你們這麼多人，竟然還比不過幾個刺客嗎？要是這樣，朕養你們何用！」

大臣們不敢再阻攔，祭泰山按原計畫進行。負責抓捕刺客的永安王嚴密地布置了守衛在武帝身邊，對於四周可疑人的排查始終沒有鬆懈。

經過了三日，隊伍終於到了泰安州，或許是因為安排了許多守衛，一路上都很平靜。

休整了一日後，武帝先帶著大臣至秦觀峰、聖賢小天下之處以及觀日峰。第二日才準備祀泰山之神。

女子不得去祭泰山，便都留在了山下的行宮之中。

因為華光一直都有祭祀泰山的習俗，每一任君王在位期間皆來祭過泰山，所以便在泰山腳下修建了一座行宮。

阮慕陽閒來無事，在房中悶得慌，便帶著琺瑯在行宮的盆景園裡轉著。

這處行宮修得極好，尤其是這盆景園，幾乎集天下最珍貴罕見，每一個都似泰山的一個小景。

就在阮慕陽逛盆景園的時候，忽然從角落裡出現了兩個人。

見他們是宮女打扮，她並不在意，可誰知路過的時候，一把匕首架在了她的脖子上。

「終於等到妳了。」其中一人朝阮慕陽露出了個冷笑。

「妳們是什麼人！」阮慕陽僵住了身子不敢動，聽著四周的動靜，希望有人走過。

琺瑯激動得要撲過來，卻被另一人劈手打暈。

「琺瑯！琺瑯！」阮慕陽擔心地叫著。

那把匕朝她的脖子貼了貼。「再出聲我現在就殺了妳！」

阮慕陽立即噤聲。

「帶我們去阮妃住的地方！」拿著匕首的那個女子扭著她道。

阮慕陽立即明白了她們的身分，也顧不得手上的疼痛了，驚訝地說：「妳們是前朝的人！」沒想到武帝去祭泰山帶走了大部分護衛卻讓刺客趁機而入到了行宮裡。武帝沒機會殺，她們便要刺殺阮妃和朝中大臣的夫人。

「知道就好！」另一個女人說，「再那麼多廢話，我們就把妳在濟南時與永安王苟合的事情說出去！」

阮慕陽臉色變了變。

沒想到之前在濟南，她與謝昭的事情被人看到了。

也就是說刺客先前就來打探過，然後找到了她這個突破口，一直在等著機會。

拿著匕首的女子把阮慕陽沉默當做了驚慌，不屑地笑了笑說：「妳只要把我們帶到阮妃面前就行，到時候人死了，沒人知道是妳帶的。妳要是不願意的話，我們就殺了妳，將妳剝光了丟在城門口，再把妳跟永安王事說出去，讓妳死也不得安寧，名聲不保！」說著，她拿著匕首在阮慕陽的頸項上輕輕磨了磨。

「好，我答應妳們。」匕首的冰涼和頸間傳來的刺痛讓阮慕陽腳下有些發軟。但是她強迫著自己保持冷靜，想著辦法。

若是她真的人帶到阮妃面前，即使阮妃被殺了，她也活不下來，這兩個人不會留活口。若是將人帶到阮妃面前，結果他們行刺失敗了，那麼追究下來她依然活不了，還會連累張家和阮家。

這兩個女子都會武，她沒有逃脫的可能。

這幾乎是個死局。

但是就算在死局裡，她也要找到活路！

她阮慕陽小心翼翼走到現在，怎麼可能倒在兩個前朝餘孽手中！

「別動什麼歪主意！還不快走！」匕首頂到了阮慕陽身後。

阮慕陽被推得踉蹌了一下，被迫走出了盆景園。兩個刺客跟在她身後，若不是有把匕首頂著，真的就像兩個侍女一樣。

路上偶爾有一兩個宮女和宦官走過，每到這個時候，阮慕陽就感覺到背後的匕首頂得更加緊，彷彿只要她一有動作就會刺入她的身體。

阮慕陽乖乖地沒有出聲。並不是她放棄了求救，而是向一個兩個宮女或者宦官求救沒有用，在他們去叫人抓刺客的時候，背後的匕首已經插入自己的身體裡了。

宮女太監不行，阮妃和一些大臣的夫人是刺客的目標，更不能帶著刺客過去，而隨行的大臣都跟著武帝去祭泰山了。

不對，有一個人沒有去。

受了傷的沈未。因護駕有功，武帝特許她在行宮中養傷。

她還記得那晚張安夷說要給她派兩個侍衛。

只有她了。

阮慕陽沒想到有一日自己的性命會掌握在沈未手中，這種心情很複雜。

只盼著她能發現異常。

心中有了計較，阮慕陽便帶著她們朝沈未的住處走去。

那兩個人像是意識到了什麼，其中一個懷疑地說：「去阮妃的住處是這條路嗎？妳不要耍什麼花樣！」

阮慕陽慌張地道：「就是這條路。」她確實繞了一下路，這條路不僅能路過沈未的住處，還能通向阮妃的住處。好在換到了泰山腳下的行宮，之前守衛森嚴，刺客沒機會混進來弄清楚，在濟南府住的地方怕是已經被她們摸清了。

一路上，阮慕陽都在想到時候如何讓沈未注意到她。

原本她準備到時候拚盡全力弄出個大動靜，只要沈未注意到，這兩個刺客忌憚她身邊的侍衛也不敢當場就殺了自己。

結果連老天都在幫她。

她帶著那兩個刺客走過沈未的住處時，沈未正在外面晒太陽，正好看到了她。

「嫂夫人。」

感覺到背後的匕首又緊緊地貼著她，阮慕陽神色如常地笑了笑說：「沈大人背上的傷好些了嗎？」

沈未疑惑地打量著阮慕陽。所有人都知道她傷在了手臂上，怎麼會在背上？

「多謝嫂夫人關心，沒有大礙了。」

阮慕陽臉上露出了溫柔的笑容說：「我一直記掛著沈大人的身子，沒大礙就好，也省得我牽掛了。如今刺客不知道在哪裡，大人要小心。我還要去阮妃娘娘那裡，先走了。」

跟在阮慕陽身後離開，其中一個刺客似乎被方才她對著沈未目光曖昧的樣子噁心到了，極為不屑地罵道：「蕩婦！」

阮慕陽卻不在意這些。

此時，她的心跳得飛快。已經表現得這麼異常了，希望沈未能有所察覺。

沈未回想起阮慕陽方才的話，皺起了眉，隨後若有所思地看著她帶著兩個侍女離開的背影。像是看出了什麼端倪，她忽然一怔，對兩個侍衛說：「怕是有刺客混進來了，行宮裡還留了多少人？」

另一邊，見過沈未之後，阮慕陽便下意識地放慢了腳步等待著。

等待的時間總是漫長而焦灼的，她緊張得額頭開始冒汗了，再一個拐彎就要到阮妃的住處了。若是沈未還不出現，她恐怕到時候只能拚死一搏了，因為護駕死在刺客手下，好歹不會因此連累張家和阮家。

沈未救武帝時好歹有那麼多侍衛和大臣在場，而她是真的要以血肉之軀去拚了。

忽然，兩個刺客感覺到了異動，停了下來。

被迫停下來的阮慕陽鬆了口氣。看來是有救了。

此時她早已顧不上被匕首頂得發疼的後背。

隨後，只見十幾個侍衛從四面出現，將她們團團圍住。

兩個刺客猝不及防，警惕地看著四周。

沈未從侍衛中出現，負手而立，脊背挺得筆直。雖然是女子身，但是常年的男子裝扮讓她舉止間毫不見女氣，統領著侍衛的樣子氣勢十足儼然是一個朝中大臣，氣勢十足。只聽她冷著聲音道：「保護好張夫人，將刺客拿下！留活口！」

即便兩個女刺客武功再高強，也逃不出十幾個侍衛的包圍。

意識到被算計了之後，其中一個憤恨地看了眼阮慕陽：「是妳使詐！」說著便要用匕首刺進她的後背。

好在在匕首刺破她的衣服，她的脊背上感覺到了清晰的疼痛的時候，那個女刺客被制住了。

打鬥的聲音引起了不遠處院子裡阮妃的注意。阮妃與幾個婦人一出來看到的便是這樣緊張的場景。

終於脫離了危險的阮慕陽被推到了旁邊。失去了禁錮，她腳下發軟，險些跌倒。好在沈未及時扶住了她。

「多謝沈大人！」

沈未看著眼前這個模樣狼狽，臉色發白，卻努力保持著冷靜、沒有失了儀態的女子，目光有些複雜地道：「若不是嫂夫人臨危不亂，機智過人，今日的後果恐怕不堪設想。」

心中對沈未始終存著幾分介懷，又不得不佩服她的細心，不得不感謝她救了自己，複雜的情緒讓阮慕陽存了幾分較勁的心思，不願意示弱，也不願意露出軟弱的樣子，即使她明明後怕得想哭。

「沈大人，兩名刺客已經抓住！」侍衛將兩個女刺客綁了起來。

沈未瞇起了眼睛，道：「暫且看管好，防止她們自盡，等皇上回來再做定奪。」

隨後，他走向驚魂未定的阮妃和幾個婦人面前，行了個禮道：「讓娘娘和各位夫人受驚了，刺客已經被捕。為了安全起見，還是要小心一些。」

「多虧了沈大人。」阮妃道，「等聖上回來，本宮必然會稟明聖上，論功行賞。」

沈未越發謙和：「謝娘娘，這些都是臣應該做的。」

阮慕陽將眾人的反應看在眼裡，心中的複雜難以言表。他們哪裡能想到，這個統領全域、臨危不亂地帶著侍衛抓捕刺客的沈大人其實也是個女子呢！

回到住處，見琺琊還沒有回來，阮慕陽立即派人去盆景園找。果然她還倒在那裡。

琺琊醒來後看見阮慕陽立即哭了出來：「夫人，妳沒事吧？有沒有受傷？」琺琊雖然不如點翠回說，但是對她是特別忠心的。

提起受傷，阮慕陽感覺到背後先前被匕首抵著的地方始終有些疼，便脫下了衣服讓琺琊看了看。

「夫人，真的有條口子，還流了血。」

上過藥後，阮慕陽換了身衣服，等待武帝回來後召見。

出了這麼大的事，她又與刺客接觸了這麼久，肯定是會被召見的。

傍晚，武帝祭泰山歸來便聽說了刺客的事情。

申時，武帝派人召見阮慕陽。

阮慕陽到的時候，沈未、張安夷、謝昭等人都在。而抓到的兩個刺客正被綁著，跪在了正中央。

「臣婦參見皇上，皇上萬歲萬歲萬萬歲。」

「阮家的丫頭，前年朕在毓秀宮見過妳，起來吧。」

「謝皇上。」阮慕陽站了起了身。

在場的都是大臣，唯獨她一個婦人，所有人的目光都落在她身上。而她一下子就感覺到了來自張安夷熟悉又溫和的目光。她微微抬首朝他看了看，正好看進他幽深的眼中。

一旁的謝昭將他們夫婦二人的眼神交流看在了眼中，朝阮慕陽方向微微地勾了勾唇。

「朕聽沈卿說了，這次多虧妳臨危不亂，與兩名刺客周旋，還想方設法提醒了他。」武帝的語氣裡帶著讚賞。

阮慕陽立即道：「還是多虧沈大人心細，不然憑藉臣婦一人之力定然無法與刺客抗衡。」

見她不僅臨危不亂，而且也不邀功，平靜端莊的樣子帶著對自己的恭敬卻不畏縮，武帝心下更加滿意了。他看向張安夷說道：「你們這段姻緣的由來朕也有所耳聞，想來都是緣分。有這樣一個孫媳，你祖父也該高興了。」

張安夷立即道：「皇上說得是。能娶到慕陽為妻確實是臣的福氣。」

阮慕陽被他這番在聖上面前的表白弄得臉紅了紅，卻見他一片坦然。不只是這番話沒有走心，還是因為心中強大到刀槍不入了。

看著張安夷與阮慕陽恩愛的樣子，武帝有些感慨地說：「當年朕與孝靜皇后也像你們這樣。」

武帝提起孝靜皇后，誰也不敢說話。

「好了，這次沈卿與張卿的夫人皆有功，朕必然重重有賞！」

武帝話音落下，跪在地上的刺客忽然冷笑了一聲。

這一聲冷笑十分突兀，讓所有人皺起了眉。阮慕陽卻倏地想到了什麼，心提了起來。

那個刺客顯然已經將生死置之度外了，憤恨地看著讓她們功虧一簣的阮慕陽，語氣裡帶著嘲諷說：「狗皇帝，你怕是不知道吧？你的兒子與臣子的夫人有染，朝中烏煙瘴氣，你竟然還笑得這麼開心！」

武帝瞇起了眼睛，眼中帶著殺意：「你說什麼？」

「我親眼所見，還能有假？」女刺客說話的時候一直看著阮慕陽，顯然她口中的「臣子的夫人」指的就是她。

而此次巡行唯一跟著武帝的皇子便是永安王謝昭。

在場的大臣皆是玲瓏心腸，一下子就想到了。女刺客說的不像有假，他們的目光開始在阮慕陽與謝昭之間來回。

他們不約而同地想到了謝昭曾與阮慕陽有婚約的事情。後來因為阮慕陽落水被張安夷所救，這門親事才作罷，當時在上京鬧得沸沸揚揚。

武帝前一刻還說張安夷與阮慕陽像自己與孝靜皇后年輕的時候，後一刻便被打臉。「她說的可是真的？」他的語氣很危險。

謝昭立即跪下道：「父皇！兒臣冤枉！」

「臣婦冤枉！」阮慕陽雖然不想與謝昭在一個陣營，可是此刻卻不得不與他一起證明清白。

她不知道這個時候張安夷是何表情，只是感覺到他停留在自己身上的目光讓她喘不過氣來。

他生氣了吧。

武帝不動聲色地看著他們：「哦？冤枉？怎麼冤枉了？」

「兒臣也不知這兩名刺客是何居心。兒臣與張夫人雖然是表兄妹，卻未見過幾回，怎麼可能有染？」

謝昭並不知道刺客看見了他們在濟南時發生的糾葛，自然也無應對之策。

但是阮慕陽卻是知道的。

在謝昭自證清白後，阮慕陽平靜清脆的聲音響了起來。

「妳說我與永安王有染？」

「是的！妳行為不檢！」

在刺客的指證下，阮慕陽的脊背挺得筆直，坦然地被眾人看著，聲音裡沒有一絲慌亂：「我與永安王只是表兄妹就能有染，如此說來，妳是不是還要說我跟救了我的沈大人之間更是不清不楚？」

刺客是恨極了阮慕陽，再加上先前確實看見了她對著沈未時曖昧的目光，便想也不想就道：「沒錯！」

阮慕陽好笑地勾了勾唇，不再搭理刺客，而是看向武帝說：「皇上，刺客明顯就是在報復臣婦。以她的話來說，臣婦與所有人都有染！」

她的聲音帶著女子特有的柔軟，卻擲地鏗鏘有力。

謝昭忍不住看了她一眼，覺得此事的阮慕陽有些陌生。與她的話比起來，他那些自證明白的話顯得有些蒼白無力了。

他竟然需要她來幫。雖然他知道若不是她自己也牽扯其中，她一定不會開口幫他。

此時，沈未立即跪了下來，語氣堅定地說道：「皇上，臣與張夫人之間清清白白！還請皇上明鑑！刺客居心不良，意圖污蔑大臣和皇子，還請皇上下旨懲治刺客，抓其同黨！」

「沈卿身上有傷，快起來。」

原本武帝對刺客的話是有六分相信的，為什麼刺客只說阮慕陽與謝昭而不說別人？

在場的其他人也與武帝想的一樣。

可現在刺客又像瘋狗亂咬人一樣說阮慕陽與沈未也有染，這樣一來，先前的可信度就不大了。

刺客這才知道阮慕陽的用意，憤怒地看著她，可是已經晚了。

就在武帝沉默著、像是在分別刺客的話是真是假的時候，張安夷忽然走到前面跪了下來說：「皇上，臣相信慕陽的品行，絕對不會做出這樣的事情。」他的聲音不大，就如同他往日裡那般溫和。

「請皇上明察！」

「請皇上明察！」

「請父皇明鑑！」

武帝看著跪在地上的張安夷、阮慕陽、沈未、謝昭四人，終於開口道：「刺客居心叵測，朕令永安王徹查此事，張安夷協助，抓住同黨。沈卿兩次救駕有功，升吏部右侍郎。張安夷的夫人阮氏，沉著冷靜、臨危不亂，封贈六品敕命。」

第三十七章　提議改立太子

五品以上官員的夫人成為誥命，五品以下為敕命。

張安夷如今是正六品，阮慕陽得了封贈便是六品敕命夫人，也算是因禍得福了。

從武帝處出來，沈未朝阮慕陽笑了笑說：「恭喜嫂夫人。」

沈未是個心思剔透的人，剛剛在武帝面前被阮慕陽故意拉下水，不可能沒有察覺。不說，只不過是心照不宣罷了。

阮慕陽想了想，還是同她道了個歉：「沈大人，方才多有得罪。」

「嫂夫人客氣了。方才情況危急。」沈未笑得極客氣。

一旁的張安夷始終沒有說話。

與沈未分開後，阮慕陽與張安夷並肩走在泰山行宮的花園裡，氣氛有些沉默。

被宣過去的時候已是申時，現在天早已黑透了。泰山腳下比旁的地方似乎夜色要深一些，阮慕陽幾次抬頭去看張安夷，都看不清他的神色。

他本就知道她與謝昭之間的事情，她自證清白或許旁人會信，他估計是不相信的。

阮慕陽心中沒底，幾次想開口卻不知道要說什麼。

這一天過得驚心動魄，回去後阮慕陽就有些乏了。

張安夷卻在踏進屋子的這一刻，漆黑的眼中終於有了變化。他看向阮慕陽問：「夫人受傷了？」

他聞到了藥味。

他的語氣一如往常一般溫和，漆黑的眼睛淬著房裡暖黃色的燭光，溫柔極了。雖不知他是真心這樣溫柔，還是像沈未所說的將所有的心思、籌謀和情緒藏在了這副溫和的外表之下，阮慕陽的心還是軟了下來。

不同於沈未那樣堅韌，她本就是弱質女流，即便活了兩世亦是生活在官家後宅，從小就被嬌養著，今天收到了這樣的驚嚇，被刺客的匕首抵著喉嚨又抵著後背，怎麼會不害怕？強撐了大半天，所有的堅強和委屈都因為他忽然柔和下來的目光和顯而易見的關心，變得不堪一擊。

忍著有些發酸的鼻子，阮慕陽側著身子不去看他，回答說：「背後被匕首刺破了個小口子。」雖然極力忍耐著，但是開口還是帶著控制不住的脆弱，聲音顫著。

明明很委屈，卻還不想被他看見，一個人強撐著，她這副模樣惹人憐惜極了。

張安夷輕輕嘆了口氣。

這一聲輕嘆是什麼意思？對她的失望還是無奈？

阮慕陽頓時鼻子的酸意衝到了眼眶。

隨後，一隻手搭在了她的肩膀上，將她轉了過來。

「受傷了怎麼不告訴我？還在這兒同我鬧情緒？」張安夷包容地看著她，語氣裡帶著非常明顯的嬌慣，像是在哄小孩子一樣。

阮慕陽搖了搖頭。她想起了沈未與他爭執的樣子。她想她這輩子都無法像沈未那樣同他鬧情緒的。

或許真的是因為被嚇著了，平日裡可以控制住的情緒現在控制不了了，她的眼淚不知怎麼就掉了下來。

「二爺，永安王確實因為婚約的事一直不肯放過我，但是我與他之間清清白白。」

見張安夷沒有回應她，阮慕陽的心一下子涼了下來。

這時，張安夷忽然將她扶到了床邊坐下，說：「將衣服脫了，我看看妳的傷口。」他的動作如他的人一樣溫柔，卻也因為那抗拒不了的力量，隱隱帶著幾分強勢之感。

將衣服脫了給他看後背？

臉皮薄的阮慕陽有些不好意思，說道：「下午我已經讓琺瑯給我上過藥了。」

若是放在平時，阮慕陽少不了還要因著大家閨秀的矜持忸怩一會兒，可是方才她解釋與謝昭的關係是張安夷並沒有回應她，而是岔開了話題，這讓她心中沒底，在氣勢上就弱了幾分。

張安夷或許也是正好抓住了她這一點。

終於，在張安夷幽深的注視下，阮慕陽咬了咬唇，背對著他，將手伸向了衣襟。

沒過多久，隨著她的衣服到了腰間，整個後背便露了出來。

她後背的肌膚白皙細嫩，脊柱優美的線條由後背蜿蜒至腰下的陰影之中，惹人遐想。後勁處、腰處粉色小衣的繫帶將她的後背纏繞著，比起一片光滑的背，更加帶著幾分讓人想要欺負的味道。

張安夷的目光落在她的背上。鮮少有這樣細細看著的機會，他將床邊的燈拿近。在燈火下，她旁處的肌膚一點瑕疵都沒有，嫩得彷彿一掐就能留下痕跡。肌膚下隱隱凹陷下去的脊柱也清晰可見。

最後，他將目光落在了她腰部之上的傷口處。白皙的肌膚上，那一處傷口觸目驚心。

背對著他的阮慕陽隱約感覺到他拿著燈，更加不好意思了起來。背後慢慢發燙，也不知是因為燭火靠近被烤的，還是因為他深邃的目光。

見張安夷遲遲不動，阮慕陽的身子顫抖了起來，喚了他一聲：「二爺。」

張安夷像是終於回過神來，語氣中帶著憐惜問：「還疼嗎？」說著，他將手伸了出來，沿著她腰部的曲線撫向了傷口邊緣。

不知道是癢還是疼，阮慕陽的身子更加明顯地顫了起來。「不疼了。」

實際上還是疼的。

當張安夷的手指又靠近了傷口處一些時，阮慕陽倒吸了一口涼氣。

因為背對著，什麼都看不到，所以感覺更加靈敏。她覺得這種又疼又癢的感覺甚是難耐，如同酷刑一般。

他這是在懲罰她吧？

隨後，張安夷的聲音在她身後響起：「夫人可知聽說行宮之中混入了刺客之時我擔心極了妳？後來又聽說妳做了那麼危險的事，更是心中震盪，想回來好好看看妳。夫人這一身肌膚，平日裡我都捨不得在上面留下痕跡，捧在手心嬌慣著，卻沒想如今受了傷。」

張安夷這番帶著挑逗的話說得語速很慢，說話時手指不停地在傷口附近摩挲著，阮慕陽的呼吸急促了起來，身子一陣一陣地顫，無所適從。

「該拿夫人如何是好？」

驀地，阮慕陽感覺到傷口處一陣溼熱，竟是張安夷吻了下來。

他的唇所觸之處如同有螞蟻在輕輕地咬著，再加上傷口處隱隱的疼痛，這種難耐地感覺以極快的速度蔓延，阮慕陽驚呼出聲，身子猛然僵硬了一下想逃脫這種折磨，卻被張安夷按住了腰。

她的眼淚再次掉了下來，卻不是因為傷心。

「二爺……淵在……我受不住了。」阮慕陽幾乎控制不住自己的顫抖的聲音，低泣道，「求你放開我。」

在她嬌軟的請求下，張安夷終於放過了她。

阮慕陽像是脫了力一般，趴在了床上喘著氣，眼角還帶著淚。

張安夷又從床頭拿來先前琺瑯給阮慕陽上的藥，打開瓶子用手指抹了藥，塗在了阮慕陽的傷口處。乍然的清涼讓渾身癱軟的阮慕陽倒吸了口氣，最終還是任由他了。

她覺得今晚的張安夷太過莫測了，讓她毫無招架之力。

上過藥後，張安夷脫了衣服上床，憐惜地將阮慕陽抱在了懷中，如同往常睡覺的時候一樣溫存著。平息下來的阮慕陽感受著他懷中的溫度，心慢慢地安靜了下來。她猶豫了一下，又低聲說：「二爺，我與永安王真的——」

「我知道。」張安夷打斷了她，「這一世，妳始終只是我的夫人。」他帶著幾分低啞的聲音裡透著悠遠。

聽到他的回答，阮慕陽下意識地問：「那你方才——」

聰明如她，一下子反應了過來。他難道就是為了借著她的小心與低落騙她脫下衣服，任他做著那些她現在想想身上還發軟的事情？

見阮慕陽不說話，張安夷低頭在她額上吻了吻說：「夫人今天累了，早些休息吧。還有三日便要動身去湘西，明日開始我會因為前朝餘孽的事忙起來。」

他的聲音溫柔極了。

隨後他又揶揄地說道：「如今夫人成了敕命，已然能拿朝廷俸祿了，但是品級仍需從著我。我還得努力一些為夫人掙個誥命。」

他的話雖帶著幾分夫妻之間的玩笑之意，卻讓阮慕陽聽得心中湧動。

他如今是六品，她便是六品敕命夫人，若是他成了一品大員，她便是一品誥命夫人！

接下來的三天，張安夷每天都在阮慕陽睡著了之後才回來。

武帝下令謝昭徹查泰安州亂黨，張安夷協助，三日之內若是一點進展都沒有，是要被治罪的。

謝昭因為差點被刺客誣陷成功，心中惶恐，對這件事極為上心。看著溫溫和和的張安夷，他忍不住諷刺道：「張大人倒真是不著急，三日之後不怕聖上降罪嗎？」

張安夷如同一團棉花一樣，笑咪咪的，神色不變地說道：「自是沒有王爺著急。」謝昭如今輸不起，而他，本就得到的不夠多，自然沒有他看中了。

謝昭暗恨。

好在第三日的時候，謝昭與張安夷終於有了進展。

透過對那兩個女刺客的審問和用刑，猜出了泰安州亂黨的藏身之處。雖然他們到的時候亂黨已經得到了消息跑了大部分，但是還是抓到了七個人。張安夷更是假裝讓一個人跑了，然後暗中跟蹤，一舉搗毀了好幾個他們的藏身之處。

泰安的亂黨元氣大傷，四處逃散，短時間內恐怕很難重頭再來。

武帝大喜。

因為謝昭本來就是王爺了，所以就賞賜了他一些金銀珠寶。

而張安夷，升吏部左侍郎，正三品，兼東閣大學士。

原先他只不過是在內閣當差，如今終於有個學士的身分，能夠當得起一聲「內閣大學士」了。

泰安州的亂黨被抓捕後，巡行的隊伍立即按照原計畫前往湘西。

受齊有光貪污一案影響最大的便是山東與湖南兩處。

至長沙，由湖南巡撫接待，入住臨時行宮，停留三日，先加恩士紳、觀民察吏，後至天心閣，又觀嶽麓書院。

正當武帝準備繼續往湘西深入的時候，宮中傳來消息，太子因處理政務太過勞累，病倒了。

太子自幼便體弱，武帝此次讓他坐鎮京中是想磨練與培養他，卻不想太子卻病了。

「眾卿有何提議？是繼續走，還是回宮？」武帝將隨行大臣召集了過來。

其中較為會察言觀色的見武帝擔心太子，自然是建議回去的。

當然也有耿直的御史們反對。

而像張安夷、沈未這樣年紀輕，資歷不夠的，便在一旁眼觀鼻鼻觀心，不說話。

隨行的左副都御史余傑書站出來提議道：「皇上，京中除了太子殿下之外還有洛閣老與徐閣老兩人輔佐，想來需要太子親自操勞的政務不會太多。治理我光華的君王必定要是像陛下這樣身子強健之人，太子雖然生性溫和，卻體弱多疾，日後繼位，恐難日理萬機——」

所有人都因為余大人的話心中一震，連呼吸都小心了起來。他們紛紛想到了在場的另一個皇子——永安王。近大半年來，永安王勢頭大好。

而永安王謝昭立在旁邊，一動不動。

余大人這番話的意思是太子體弱，恐擔不起這萬里江山，希望武帝考慮改立太子。可是誰不知道武帝尊敬懷念孝靜皇后？孝靜皇后殯天不到一年，便敢提改立太子之事，簡直就是不要命了。

放眼整個光華，敢不怕死說這種話的，只有都察院的御史們了。光華的太祖皇帝曾下令，不得殺御史。

武帝聽了之後大怒，狠狠地拍了下桌子道：「余傑書！你可知你在說什麼？太子怎可隨意改立！」

在場所有人的頭都低得更低了，一句話都不敢說。這個時候只要說錯了一句，就是掉腦袋的事情。

余大人跪了下來，大聲道：「皇上，臣也是為了我光華的江山社稷著想，還請皇上仔細考慮。」

武帝瞇起了眼睛，看著年邁的余大人，眼中閃過殺意，最終又被忍了下去。他深吸了一口氣，敷衍道：「好了，這件事朕會考慮。如今在商議的，是否再往湘西去。」

這個時候，在場沒有人會想到左副都御史余傑書大人的這番話是日後變數的開始，就連余大人自己都想不到，他這番話在許多人心裡埋下了一顆種子，日後會生出想法。

武帝說到這裡，又忽然看向了張安夷：「張卿，你認為如何？」

所有的大臣都替張安夷捏了一把汗。

武帝明顯還在氣頭上，這時候說話要格外小心了。

被點到名的張安夷也不慌張，依舊是一副溫和的儒臣的樣子，恭敬地說道：「回皇上，臣以為，將天恩福澤傳到湘西內，讓湘西的百姓感受到皇恩浩蕩是十分重要之事。但是再往湘西裡面走，山路艱險，更有蚊蟲毒瘴，實在不適合皇上犯險。加之太子病倒，朝中需要有人坐鎮——」

說到這裡，他停頓了一下，說出了自己最後的想法：「臣認為當派人代表皇上前往！」

武帝將他的話思索了一番，看向此次同來的另一名內閣學士說：「宋愛卿認為他的建議如何？」

這個宋學士說來與張安夷還有一絲親戚關係。阮慕陽的嫡親姐姐阮暮雲嫁的便是宋學士的嫡子。

張安夷這個主意再妙不過，既沒有違背武帝的意願，又給了一個解決這件事的意見。

宋學士立即道：「回皇上，臣以為張大人的建議十分合理。」

有這個兩全的辦法自然是最好的。

武帝看著張安夷溫和謙恭、又是年紀輕輕一表人才的樣子，彷彿看到了光華未來的希望，眼中露出了笑容說：「宋愛卿，是不是覺得後生可畏？」

「是啊。」宋學士點頭。

接下來，誰去替武帝傳遞浩蕩皇恩又成了一個問題。

原本身為皇子的永安王謝昭是最合適不過的，但是方才余大人提議改立太子，而永安王謝昭又是剩下的皇子裡最出眾的，無疑是把他推了出來。武帝沒有改立太子的意思，自然就遷怒了謝昭，此時也不願意將這麼重要的事情交給他。

永安王這麼合適的人選，卻誰也不敢提，怕惹惱武帝。

武帝將目光在眾位大臣之間轉了一圈，思索了一番後，看向剛剛升任吏部左侍郎兼東閣大學士的張安夷道：「這件事便由你去辦吧。」

「臣領命。」

事情定下來了之後，巡行的隊伍便準備動身回京了。

阮慕陽並不知那一日的談話。臨回京前一夜，她替張安夷收拾著東西，心中有些擔心，忍不住說：

「為何皇上偏偏派二爺去湘西？」雖然這是件極榮耀的事情，但是路上艱難。

有謝昭在，她怎麼也想不通這件事怎麼會落在張安夷身上。

「只不過比你們晚半月回京罷了。」張安夷笑了笑，在她身邊坐了下來，語氣溫和地說，「原本聖上應該派永安王去的，但是都察院左副都御史余大人提了改立太子的事情，觸怒了聖上。」

阮慕陽手中的動作停了停。

若是改立太子，最合適的人選就是謝昭了。

好在武帝心中感念著與孝靜皇后的情意，沒有改立太子的打算。

上一世她死得太早，沒有看到謝昭到底有沒有登上皇位。

「二爺對此事有什麼看法？」她試探地問。

張安夷入內閣也有一段時間了，與洛階和徐厚接觸的機會很多。但是到現在，他與洛階和徐厚的關係似乎都不錯，看不出偏向哪邊，兩邊的人也都在拉攏他。

對上了她的眼睛，將她的在意看在眼中，張安夷笑得有幾分高深，說道：「夫人，聖心難測。這種成王敗寇的事，選擇哪邊都有一半的機會成為君王登基時腳下踩著的白骨。於我而言，到時無論誰是君王，我這個臣子都是一樣做。」

阮慕陽琢磨著他話中的意思。

所以他是決定哪邊都不站，哪邊都交好，行中庸之道？

慢慢地，張安夷的語氣悠遠了起來：「伴君如伴虎，我要的不過是能夠給夫人掙誥命，最後，壽終正寢。」

作為天子近臣，接近權力巔峰，除了要擔心犯錯，整天琢磨聖心之外，還要防止日後被聖上忌憚。於他們來說，最後求個壽終正寢，何其困難。

阮慕陽聽得心中感慨，也十分感動，卻忍不住去分辨他這番話的真假。

因為她想問，如果真的只是這樣，那他要如何才能替沈未平反？

沈未到底是什麼身分，她遲早要打聽清楚的。

六月底，武帝的聖駕終於回到了上京。

阮慕陽回到張府後立即去拜見了老尚書與老夫人。

老夫人對她自是一番噓寒問暖。

老尚書則是問了她一些路上的事情。在山東出現刺客的事情也傳到了上京。

阮慕陽答道：「在濟南府時遇上了行刺，好在沈大人挺身而出救了聖上。」

「可是安夷的同窗，那個沈公子？」老尚書問。

阮慕陽點了點頭，又道：「後來在泰山行宮之中，刺客混入，好在最後被抓了。聖上令二爺協助永安王徹查刺客，最後搗毀了刺客的藏身點。二爺立了功，升了吏部左侍郎兼東閣大學士。」

老尚書聽到這裡，露出了極為自豪的笑容說：「吏部乃六部之首，當年洛階和徐厚兩人也都在吏部任職過。」

此子前途無量。

阮慕陽並沒有因為老尚書的話欣喜若狂，臉上帶著慣有的淺淺的笑。

這時，外面有小廝跑了進來，臉上帶著幾分喜氣說：「老太爺，老夫人，聖上派人來宣旨了！」

皇上派人來宣旨，自然張家上下都要到。

在前廳裡，阮慕陽看到了許久不見的王氏、季氏還有張安玉。王氏手裡抱著的張初靜現在已經四個月大了。

所有人都以為聖上派人來是對張安夷嘉獎與賞賜，卻不想讀旨的太監嘴裡說出的卻是阮慕陽的名字。因為張安夷升了吏部左侍郎，兼東閣大學士，正三品，對阮慕陽的封贈也從敕命變成了誥命。

她怕是本朝最快由敕命升為誥命的人了，還是三品誥命夫人！

誥命卷軸由工部所屬的神帛制敕局文官的織造，誥命織文由玉箸篆，上書「奉天誥命」四字。

從宣讀旨意的太監手中接過文書，阮慕陽的手指感受著絲織物的柔軟，心中又是激蕩，又是感慨。重活了一世，步步驚心，仔細籌謀，最開始為的不過是個報仇，而如今她已經是三品誥命了！

往後會更好，報仇也指日可待！

「臣婦謝主隆恩！」

宣旨的人離開後，阮慕陽在琺瑯和點翠的攙扶下站了起來。她發現大家看她的目光發生了變化。

老尚書和老夫人自然是高興極了的。

而王氏臉上的笑容卻有幾分勉強。同樣不是真心高興的還有季氏。

「恭喜二嫂了。」張安玉第一個說道。他依舊是一副懶散的樣子，看著她的眼神裡帶著幾分嘲弄，語氣裡也沒有幾分真心。

阮慕陽笑了笑道：「多謝四弟。看來四弟的身子已經完全好了。」

提起這件事心裡就膈應，張安玉好不容易才忍住沒冷哼出聲。

阮慕陽又走向王氏，看了看她懷裡的張初靜。四個月的張初靜比起剛生下來的時候白嫩了許多，一雙手胡亂地揮著。阮慕陽看著她可愛的模樣，心中柔軟了起來。

她忽然很想要個孩子，與張安夷的孩子。

若是來日謝昭死了，她便能開始安安心心過日子了，到時候一定要給張安夷生個孩子。

張初靜咿咿呀呀的聲音讓阮慕陽回過了神。

她從手上褪下了一個鐲子放在了包著她錦被之中，對王氏笑了笑說：「這是我這個嬸嬸給的見面禮。」

「多謝二弟妹。」王氏客氣地道。

休息了幾日後，阮慕陽跟老夫人說了一聲便回了阮家。

此次回來，她還聽到了一個好消息——她的哥哥阮明華的親事基本上定下來了。女方是右都御史劉之洞的嫡長女。

因為還在國喪期間，所以兩家還未正式過禮交換八字。

現在阮慕陽已經是三品誥命，回到阮家，姨娘楚氏和黃氏都要來跟她見禮。

「兩位姨娘請起。」阮慕陽看向了黃氏，又看了看黃氏身後有些膽怯的二弟阮明遠。

阮明遠現在才剛剛十歲。

想起自己毀了的女兒，黃氏眼中帶著幾分恨意地看著阮慕陽，見她看著自己的兒子，眼中又露出了幾分慌張，擋在了兒子前面。如今這個兒子是她下半身的依靠了。

阮慕陽覺得黃氏的動作有些好笑。她與黃氏母女本沒有什麼深仇大恨，更犯不著去害一個只有十歲大、誰都威脅不了的孩子，怪只怪阮慕汐自己找死。

她勾起了淺淺的笑說：「黃姨娘這麼緊張做什麼？二弟如此乖巧，招人喜歡還來不及。」

黃氏聽懂了阮慕陽話語中的警告和威脅。

只要他們母子不作妖，她便不會動他們。

阮慕陽在阮家一直等到了阮中令從工部回來。

說起來，她的誥命文書還是阮中令底下工部的人織造的。

聽說了她在泰山行宮的事情，再結合之前的兩次談話，阮中令再也不敢小瞧這個女兒了。

父女兩人一番問候之後，阮慕陽終於奔入主題。

「父親可知，在長沙之時，左副都御史余大人提議改立太子，聖上大怒的事情？」她此番來便是不放心，怕阮中令念在與阮妃的兄妹之情上，站在了謝昭那邊。

不過在得知阮明華是與右都御史劉之洞的嫡長女定親，她便放心了幾分。

如今朝中洛階和徐厚兩大派系涇渭分明，唯有都察院的御史言官們始終保持著中立，與御史結親，那就是兩邊都不偏向，再合適不過。

阮中令隱約聽說有人提議改立太子，卻不清楚其中細節，聽了阮慕陽的話臉色變了變，問：「聖上當真大怒？」

阮慕陽神色凝重地點了點頭。

「父親，太子的身體怎麼樣了？」

阮中令嘆了口氣說：「自從上個月病了開始，始終不見好轉。」這樣的身子，如何為君？

隨著太子的病遲遲不好，身子比以前還要差，改立太子的呼聲會越來越高，到時候朝中便要開始混亂了。

阮慕陽不知道武帝是會繼續堅持，還是聽大臣們的話改立太子。

「父親，朝中局勢不明，還是保持中立最好。」阮慕陽道。

阮中令神色晦暗地點了點頭說：「暫時只能先觀望著，但這不是長久之計。」

阮慕陽明白阮中令的意思。

隨著局勢越來越緊張，兩邊都在壯大實力，除非有能力與洛階和徐厚都交好，讓他們不捨得放棄，不然讓他們發現拉攏不過來的時候，定然會選擇剷除異己。

若是直接選擇太子這邊如何？

這個提議阮慕陽不敢說出來。

太子自小便體弱，請了許多名醫都調理不好，贏面太小了。

但是她只能選擇太子！

在阮慕陽抵京半個月後，張安夷終於回來了。

他一回京便先去面聖，面聖回來之後便去拜見老尚書與老夫人。阮慕陽直到晚上才看到他。

許是這趟湘西的歷練，他臉上的輪廓比原先更硬朗了些，溫和的眉宇間更是帶著一種寬廣與包容，如同能將整個光華的江山社稷裝下一樣。

他們夫妻半月未見，雖然口上都不說，但心中都是存著許多思念的，晚上自然是要抱著溫存一番的。

倚在他懷中，阮慕陽感受著他的懷裡的溫度，說起了阮明華的親事。

「右都御史劉大人為人正直，現在是局勢之下，這樣的親事再合適不過了。」張安夷在她耳邊說道。

阮慕陽點了點頭：「我與你想的一樣。」

隨後，她又問起了湘西的風土人情，張安夷便細細地說與她聽。

阮慕陽活了兩世，除了上京，唯一去過的地方便是京州，聽著湘西的事情覺得新奇，想起了張安夷在當年落榜之後出去遊歷了兩年，去過很多地方，不由感嘆道：「不知什麼時候能與二爺一道出去走走。」

張安夷喜歡極了她這副嬌軟的樣子，在她臉上吻了吻說：「過些日子休沐，我帶著夫人去附近走走。」

就在武帝因為湘西之事對張安夷褒獎有加的時候，都察院的御史忽然上奏彈劾他。

他們彈劾吏部左侍郎兼東閣大學士張安夷任由親兄長不僅借他之名在生意場上刻意壓價抬價、強賣有瑕疵商品，還借他之名受賄！

這無異於在張安夷青雲直上之時給他當頭一棒。

第三十八章　夫人會喜歡的

朝堂之上，被言官們彈劾的張安夷出列。所有人的目光都落在了這個兩年多的時間迅速進入內閣，官拜三品的年輕後生。

果然他不可能一路順風順水。

「張卿，你可有什麼要說的？」武帝問。

張安夷跪了下來說道：「回皇上，臣對此一無所知。」

「張安延借著你的名義做了這麼多事，你怎麼可能一無所知！」都察院的御史言官們就是這樣，說起話來毫不留情。就連武帝做錯了什麼事也要被他們說道一通。

在言官指責下，張安夷沒有絲毫心虛的樣子，一片坦然。他雖然跪在地上，但是脊背挺得筆直，一副正派的樣子。「啟稟皇上，臣先是跟著出巡又去了湘西，才剛剛回到京中，確實不知道我大哥做了什麼。」他的語氣不如御史言官們亢奮，卻也是句句在理。

這時，沈未站了出來。「皇上，臣相信張大人的為人，一定是被蒙在鼓裡！」

言官們又道：「沈大人是張大人的同窗，兩人私交甚好，自然是幫他說話的！」

朝中不少大臣替張安夷求起了情。其中有與張安夷私交好的，也有與他沒什麼來往的。與他沒什麼來往的，自然是有別的目的。

這些都是在朝堂上經歷過風雨的大臣，對朝中局勢看得很清晰。張安夷上來得這麼快，他們不相信他會因為這件事就完了，所以自然是要趁著這個機會好好拉攏一番的。是以洛階與徐厚兩邊都有人幫著他說話。

然而御史言官們認定了張安夷是縱容包庇，便與朝中大臣抄了起來。

場面一度很是很亂。

「皇上，臣肯定戴罪立功，協助順天府徹查此事。若確有其事，必然——大義滅親！」

與此同時，在張家，本該是張安延去鋪子裡的時候，卻難得在家沒有去。

他正跪在老尚書面前。

出了這麼大的事，老尚書氣得不輕，張家上下所有人都在。

「你怎麼這麼糊塗？黑心的錢也敢賺？居然敢借著你二弟的名義為非作歹！」老尚書氣得上氣不接下氣，「你可知弄不好你二弟會被革職？」

張安延滿臉惶恐地說：「祖父，我知道錯了。我也沒想到會弄成這樣！」

老尚書冷哼了一聲說：「知道錯了有什麼用？若不是你二弟被人彈劾，東窗事發，你會知錯？再過不久順天府便會派人來抓人了，到時候沒人救得了你。」

王氏嚇得不輕，立即跪在了一旁，帶著眼淚說：「祖父，想辦法救救大爺吧，他可是你的嫡長孫啊。」

「嫡長孫？」老尚書狠狠地拍了下桌子，「家門不幸！你爹竟然生了你這種心術不正的人！我竟然有你這樣的孫子！」

阮慕陽冷眼看著張安延。

這件事非同小可，說不定張安夷真的會被革職。

他辛辛苦苦參加科舉，步步小心走到今天，原本前途無量，卻因為有個糊塗大哥，現在前途未卜。她怎麼會不生氣？怎麼會不替他感到不值？

張安延卻不知被什麼刺激到了，忽然抬起頭看著老尚書說：「家門不幸？自打小時候祖父便偏心二弟。我也是您的孫子，還是嫡長孫，您也沒想過給我弄個官當一當。士農工商，商在最末，若是您給我弄個官當，我何至於去從商？何至於犯錯？我花那麼多心思還不是為了整個張家？」

張安延這番大逆不道的話氣得老尚書臉色都變了。老尚書站了起來，指著他道：「你也不掂量掂量自己有幾斤！當官？當官只怕貪得全家都要被你牽連！」

說著，老尚書對身邊的下人道：「開祠堂！我要請家法！請家法——」

說剛說完，老尚書腳下便開始踉蹌。

「祖父！」張安玉眼疾手快扶住了他。

老尚書倒在了他身上，不省人事。

老夫人和張復夫婦還有阮慕陽都嚇得不輕。老夫人立即讓下人將老尚書扶進了房裡，自己也跟了進去。

一片混亂之後，廳堂裡只剩下幾個小輩。

阮慕陽見季氏派人去請了大夫之後，放心了下來。她冷著一張臉走到張安延面前說：「大哥，你今日的話說得太過分了。你是張家的嫡長孫，祖父自然是希望你好的。」

因為心中壓抑著怒氣，她的神色看起來也不如往日溫和，再加上張安延是跪著的，她是站著的，看起來更多了幾分氣勢。

這種矮了一截的感覺讓心中本就煩躁的張安延更加煩躁了。

「妳算什麼東西？」說著，他便要站起來去推她。

阮慕陽後退了一步。她沒想到張安延竟然要對女人動手。

一旁的王氏沒有出聲，也是氣憤地看著她。在王氏眼裡，彷彿張安延如今犯的錯都是因為穿雲院一般。

「大哥，你這樣跟二嫂說話不合適吧？二嫂可是三品誥命夫人。」張安玉的聲音忽然想起。他依然是一副不著調的樣子，語氣也是懶洋洋的。

但是這掩蓋不了他臉上的怒意。

「大哥，你都把祖父氣病了，二嫂還不能說你幾句嗎？」他頓了頓，聲音裡帶起了一絲笑意說，「況且你本來就不如二哥啊。二哥可是狀元，你卻勉強只是個秀才，還想當官？」

阮慕陽雖然知道他這番話不是有意幫自己說的，但是心中還是覺得很解氣。

由張安玉開口說比她開口好多了。畢竟他們是兄弟。

他把她想說的都說了讓她有些意外。她本以為張安玉只是個紈絝子弟，沒想到他對這些事看得這麼清楚。

張安延被張安玉說得臉上無光，氣憤地看著他說：「張安玉！誰讓你說話的？」

「我怎麼就不能說了？」張安玉語氣不變，「我還要跟大哥說，等祖父醒了，便自己去賠罪吧。祖父若是氣到哪兒了，別說祖母不放過你，我也不會放過你。」

說罷，看見大夫來了，他上前帶著大夫朝老尚書房中走去。

阮慕陽冷眼看著張安延王氏夫婦。

所有人都在等大夫的診斷，等待老尚書醒來。

沒多久，外面忽然傳來了很大的動靜。

阮慕陽皺起了眉說：「寒食，妳去看看。」

寒食還沒走出去，便看見張安夷回來了。

阮慕陽立即站了起來，眼中帶著關切叫道：「二爺！」當看到他身後的官差，她的臉色變了變，將原本想問的話咽了下去。

張安夷對上了阮慕陽的目光，給了她一個安心的眼神，隨後目光落在了一旁臉色很差的張安延身上，聽不出語氣地說道：「來人，把張安延抓起來，暫時關押順天府，等待審訊。」

「大爺！大爺！」看見官差真的要抓張安延，王氏嚇得不停地叫著，「二弟！他可是你大哥啊。」

張安夷無動於衷。

阮慕陽自然也不會同情的。她原本想告訴張安夷老尚書暈倒了的事情，可是看他是來抓人的，一會兒似乎還要走，便忍住了沒說。

家中的事，她自會替他操持，讓他沒有後顧之憂。

在王氏的哭喊下，張安夷與順天府的人領著張安延走了。

待人都走了，阮慕陽才去看老尚書。

大夫說，老尚書年事已高，情緒激動，氣血攻心才會暈倒的，往後要好好調理，不能再動怒了。

老尚書一直都是張家的支柱，乍然倒下讓許多人都沒回過神來，心中慌張。
若是老尚書真的自此倒下，張家以後會如何？
阮慕陽壓下心中的感嘆，低聲對老夫人說：「祖母，剛才大哥被順天府的人帶走了。」
說到這裡，她頓了頓，又道：「二爺也在其中。」
老夫人沉默了一下，嘆了口氣道：「罷了，這是安延自作自受，安夷本就是受他拖累的。」
好在老夫人是個明事理的人。
若是張吉和李氏夫婦在上京，怕就不是這樣了。
王氏忽然跪了下來，哭著說：「祖母！初靜才五個月大啊。」
老夫人顯然被張安延傷透了心，對王氏也有些冷淡：「回去把孩子帶好吧。」
張家二少爺帶著順天府的人把大少爺抓了，這件事不到半日便在上京中傳開了。許多不明就裡的人只覺得張安夷太過冷血，不顧兄弟情分，罵他的人不少。因為他是本朝連中三元的人之中最年輕的，許多讀書人格外關注他，所以其中不少罵他的人是讀書人。
當然，每場事件，只有在漩渦之外的人才會如此躁動，而身處其中的人，恰恰都很安靜。
傍晚的時候老尚書便醒了過來。有季氏陪老夫人照顧著，阮慕陽便回了穿雲院。
晚上，張安夷回來便先去了趟老尚書與老夫人的院子裡，然後才回了穿雲院。
見他神色中帶著疲憊，阮慕陽心疼極了，連忙讓點翠將準備好的點心和茶端了上來，替他倒了杯茶，說：「大哥那裡情況如何？」
她這一天憋了一肚子的話想問他。

張安夷將她發涼的手包裹在了掌中說：「也就這幾天就能回來了，只要他都交代清楚了。」

感覺著他掌心的溫度，見他如同以往一般從容溫和，阮慕陽的慢慢平靜了下來。她問：「那皇上可曾怪罪於你？」

「怪罪是肯定的了，不過有沈四空、宋閣老幾人替我求情，再加上我先前去湘西立了功，多半是將功抵過。」張安夷似乎是極喜歡阮慕陽替她擔心時的樣子，目光始終落在她身上。

聽到沈未的名字，阮慕陽心中有些發涼。

不管是先前的阮慕汐還是鄭姝，她都從來沒有這麼在意過，因為她們不足為懼。但是沈未不一樣。

沈未身為女子卻比許多男子要厲害，靠自己的能力金榜題名，官職吏部右侍郎。

阮慕陽不得不承認自己不如她。

她沒有她那樣的決心，也沒有她那樣才華。

「二爺能沒事便好。」阮慕陽將所有的酸楚與不安掩藏在了心中，面上一片溫柔。

三日後，張安延一案有了定奪。

經核實，都察院御史言官們所奏張安延借吏部左侍郎兼東閣大學士張安夷之名在生意場上刻意壓價抬價、強買強賣有瑕疵商品，且借他名義受賄確有其事，判三十大板，所賺不義之財全部充公，並且將名下一半的店鋪充公。

順天府尹也證明，張安夷對此事確實不知曉。

回稟了武帝之後，武帝看著依舊一副溫和儒臣模樣的張安夷，心中滿意，道：「你雖與此事無關，但是張安延畢竟是借著你的名義，念在你大義滅親，又剛立了功，將功抵過，朕罰你俸祿兩年，你可有什麼疑義？」

張安夷恭敬地道：「臣不敢，謝皇上。」

自宮中回到張府，見下人們竊竊私語張安延的事，張安夷眼中暗潮湧動，對跟在身邊的莫聞和莫見說：「走，先去沾雨院。」

如今沾雨院人人見到張安夷眼中都帶著幾分畏懼。

張安夷走進張安延的房裡。

三十大板對張安延來說幾乎要了他半條命，房裡一股濃重的血腥味。

王氏正一邊流著淚，一邊替他擦汗。看到張安夷進來的時候，她眼中閃過恨意。

同樣恨他的還有張安延。

張安夷將他們的目光看在眼裡，並不在意。他如今只不過是三品而已，待到以後，恨他的人會越來越多，就如同現在恨洛階和徐厚的人一樣多。

王氏看著張安夷。他明明還是以前的模樣，她卻莫名地覺得害怕，覺得陌生。

而張安延早就在順天府的時候便見識到了張安夷這樣的氣勢。他那時候才意識到，他這個二弟不再像以前一樣是家裡隨便誰都能嘲笑的那個二弟了。

「大哥，原本你這罪行，就算判個殺頭都不算重的。」張安夷一開口，平靜裡帶著肅殺的聲音讓張安延夫婦打了個冷顫。

張安夷繼續說道：「不過我們畢竟是親兄弟，我也不想看著你死。往後還望大哥好自為之，往後不要再做這麼糊塗的事了。」

被以前自己看不起的弟弟教訓，張安延又是畏懼，又是覺得羞辱，沉默著不說話。

八月，除國喪。

整個上京將近一年沒有人敢辦酒宴辦喜事，一除國喪，各家便開始熱鬧了起來。

阮慕陽的兄長阮明華與右都御史劉之洞的嫡長女的親事也在這個時候定了下來。

九月，朝中又發生了一件大事。

有人檢舉太子到處尋找道士，在東宮養了許多道士，沉迷煉丹，整個東宮烏煙瘴氣。

堂堂光華太子怎麼能沉迷這些偏門的東西？

武帝震怒，下令把東宮的所有道士都殺了，砸了煉丹爐。

朝中再一次出現了改立太子的呼聲。比起先前在長沙，這一次的呼聲極高，朝中有將近一半的大臣每日上奏，請求皇上改立太子。

相比上一次，武帝這回平靜多了，雖然沒有答應改立太子，卻也沒有大怒。

顯然，太子愚蠢的舉動讓他失望之極，武帝的心中動搖了。

於是，「太子」與「永安王」這兩個詞一下子成了大家私底下討論最多的詞了。

阮慕陽雖然身在內宅，但是對外面的風聲還是清楚的。

她的心中越來越不安。

絕對不能改立太子，讓謝昭繼位。

自從上次被張安延氣暈倒後，老尚書的身子便不如從前了。他們幾個小輩每日輪著去照顧老尚書。

一日，正好輪到阮慕陽服侍。張安夷回來的晚，老尚書睡著後，她便留下來陪老夫人吃飯。吃完飯準備走的時候遇到了剛剛從宮中回來，來看老尚書的張安夷。

只要不是回來的特別晚，張安夷幾乎每日都要來與老尚書請安，看看他的病情，可見他們之間的感情多麼深厚。

得知老尚書已經睡下了，張安夷便不準備打擾了，與老夫人說了幾句話就要跟阮慕陽一起回去。

老夫人看著他們夫妻兩人一個溫和一個端莊，模樣又都生得好，心中不由地感慨了起來，說：「你們成親也有兩年了吧？」

阮慕陽這才意識到，他們成親都兩年了。

正當她心中感慨的時候，垂在身側的手忽然被一隻大手包裹住。

看向身旁這個身材高大，隨著時間慢慢變得儒雅了起來的男人，阮慕陽心中柔軟極了。

老夫人看向張安夷道：「不算還小的安玉，你們兄弟三個中你這個排行老二的成親最晚，現在你大哥已經有了個女兒，你三弟來年也要做爹，你又落後了。」言下之意便是催他們努力努力，早日懷個孩子。

阮慕陽垂下了眼睛，先前的繾綣去了大半。

朝中改立太子的呼聲越來越高，她大仇未報，前路未知，實在不適合這個時候要孩子。

可是若等以後塵埃落定，他發現了她的真面目，他們還會像現在這樣嗎？

老夫人只當垂下眼睛的阮慕陽是害羞。

張安夷將她垂著眼睛的樣子看在眼中，一雙幽深的眼睛被溫柔的笑意遮掩了起來，看不清低下的情緒。他只是將她的手握得更緊，對老夫人說：「是，祖母。」

回去的路上，阮慕陽總是忍不住想起老夫人暗示他們要孩子的事情，心緒低落。

張安夷是何等細緻之人？害怕他察覺到端倪，她努力轉移著注意力。

「二爺，現在朝中改立太子的呼聲還是這麼高嗎？」

夏夜的月色帶著幾分清涼。

不論是冬天還是夏天，張安夷總是穿得那麼單薄。清涼的月色照得他面如玉，身子挺拔，渾身透著一股清爽，如同穿雲院中的青竹一般，讓人看著便能解了夏日的燥熱。

阮慕陽覺得有些移不開目光。

隨著時間的變化，這個男人變得越來越有魅力。

見他點了點頭，她又試探地問：「那麼皇上是什麼意思？」

「聖心難測。」張安夷道，「不過是有些猶豫了。」

阮慕陽心中更加沉重了。

擁護太子的洛階遲遲沒有動作，再這樣下去，太子這邊的敗勢就要定了。

不知不覺中，他們已經走回了穿雲院。

「夫人一路在想什麼？」進入房中，將門關上後張安夷問。

阮慕陽嚇了一大跳，心中警惕，答道：「在想方才老夫人的話。」

她乍然的慌亂沒有逃過張安夷的眼睛，但是他還是因為她這番話勾起了唇，眼中一閃而過的晦暗也被漸漸浮現的笑意這樣。他向前一步朝她靠近，語氣旖旎地說：「我也是。我在想夫人什麼時候能給我生個孩子。」

說罷，在阮慕陽的驚呼聲之中，他將她攔腰抱起，走向了床榻。

被放在了床榻上，看著他站在床前緩緩解著外衣，阮慕陽紅著臉說道：「我們不是昨日……昨日才——」想起昨晚的情形，她覺得腿痠。

夏日衣衫單薄，一下便脫了。

看著那獨屬於男子的有力的線條以及自己昨夜在他胸前留下的痕跡，阮慕陽的臉紅得發燙，心裡又是羞，又是覺得口乾舌燥移不開眼。

隨後，張安夷便俯下身貼了上來，一邊溫柔地解著她的腰帶，一邊在她耳邊低聲說：「國喪那一年我忍得辛苦極了，夫人如今不該好好補償補償？」說罷，他在她耳邊吻了吻，然後吻上了她的唇。

面對他的吻和床笫之間的情話，阮慕陽從來都是毫無招架之力的。

任由他輕咬著她的唇，任由他的到處點火，她的身子立即熱了起來。

就當阮慕陽依已然被他撩撥得雙眼迷離，泫然欲泣的時候，他將她翻了過來，又吻上了她的後背。

自從之前在泰山行宮繾綣地吻過她的傷口之後，他便格外喜歡她的後背。

從脊柱處蔓延的感覺讓阮慕陽忍不住掉下了眼淚。當察覺到他的意圖的時候，她慌了起來：「不要——」

帶著哭腔的聲音更像是欲拒還迎。

「夫人會喜歡的。」張安夷的聲音低啞極了。說著，他安撫性地在她肩上吻了吻，隨後貫穿了她的身體。

從細細地喘息到不能自已地尖叫，阮慕陽被翻來覆去弄了好幾回，嗓子都啞了。

後半夜，原本心事重重的阮慕陽被折騰得累得不行，眼睛閉上就睡著了。張安夷則起來讓人弄了盆水，極為憐愛地替她清理，隨後撫著她的臉，若有所思。

第二日，阮慕陽醒來的時候，張安夷已經進宮了。

用過一些粥後，她單獨叫來了寒食。

「寒食，替我去辦件事情。」她道，「幫我找個可靠的人，去溧水縣找一個女子。這個女子姓蔡，帶著一個孩子。找到他們，讓人將他們護送到上京。」

寒食雖然疑惑阮慕陽為什麼忽然要去溧水找一個女人和一個孩子，但是什麼也沒問，便答應了。

看著寒食走後，阮慕陽抿了抿唇，眼中帶著堅定和決然。

這是她上一世知道的最後一件事，也是最後一張底牌了。再往後，她真的只能靠著自己了。

上一世，阮慕陽臨死的前幾天就已經被謝昭徹底軟禁了起來。她聽給她送飯的丫鬟說，一個姓蔡的女人帶著個男孩找到了永安王府上，說那個孩子是他的孩子。

可是那時候她已經不在意這些了。謝昭玩過的女人不少，甚至厲害到光用看便能看出一個女人是不是處子，在外面不小心留下孩子也不為過。

至於那個女人和那個男孩最後怎麼樣了她不知道。不過以她現在對謝昭的了解，在改立太子的呼聲這麼高的時候，他一定不允許別人發現這件事，對他造成影響。

原本那個女人要在明年年初才會帶著孩子找到永安王府，而她現在做的就是將這件事提前，把這件事透過洛階捅出去。她相信洛階會把握好這次機會，給謝昭當頭一棒。若是運用得好，說不定還能給謝昭與徐厚孫女的結親帶來影響。

這樣一來，太子煉丹，永安王行為不檢點，雖然不至於將兩人再次拉至一個起點，至少那些喊著要改立太子的大臣會安靜一段時間。

八月下旬，趙氏派人傳來了消息，阮慕陽的姐姐阮暮雲有了身孕。

阮慕陽高興極了，與老夫人說了一聲後，與趙氏一同去宋府看望了阮暮雲。

九月初，寒食告訴阮慕陽蔡氏母子已經到上京了。

接下來就差個機會把他們母子推到洛階面前了。

初九那天，阮慕陽約了洛鈺還有韓若一同去京郊爬凌日山。

那日，阮慕陽特意提早了一些坐著馬車到洛府門口等洛鈺。

在等洛鈺的時候，她朝馬車外看了看，只見一個穿著樸素，卻很是美貌的婦人帶著一個四五歲的小男孩徘徊在洛府門口。

那個女人便是蔡氏了。

說好坐阮慕陽的馬車，聽說阮慕陽已經在門口等著了，洛鈺急匆匆地走了出來，正好與蔡氏撞了個正著。兩人都險險摔倒。

洛鈺性格刁蠻，平日裡上京裡的人見了她都是要繞道走的，哪裡有被撞到過？

站穩了之後，她打量著蔡氏，皺起了眉，聲音清脆，氣勢很大：「哪來的婦人竟敢衝撞本小姐！妳在洛府門口鬼鬼祟祟地做什麼？」

蔡氏臉上帶著惶恐。

阮慕陽聽到聲音，讓點翠掀開了馬車的簾子，從馬車上下來了。
她看了眼蔡氏，然後走到洛鈺面前問：「洛妹妹怎麼了？」
洛鈺看著蔡氏冷哼了一聲。
蔡氏慌張地說道：「小姐和夫人恕罪。民婦本以為這是永安王府，後來發現是洛府，正準備離開，一個不小心衝撞了小姐。」
阮慕陽看蔡氏也是個可憐的女人，將她扶了起來說：「這裡是洛閣老的府上，永安王府不在這裡。」
「永安王府？」洛鈺挑著眉打量著蔡氏說，「妳去永安王府做什麼？」
蔡氏欲言又止。
看她這副模樣，洛鈺懷疑了起來：「妳真的是去永安王府的？這般吞吞吐吐莫不是在騙本小姐，小心本小姐讓人抓人去見官！」
阮慕陽看向她身旁的孩子。這男孩生得十分可愛，眉目細看與謝昭有幾分相像。
「這可是妳的孩子？模樣生得真好。」她問道，「妳可是有什麼難處？永安王府守衛森嚴，怕不是這麼容易進去的。」
比起洛鈺居高臨下的樣子，阮慕陽顯得和氣多了。
「真的？」蔡氏忽然有些無助，「那怎麼辦？」
阮慕陽繼續引導：「妳可是有什麼難處非要見永安王？說出來，我們或許可以幫妳。」
蔡氏咬了咬牙，終於下定了決心。她拉著身旁的男孩說：「這是永安王的孩子。我們母子這次來上京，是想讓這孩子認祖歸宗。」

「這是永安王的孩子？」洛鈺的臉色立即變了，打量著那個男孩有些不敢相信。

阮慕陽的聲音嚴肅了起來：「夫人，此時關係重大，妳說的可當真？」

以為她們不相信，蔡氏著急地說：「是真的！」

知道了一件了不得的事情，洛鈺看向阮慕陽，將她拉到了一邊。她雖然刁蠻，卻不是什麼都不懂的。一個親王在外面有了個私生子，若是真的，這孩子便是皇孫。

皇室血統怎麼能流落在外？

可是若是聖上知道了永安王在外有了私生子，怕是會震怒的。

尤其現在還是敏感時期。

「怎麼這種事偏巧讓我們這麼倒楣遇到了？」洛鈺緊皺著眉頭說，「阮姐姐，妳說怎麼辦？」

蔡氏母子的出現就是阮慕陽安排的，她自然想好了辦法。

「不知道她說的是真是假。事關重大，我們兩個胡亂做主不好。不如讓他們先回去，等妳祖父回來妳把事情告訴他，等他定奪？」她建議道。

洛鈺的眼睛亮了起來：「對！讓祖父定奪！」

隨後，她看向蔡氏，語氣中帶著世家小姐才有的威嚴問：「妳們進京之後可將這件事告訴了別人？」

蔡氏搖頭：「民婦知曉事情輕重，不敢亂說。」

洛鈺與阮慕陽對視了一眼，道：「這事涉及皇家血脈，容不得作假，也容不得妳胡亂說。若是碰上了有心人，恐怕妳會遭遇不測。這樣吧，我先派人送妳們回去。待查明了，自然會幫妳。」

看著蔡氏點頭，阮慕陽心中感慨。

以謝昭的心性，他們母子在那樣關鍵的時候出現，恐怕是凶多吉少。這一世，她將他們母子提前找到，雖然是為了自己，但也希望他們母子能從中搏得一線生機。

若是武帝知道這件事，至少這個孩子是可以活下來的。

第三十九章　總叫我難以自持

因為蔡氏母子的出現事關重大，爬凌日山自然是去不成了。

洛鈺在家等洛階回來，而阮慕陽與韓若各自回了家。

之後的幾日一直沒有動靜，阮慕陽猜測洛階正在派人調查蔡氏母子的底細，確認身分。

大約過了十來日，洛鈺派人送來了一封信，上面說，蔡氏的那個兒子確實是永安王的孩子。

阮慕陽相信這個時候洛階不會放棄這個機會。接下來，她就要耐心等著這件事發酵了。

九月二十五日早朝之上，有大臣彈劾永安王謝昭行為不檢，讓皇家血脈流落在外多年。

在場的大臣都心知肚明，出來彈劾的大臣是洛階派系的人。洛階果然不會看著永安王如此順風順水，忽然找來一個私生子，這招甚妙。

「父皇，兒臣不知此事！」永安王謝昭絲毫沒有防備，「請父皇明察。」

武帝有幾分失望地看著謝昭說：「這件事朕自會派人查明。」

結果，那個孩子確實是謝昭的血脈。武帝甚至還讓張安夷安排，親自見了那個孩子。

那孩子不過四五歲，生得粉嫩可愛，見到陌生人有幾分害怕，一雙漆黑的眼睛不停看著他們。武帝打量著他，問一旁的張安夷：「張卿，你說這孩子與永安王像嗎？」

如今朝中以洛階和徐厚為首分為兩大派系，加上御史言官三足鼎立，武帝自然是看在眼裡的。他也知道張安夷與洛階和徐厚都交好，不算是任何一個派系的。這樣雖然好，卻被一些御史言官盯上了，說他左右逢源，虛與委蛇。

武帝活了那麼多年，閱人無數，自然知道若是一個人，所有人都說他好，那麼這個人一定是可怕的。張安夷年紀輕輕，入內閣不久就得兩大權臣看中，自然是不簡單的，但是卻被御史言官整日盯著罵，到底還是嫩了些。

武帝唇邊勾起了一抹極為得意、彷彿所有人事物都在他掌控之中的笑容。

察覺到武帝的目光落在了自己身上，似帶著打量，張安夷一片坦然，恭敬地道：「回陛下，臣認為這個孩子與永安王有四分像，多半真的是——」

「嗯，確實是朕的皇孫。」

武帝一共有七個兒子，除去被殺的永靖王謝昕，病弱的太子和永安王之外，有一個夭折，剩下三個皇子的母親皆出身低微，本身亦沒有什麼大作為。武帝也是到了晚年，殺了永靖王之後才感慨起了子嗣單薄。

至於皇孫，武帝現在只有一個皇孫，是太子與太子妃所出。

孩子被帶走後，武帝宣永安王進宮。

將他狠狠罵了一頓後，武帝讓他將皇孫接入永安王府好好撫養，將蔡氏收入王府做妾。

謝昭曾經睡過的女人不在少數，見到蔡氏的時候早就把她忘了。在這個時候忽然多出來一個兒子，他當然知道自己是被算計了。

尤其是武帝身旁還站著張安夷。他老神在在地看著他被罵，明明什麼表情都沒有，謝昭卻覺得他在看自己笑話一樣。

他本來就因為阮慕陽對張安夷十分膈應，現在更覺得被罵得沒面子，心中咬牙切齒卻礙於在武帝面前不能表現出來。他只能低頭對武帝道：「兒臣遵命。」

因為這件事，朝中呼籲改立太子的聲音一下子少了許多。

武帝也似乎想起了太子的好，派身邊的高嚴去東宮看了看他。

一下子，局勢又變得撲朔迷離了起來。

永安王的事弄得人盡皆知，阮慕陽替徐妙露惋惜著，卻沒想到有人會替自己惋惜。

一日去老夫人那裡請安的時候，阮慕陽遇到了張安玉。出來的時候，自然免不了又被他一番嘲諷。

「對於永安王的事，二嫂似乎無動於衷？」張安玉依舊是那副懶散的紈絝子弟樣。

她為什麼要在意？

阮慕陽本覺得他年紀小，說不通，已經懶得跟他解釋了。是先前他怒斥張安延，她又覺得他張家兄弟裡除張安夷以外難得的明白人，日後再長大些懂事了說不定還是張安夷的助力，不能再這樣誤會下去了。

說起來張安玉也是個厲害的人，她阮慕陽自認為脾氣已是很好了，每回都能被他幾句話氣得不行。

她耐著性子道：「四弟，我與永安王之間清清白白，與他半點關係都沒有。」

張安玉幾乎是習慣性地就回以了一個嘲弄的笑容。

阮慕陽的耐心徹底被他這一聲笑弄沒了，深吸了一口氣說：「若是四弟還不信，還想找到證據，就繼續盯著我，直到你死心為止。」

說罷，她便離開了。

看著她離開的身影，張安玉皺了皺眉，心情有些複雜。其實他已經相信了她與永安王之間並沒有什麼，也覺得她不是個紅杏出牆的人，但就是忍不住想要嘲弄她幾句。

因為遇到蔡氏的事情，九月初九那日要去爬凌日山的事情便被無限期延後了。直到十月，洛鈺又邀請阮慕陽去凌日山。

這一次坐的是洛家的馬車。

上了馬車，發現韓若不在，阮慕陽疑惑地問：「韓妹妹呢？」

洛鈺看著馬車外說道：「她啊，今天家中有事，下次我們一起再約她。」

不知道是不是阮慕陽的錯覺。她覺得今日的洛鈺有些奇怪。

洛鈺想起了極好玩的事情，對阮慕陽說道：「阮姐姐知道嗎？徐妙露心繫永安王，在知道永安王在外面有兒子的事情後氣得在徐家大鬧了一場，還不敢出門了，說出門怕被別家的小姐笑話。」

隨後她又幸災樂禍地補充了一句：「等著當面笑話她的人多了。誰讓她整天一副盛氣凌人的樣子得罪了那麼多人？她活該！也不知道她對永安王還有沒有想法。」

阮慕陽笑了笑。

徐妙露是個極為高傲的人，自然不能忍受蔡氏母子的存在。但是蔡氏母子的存在頂多只會對他們造成些影響，畢竟不是什麼特別大的事，永安王與徐家結親，還是遲早的事。

不過就像洛鈺說的，能膈應他們一下，讓他們之間產生些不快，也就夠了。慢慢的，阮慕陽發現馬車並不是往凌日山去的。

「洛妹妹，我們今日到底要去哪裡？」

「今天啊——嗯，我們要去——」洛鈺的眼神有些閃躲，說話也變得吞吞吐吐了。阮慕陽更加懷疑。

直到馬車忽然在一個山莊門口停了下來，洛鈺才看向阮慕陽，一臉歉意和愧疚地說：「對不起啊阮姐姐，我騙了妳。其實——是我祖父想見妳。」她像做錯了事一樣。

隨後，馬車車簾就被外面的人掀開。一個中年男子臉上帶著和氣的笑容說：「張夫人，請。」

阮慕陽抿了抿唇，下了馬車。

「夫人！」

看到馬車外有些慌張的點翠與琺瑯，想必她們之前就被控制住了，阮慕陽安慰道：「沒事，妳們在這裡等我。」

這是一處洛家在上京外的山莊。

阮慕陽隨著那個中年男子走了進去，一路上打量著四周。

直到走到了一處緊閉的房門門口，那個中年男子停了下來。

他先是恭敬地敲了敲門，聽到裡面傳來了一聲「進來」，才小心地將門推開。

他朝阮慕陽做了個「請」的手勢，說：「張夫人裡面請，大人在等您。」

被推開的房門如同一張會吃人的嘴，裡面撲面而來的是一種森然和寂靜，阮慕陽心跳得飛快，深吸了一口氣，走了進去。

剛一走進去，門便從外面被關上了，她頓時更緊張了。

朝裡面走了幾步，阮慕陽便看到一個瘦削蒼老卻氣勢極強的身影。

這就是內閣宰輔之一的洛階！

「參見洛大人。」阮慕陽努力保持著鎮定。

洛階抬起頭打量著阮慕陽。

他們原先在洛家的牡丹宴上見過。那時他因為新科狀元張安夷而注意到了她，當時只是覺得這個孩子很沉靜，卻沒想到最近發生的事讓他需要重新審視這個孩子了。

身為內閣宰輔，洛階幾乎只在一人之下了，常年居於上位所練就出來的氣勢讓普通人根本沒有勇氣直視。尤其是感覺到洛階審視的目光，阮慕陽只覺得自己所有的偽裝和心思都被看穿，一點細微的情緒都逃不過他的眼睛，立時覺得壓力格外大，喘氣都變得困難了。

過了好一會兒，在阮慕陽額間都開始冒冷汗了的時候，洛階終於開口了。

「張夫人與永安王之間似乎有什麼過節？」洛階蒼老的聲音裡聽不出情緒。

阮慕陽極力保持著鎮定，鼓起了勇氣抬起頭，疑惑地問：「永安王？臣婦聽不太懂洛大人的意思。」

洛階輕輕地笑了一聲。

在改立太子的呼聲越來越高的時候忽然出現了一個永安王玩流落在民間的私生子，明白一點的人都知道肯定暗中有人操控，一去查就查到了他洛階身上。查到了他身上，所有人都認為這麼高明又打得徐厚他們措手不及的一定就是他，沒有人再會查下去。

而他們哪裡知道，他洛階也被人利用了一把！

當洛鈺說遇到了永安王在外的私生子的時候，經歷過那麼多陰謀陽謀的洛階一下子就意識到事情的蹊蹺。讓洛鈺把遇到蔡氏母子的細節仔細說了一遍，他便覺得阮慕陽的話句句都是在引導。然後他找到蔡氏母子，盤問了一番，再往下一查，便查到了幕後的主使。

讓他沒想到的是，真的是她，一個在後宅的婦人。

「張夫人不必再隱瞞了，妳派去的人老夫一下子就查到了。」

阮慕陽知道這件事瞞不過洛階。她也沒打算瞞著。

見她不再裝傻，洛階皺眉看著她說：「妳是如何知道永安王在外面有個兒子的？」當時在朝堂上看永安王的反應，怕是他自己都不知道有個兒子，為什麼她一個身處後宅的婦人會知道？

「這件事可與張學士有關？」洛階問得並不確定。

畢竟張安夷與自己跟徐厚都交好，不像是會私下偏袒一邊的人。

洛階的疑問讓阮慕陽漸漸沒那麼緊張了。她看向洛階回答道：「大人，此時與臣婦的夫君無關，他並不知情。」這是她自己的事情，不到萬不得已，她不想把中立的張安夷拖下水。

洛階更疑惑了：「妳是如何知道他們母子的存在的？又為什麼要這樣做？」

「知道蔡氏母子的存在也是機緣巧合。」意識到洛階對這個回答並不滿意，阮慕陽頓了頓說，「不過大人說得對，臣婦與永安王之間確實有過節。大人不必擔心，臣婦此舉並沒有什麼深意，只是不想看到永安王春風得意。」

她的話引起了洛階極大的好奇心和興趣，問：「哦？妳與永安王有什麼過節？據老夫所知，他是妳的表哥。」

為什麼能找到蔡氏母子她是說不清的，若是連與謝昭之間的瓜葛也說不清怕是會惹惱洛階。阮慕陽露出了極為憤恨的表情，語氣中帶著恥辱說：「實不相瞞大人，原先我與他有婚約，後來陰錯陽差嫁進了張家，謝昭始終覺得我落了他的面子，處處刁難於我，甚至還……輕薄我、羞辱我。我對他自是恨極，恨不得他死！」

這番話雖然說得半真半假，但是她對謝昭的恨意卻是實實在在的。

洛階自然會分辨她的情緒。

他將她的表現看在了眼裡，滄桑嚴肅的聲音裡帶著一絲嘲笑的意味道：「果然最毒婦人心。」

阮慕陽沉默著不說話。

「永安王恐怕怎麼也想不到幕後真正操控的人竟然是妳。」說到這裡，洛階話鋒一轉，「好大的膽子！竟然敢連老夫也算計！」

雖然早已做好了洛階會發怒的準備，但是此時阮慕陽的身體還是忍不住抖了抖。她面對的不是普通人，不是謝昭，而是內閣宰輔洛階！

她小心地說道：「情非得已，還請大人恕罪。臣婦思來想去，只能靠大人將蔡氏母子推出來，況且這個時候大人也需要。」

說完，房裡陷入了一片沉寂。

洛階的聲音響起，悠遠之中帶著危險：「妳是說，老夫還要謝謝妳幫了老夫？」

阮慕陽低下了頭：「臣婦不敢。」

洛階的目光之中並沒有殺意，讓她鬆了一口氣。

「不敢？」洛階看著阮慕陽沉靜的樣子說，「老夫看妳現在已經不害怕了。妳就不怕老夫將妳送去給永安王？若是知道是妳，他必然對妳恨之入骨。」

阮慕陽深吸了一口氣，再次抬起頭看向洛階的眼睛，篤定地說：「大人一定不會這麼做。」

一個後宅婦人有膽子將他也算計在其中，顯然連他會找到她也算進去了，洛階不得不對阮慕陽高看了些。他當然也知道她的最終目的。

玩弄權術這麼多年，阮慕陽那點心思在洛階眼裡是不夠看的。

「張夫人如今可算是跟老夫投誠？是妳一人還是連同張學士？」

果然被他看出來了，阮慕陽也不再拐彎抹角。她跪了下來，說道：「這一切他並不知情。大人不想讓永安王得意，而臣婦的目的也是一樣的。臣婦雖然是後宅婦人，卻也願意在大人需要的時候盡綿薄之力。」

洛階看著跪在地上的阮慕陽，語氣裡聽不出喜怒：「妳覺得老夫會需要妳幫忙嗎？」

「或許會有呢？」阮慕陽是張安夷的夫人，還是工部尚書阮中令之女。她賭洛階不會放過透過她拉攏、控制張安夷的機會，也不會放棄仍然中立的阮中令。

當然，她從來就沒有把張安夷與阮家牽扯進來的想法。

所以，她現在相當於是在與虎謀皮。

洛階摸著自己發白的鬍鬚，皺著眉看著阮慕陽，眼中一片深邃漆黑，什麼情緒都沒有顯露出來。

最終，他開口道：「好了，妳先回去吧。老夫今日請張夫人來不過是想解惑，多有得罪。」

沒有拒絕，也沒有接受。

上位者做事就是這般不顯山露水。

阮慕陽順從地道：「臣婦告退。」

出了屋子，她終於鬆了口氣，後知後覺地發現自己手腳都在發涼。

洛階畢竟是內閣宰輔，不是她能玩弄於掌中的，日後還是要小心。

阮慕陽滿懷心事地朝外走著，在園子裡遇到了正在摧殘一株山茶的洛鈺。

聽到腳步聲，洛鈺立即轉過了身。看到阮慕陽，她先是臉上一陣欣喜，隨後帶著幾分猶豫慢慢地走向她，一邊看著她的神色一邊試探地問：「阮姐姐，祖父找妳說了什麼？可是因為那蔡氏母子的事？」

洛鈺雖然刁蠻任性，但是性格天真沒有壞心。唯獨被嬌慣著無憂無慮的女子才能長成這般的性格，或許是這份純真太美好了，也正是自己缺失的，阮慕陽對著她的時候總會帶著幾分憐惜。

原本就是她自己先將洛鈺算計在了裡面，自然也沒有跟她生氣的道理。況且看她的樣子並不知道發生了什麼，可見洛階對她是極寵愛的，不願她知道這些勾心鬥角的事情。

「洛大人只是問了我一些見到蔡氏母子時的細節罷了，沒什麼。」阮慕陽的語氣軟了下來。

「阮姐姐，妳不生我氣？」洛鈺臉上浮現出了笑容說，「是祖父非讓我這麼做的，我原本也不想。但是，我不敢違背祖父的意願。」說到這裡，她有些委屈。

畢竟還是個孩子，阮慕陽安慰道：「沒事，我不怪妳。」

因為洛階，她們也沒什麼興致去凌日山了，洛鈺便建議在這山莊裡轉一轉，阮慕陽答應了。

到了傍晚回去的時候，阮慕陽對點翠和琺瑯語氣嚴肅地叮囑道：「今日的事情誰都不要說，包括二爺。若是別人問起來，就說今日我們同洛小姐一起去了凌日山。」

點翠和琺瑯點頭。

十月一過，眼看著離過年的日子又近了。

隨著時間過去，永安王的事情平息，漸漸又有人提起了改立太子，而武帝始終猶豫著。

眨眼一過便是兩年，又逢三年一次的春闈了。

這兩年裡，武帝因為年邁，身子漸漸開始不好了，洛階與徐厚兩大派系之間仍是暗潮湧動，太子雖然未改立，但是這兩年太子的身子始終不見好，又沒有什麼政績，反倒是永安王去了次北邊立了功，勢頭又好了起來。

說不定哪一天武帝便有了改立太子的打算。

兩年的事情也讓張安夷在內閣之中熬出了些資歷來，完成了《光華崇帝實錄》纂修。作為吏部左侍郎的他與沈未一起致力於並處請託行賄之風，朝中風氣大好。張安夷也越來越得武帝賞識，不僅由聖上欽點擔任《光華會典》總裁官，還欽點他充本次會試同考官，協同兩位主考官洛階、徐厚閱卷，已然成了最耀眼的後起之秀。

這兩年間，張家阮家也發生了許多事。

陳氏生了個兒子後，與張安朝一同從莊子上回到了張家。

老尚書的身子還是那樣不見好。

去年，阮慕陽的兄長阮明華與右都御史劉之洞的嫡長女也成親了，夫妻兩人很是恩愛。

而她的姐姐阮暮雲則替宋家生下嫡長孫，如今已經在懷第二個了。

過了年便有參加春闈的各地方學子陸續進京。

原本張安朝也是要參加這次會試的，可是因為張安夷成了會試同考官，他必須迴避。

會試三年一次，錯過一次便要又蹉跎三年。三年又三年，何其可怕。

知道這個消息的張安朝顯得很平靜。離開張家，在莊子上住了將近一年，原本就很沉默的他變得更加沉默了。

然而這都是命運使然。

「為了這次春闈，三弟怕是也準備了許久了。」晚上，只有他們夫妻二人的時候，阮慕陽忍不住唏噓了起來。

張安夷考中狀元那一年是二十歲，如今在朝堂上浮沉了三年，就如同淘盡雜質後的玉石，愈發內斂高深，也有了成熟男子才有的魅力，那種身居高位、身居要職所歷練出來的不動聲色的氣勢，既帶著極大的吸引力，又讓人望而生畏。

可他也不過才二十四歲罷了。

他的聲音溫和極了：「三弟是將事情都藏在心裡的人，此時記恨我也是應該的。盼他這次能想通，不然說不準會誤入歧途。」

阮慕陽嘆了口氣：「只盼他真的能想通。」這樣不聲不響的人實際上是最可怕的。

張安夷含著笑意看著阮慕陽。他們成親那年，他十九歲，她十七歲。如今她也二十一歲了，模樣比原先看上去更加成熟了幾分，依舊肌膚細嫩如雪，舉止間亦帶著難以言喻的動人，隨著時間的變化，她骨子裡那股不符合年齡的端莊與沉靜將慢慢與她的外表貼合，越發有韻致。

被他這樣的目光看著，阮慕陽立即意識到了他在想什麼，臉紅了起來：「成了會試同考官，也算是為人師表了，你當正經一些。」

「誰叫夫人越來越漂亮，總叫我難以自持。」說著，張安夷慢慢靠近。

沒一會兒，兩人便倒在了床榻之上，交纏在了一起，喘息聲漸漸響起。

一室旖旎。

三月，殿試放榜，又有許多學子金榜題名，即將步入朝堂。

寒食閒來無事，便去抄了一份金榜回來。

「夫人！您快看這金榜。」

阮慕陽好笑地說道：「咱們二爺已經不參加了，去抄金榜做什麼？這上面的名字恐怕沒幾個認識的，有什麼好看的？」

寒食看了看四下，見出了點翠與琺瑯之外沒有人了，便低聲說：「夫人，您看看這金榜上有誰。」

見他神神祕祕的樣子，阮慕陽拿過金榜仔細看了看。

金榜上熟悉的名字大多是一些有來往的人家的公子，阮慕陽草草地看了看，最後目光落在了一甲第二名、榜眼的名字上。

殿試二甲第二名——尹濟。

這兩個字咀嚼在了口中，阮慕陽慢慢回想起了那年去京州侍疾，路過揚州城發生的事情。

「夫人，您說這個尹濟會不會就是咱們當年碰到過的尹公子？」寒食低聲地說。

點翠想了一下，才想起來，不可思議地說：「那個登徒子？他哪裡有這個能到考上榜眼？」

要不是這次在金榜上看到這個名字，阮慕陽幾乎都要忘了這個人了。「或許只是同名吧。」她不確定地說道。

是與不是都無所謂，已經好幾年過去了，一次小小的風波隔了這麼久估計也忘得差不多了，況且那時候他不知道他們的身分，也沒有看到她的長相。

這一年，同樣也迎來了內閣宰輔之一的徐厚的六十大壽。

因為張安夷與兩位權臣私教都不錯，他與阮慕陽夫婦二人都收到了帖子。

世人皆知兩位內閣宰輔一個愛權，一個愛財。徐厚便是愛財的那個。

此次壽宴連皇上也驚動了，他自然不敢明著斂財，私下裡給他送東西的不少。

五月初二，徐厚大壽。張安夷與阮慕陽一同去了徐府。

徐厚過壽，來的都是朝廷中的高官以及世家貴族，當然也有許多不請自來的。與熟人寒暄過後，阮慕陽便跟趙氏坐在了一起聊天。

「姐姐怎麼沒來？」她問。

趙氏答道：「妳姐姐最近反應大的厲害，沒辦法來。」

說到這裡，趙氏看了看阮慕陽的肚子，面上帶著幾分憂愁說：「妳這肚子怎麼一直沒動靜？是不是身子有什麼不適？」

阮慕陽搖了搖頭說：「或許還沒到時候，隨緣吧。」其實她私下裡一直沒斷過避子湯，自然是懷不上的。

「過些日子我帶妳去城外的星月庵拜拜，那裡的送子觀音很靈。」

阮慕陽哭笑不得，想拒絕，可是又不想拂了她的好意，只好點了點頭。

趙氏感嘆道：「虧得張家的老尚書與老夫人對妳寬容，妳公婆又不在身邊，不然妳的日子可不好過。」

這點阮慕陽也很感激老尚書和老夫人。成親三年無所出，確實不太像話。子嗣的話題直到韓若走了過來，叫了聲「阮姐姐」，才停了下來。

阮慕陽朝她笑了笑，讓她在身邊坐了下來，問：「洛鈺沒來？許久沒見到她了。」

「她爹娘要給她定親，她不願意，正在家裡鬧脾氣呢。」韓若笑得有些促狹。

兩年的時間一晃而過，眨眼洛鈺和韓若都到了適婚的年紀。

阮慕陽笑著問道：「那妳呢？韓夫人有沒有替妳物色親事？」

韓若畢竟還是姑娘家，提起這個臉一下子就紅了：「阮姐姐說這個做什麼。」

阮慕陽見她臉皮薄，也不再拿她尋開心。

聽到旁邊少女嬉笑的聲音，她看過去，看到徐妙露與好幾個跟她年齡差不多的小姐坐在一起。其他人都是有說有笑的，唯獨她始終矜持著，笑得淡淡的，有一種高人一等的感覺。

徐妙露比洛鈺還要大一歲，也到了適婚的年紀，遲遲沒有定親，想來徐厚還是中意永安王。至於蔡氏母子，頂多讓年輕的徐妙露膈應一陣，卻不會影響徐厚的決定。

再者，謝昭段數高明，要哄徐妙露這樣心思簡單的世家小姐，輕而易舉。

阮慕陽目光掃過，忽然發現今日這壽宴的女眷之中，十五六歲的世家小姐格外的多。

「韓妹妹有沒有發現今日來的世家小姐格外多？」衣香鬢影，嬌笑聲一陣一陣的。

「阮姐姐不知道？」韓若有幾分羞赧地說道，「徐閣老的壽宴正好在殿試之後不久，便邀了今年殿試金榜題名者，就連一甲前三也來了呢。」

金榜提名者大都是青年才俊，入仕之後前途無可限量，怪不得來了那麼多世家小姐，原來是來相看未來夫君的。

阮慕陽忽然想起了之前金榜上看到的名字，想來也是來了。

宴席過後，婦人們、世家小姐們三三兩兩聚在一起聊天。

阮慕陽正跟韓若與幾個夫人聊著天，點翠匆匆地跑了過來，像是心中裝著事。

見她有話要說，阮慕陽就將她帶到了一邊問：「怎麼了？」

「夫人，我方才見到那個登徒子了！他當真就是今年的榜眼。」點翠說話的時候皺著眉，顯然是不願意相信一個輕佻的登徒子能翻身成榜眼。

阮慕陽有些意外。她沒想到金榜上的那個一甲第二名「尹濟」，真的是當年她們在揚州城外遇到的那個尹濟。她想起了遇到他時，他狼狽地倒在泥水裡的樣子。

他既然能在家中兄弟的暗殺下活到了現在，還進京參加了科舉，應該是已經把那群人踩在腳底下了。

他如今考上了榜眼，以後更是前途無量。

點翠的心中十分苦惱，在心中想了半天沒想到辦法，憂愁地問：「夫人，那個人沒輕沒重，萬一一會兒瞧見認出我們，喊我們了怎麼辦？」

阮慕陽安撫她道：「無妨，當時我帶了面紗，他並未見到我的真面目，也不知道我們的身分，再者隔了好幾年，他也不一定記得。」

點翠的眉毛皺得更緊了，提醒道：「可是——夫人，他見過我和琺瑯，還有寒食啊。」

Instagram　Plurk

國家圖書館出版品預行編目資料

內閣第一夫人（一） / 墨湯湯 著 . -- 第一版 . --
臺北市 : 未境原創事業有限公司 , 2025.03
面；　公分
ISBN 978-626-99520-6-9(第 1 冊 : 平裝).
857.7　　114001928

內閣第一夫人（一）

作　　者：墨湯湯
發 行 人：林緻筠
出 版 者：未境原創事業有限公司
發 行 者：未境原創事業有限公司
E-mail：unknownrealm2024@gmail.com
地　　址：台北市中正區重慶南路一段 61 號 8 樓
8F., No.61, Sec. 1, Chongqing S. Rd., Zhongzheng Dist., Taipei City 100, Taiwan
電　　話：(02) 2370-3310　　傳　　真：(02) 2388-1990
印　　刷：京峯數位服務有限公司
律師顧問：廣華律師事務所 張珮琦律師
總 經 銷：聯合發行股份有限公司
地　　址：新北市新店區寶橋路 235 巷 6 弄 6 號 2 樓
電　　話：(02)2917-8022

定　　價： 299 元
發行日期： 2025 年 03 月第一版